霧越邸殺人事件(上)

〈完全改訂版〉

綾辻行人

角川文庫
18449

角川文庫版自序

『霧越邸《きりごえてい》殺人事件』は初め、新潮社の「新潮ミステリー倶楽部」という書き下ろし叢書《そうしょ》の一冊として刊行された。一九九〇年九月のことである。その後、九五年二月には新潮文庫に収められ、これを底本として二〇〇二年六月には祥伝社ノン・ノベル版も刊行されている。

いっときは本作をもって綾辻行人の代表作と評する向きもあったようだが、僕にとっても確かに『霧越邸』は〝特別な一作〟だった。この想いは発表から二十余年を経た現在に至るもなお、変わらずにある。

そもそも「霧越邸」の名を持つ美麗な洋館を舞台にした長編ミステリの構想が生まれたのが二十歳の頃、と記憶している。この家の図面の作成者でもある小野不由美女史との語らいの中で、だった。これを何とか二十代のうちに満足のいく形で完成させて世に問いたい——というのが、のちに作家デビューした当時の僕の、創作活動における大きな目標としてあったように思う。

その『霧越邸』も、先の文庫化からもう十九年の時間が経ってしまった。この辺で全面的に改訂を施し、新たな装いで出し直してみるのも、あながち無意味な仕事ではないだろう。そう考えての、今回の角川文庫版の刊行である。

いろいろと迷いはあったのだけれど、本作の改訂も結局、講談社文庫で刊行中の「館《やかた》」シリーズ〈新装改訂版〉に準じる作業となった。プロット、ストーリー、エピソードには変更を加えないものとして、主に文章面での細やかな〝最適化〟に努め、完成度とリーダビリティの向上を図っている。

ただし、特に本作については、いま読み返すとどうしても目につかざるをえない若書きゆえの至らなさを、あまりむやみに直すわけにもいかなかった。それもこれも含めたところで『霧越邸殺人事件』という小説は成り立っている、という側面が確実にあるから、である。迂闊《うかつ》に手を入れすぎると、この作品本来の雰囲気や読み味を変に損ねてしまいかねない。そのあたりの匙《さじ》加減には充分な注意を払ったつもりでいる。

二〇〇九年発表の、やはり僕にとって〝特別な一作〟である長編ホラー&ミステリ『Another』と同じ角川文庫に並ぶことで、『Another』で初めて「綾辻行人」を知ったという読者の許《もと》にも本作が届いてくれれば嬉《うれ》しく思う。ホラーを含む怪奇幻想系の小説といわゆる本格ミステリを、たとえばジョン・ディクスン・カー『火刑法廷』などの先行作とはまた違うアプローチで有機的に結びつけようとした、最初の僕なりの試み、それが『霧越邸殺人事件』だったからである。

——というわけで。

これより皆様を、一九八六年晩秋の華麗なる〝吹雪の山荘〟へご招待いたします。「うつし世」のあれこれをしばし忘れ、ごゆっくりお楽しみください。

二〇一四年　二月

綾辻　行人

霧越邸殺人事件〈完全改訂版〉（上）

目次

下巻目次

登場人物

＊「霧越邸《きりごえてい》」を訪れた人々［（　）内の数字は一九八六年十一月時点の満年齢］

槍中《やりなか》秋清《あきさや》……劇団「暗色天幕《あんしょくテント》」の主宰。演出家。（33）
名望《なもち》奈志《なし》……「暗色天幕」の男優。本名・松尾《まつお》茂樹《しげき》。（29）
甲斐《かい》倖比古《ゆきひこ》……同。本名・英田《あいだ》照夫《てるお》。（26）
榊《さかき》由高《ゆたか》……同。本名・李家《りのいえ》充《みつる》。（23）
芦野《あしの》深月《みづき》……同女優。本名・香取《かとり》深月。（25）
希美崎《きみさき》蘭《らん》……同。本名・永納《ながの》公子《きみこ》。（24）
乃本《のもと》彩夏《あやか》……同。本名・山根《やまね》夏美《なつみ》。（19）
鈴藤《りんどう》稜一《りょういち》……槍中の友人。小説家。「私」。本名・佐々木《ささき》直史《なおふみ》。（30）
忍冬《にんどう》準之介《じゅんのすけ》……開業医。（59）

＊「霧越邸」に住む人々

白須賀《しらすか》　秀一郎《しゅういちろう》……邸の主人。
鳴瀬《なるせ》　孝《たかし》……執事。
井関《いぜき》　悦子《えつこ》……料理人。
的場《まとば》　あゆみ……主治医。
末永《すえなが》　耕治《こうじ》……使用人。
？？……邸に住む謎の人物。

――もう一人の中村青司氏に捧ぐ――

プロローグ

遠く風の音が聞こえる。

ひどく物哀しい音色である。目前に迫った厳しい冬の到来に身構えた山々が交わす囁《ささや》き声のようにも、何処《どこ》かこの世の外から迷い込んできた巨大な動物が、元の世界を想って続ける慟哭《どうこく》のようにも聞こえる。じっと耳を傾けていると、それだけで、鈍い痛みの形をした感情が留《と》め処《ど》もなく胸の底から滲《にじ》み出てきそうな。

その音と響き合うように、あるいはその音が密《ひそ》かに奏で出してでもいるかのように、私の耳の奥である唄《うた》の調べが流れはじめる。

それは——それもまたひどく物哀しい、そして懐かしい唄だった。

ずっと昔、幼い子供の頃に憶《おぼ》えた唄。小学校の音楽の授業で習ったのか、でなければ母が歌って聞かせてくれたのだろうか。この国で生まれ育った者ならば恐らく誰もが知っているであろう、あの有名な童謡。

その旋律と歌詞を唇で辿《たど》りながら、私はまた、この唄のために破滅したあの人物のことを思い出すのである。

この唄のために……。

四年前。この同じ季節の、あの日。

まるで見えない糸に手繰り寄せられるようにして、私たちが訪れたあの家。そこで遭遇した、あの異常な連続殺人事件——。

あの家には、およそ私たちが生きる日常的な〝現実〟からは乖離《かいり》した、不可思議な何物かの存在があった。近現代の科学精神はまずこのことを全否定し、異なる解釈を与えるのだろうが、それはそれで構わない。少なくともあの事件に直接関係した私たちの主観においては、確かにそれは存在したのだ――と、そう認めてくれるだけで良い。

この唄は、云《い》ってみれば、あの家が持つ不思議な意思の象徴である。

私は思い出す。

その意思の存在を知り、意図的にそれを乗り越えようとしつつも、結局はみずからが破滅するに至ったあの人物のことを。

あれからまる四年の月日が過ぎ去った。

時間はかつてなく急ぎ足だった。八〇年代末から九〇年代へと、世界は目まぐるしく変転した。平和と豊かさという相変わらずの言葉でのっぺりと塗り固められたこの国においてさえ、世紀末に向けて物に憑《つ》かれたように疾走する時代の荒い息遣いを、間近に聞き取ることができた。その異様なまでの加速ぶりは、そして私のような者の心を、確実に一種の自閉状態へと追い遣《や》ってしまうのであった。

四年の時が流れ、私は三十四歳になった。

半年前にちょっとした病を患い、生まれて初めて身体《からだ》にメスを入れられた。自分はもう決して若くはないことを、この脆弱《ぜいじゃく》な精神を包み込んだ肉体はとうに全盛期を過ぎ、ひたすら一つの定められた結末へ向かっているのだということを、その時の痛みで実感させられた。私の心のあるレヴェルに存在するささやかな信念が、この経験とともに揺らぎはじめたのもまた事実だった。

風は遠く唸《うな》り、唄は終わる気配なく繰り返される。

信州のこの、山深き地。四年ぶりに訪れたここ――相野《あいの》の町の駅に今、私はいる。

他に誰の姿もない待合室である。

天井で瞬く蛍光灯の光が妙に明るい。最近になって塗り直されたと覚しき、いやに白さの目立つ壁。掲示板には、観光PRの垢抜《あかぬ》けたポスターが何枚も貼られている。

この古い駅舎も、四年の間にずいぶん趣が変わってしまった。あと何週間かすれば、いや、次の週末あたりになればもう、ここも大勢の若いスキー客たちで賑《にぎ》わうのだろうか。

建て付けの悪そうな木枠の窓が、寒々しく硝子《ガラス》を震わせる。室内の気温が急に下降しはじめたような気がして、思わず眼前の石油ストーヴに両手を翳《かざ》すが、そこにまだ火は入っていない。

四年前。――一九八六年の十一月十五日。

潰《つぶ》れた煙草《セブンスター》の箱から残っていた最後の一本を取り出しながら私は、心の中でせっかちな動きを続ける時計の針に、そろりと手を伸ばしてみる。そうして何気なく眼差《まなざ》しを上げた、夕闇の迫る窓の外で――。

あの日の、あの始まりの光景をなぞるかのように、今しも雪が降りだした。

＊＊＊＊＊

雪が降っていた。

日没にはまだ少し時間がある筈《はず》なのに、視力を支える光の絶対量自体はもう夜のそれに近い。墨を溶かしたような暗い空間をその純白の粒で埋め尽くそうとするように、雪は降りしきっていた。凍《い》てついた風に乗り、激しく狂おしく乱れ舞っていた。

短い間を置いては、凍えた風が切れ味の良い刃物の鋭さで顔を切りつけてくる。冷たいのも痛いのも通り越して、逆に熱く痺《しび》れたようになった耳の中へと風音が唸り込む。

山の自然が、その懐《ふところ》で彷徨《さまよ》う私たち八人の人間に対して見せるのは、今やあからさまな敵意だけだった。

降り積もった雪が足に重い。鞄《かばん》を持った右手の指はかじかみ、今にもちぎれてしまいそうだ。睫毛《まつげ》に貼り付いた雪が溶け、冷たく視界を滲ませる。一呼吸ごとに喉《のど》を焼く冷気。寒さと疲労で意識は朦朧《もうろう》とし、方向感覚も時間感覚も既に正常な状態ではなくなっているに違いない。

誰も敢《あ》えて口に出そうとはしない――そんな気力もないのかもしれない――が、道に迷ってしまった事実はもはや否定しようがなかった。

どうしてこんなことになったのだろう。

今さら云ってみても仕方がない、とは分かっている。けれどもやはり、そう問わずにはいられなかった。

つい何時間か前――午《ひる》過ぎにホテルを出発した頃には、晩秋の空は何処までも青く澄み渡っていて、雪どころか、流れる雲の欠片《かけら》一つ見られなかったのである。この季節に信州を訪れるのは初めてだったが、漠然と抱いていた想像を裏切るような陽気がこの三日間、続いていた。遠くに連なる切り立った搗色《かちいろ》の山々ですら、優しく腕を広げて私たちを招いているかに見えた。

それが――。

首筋に、妙にひんやりとした風の肌触りを感じたのが始まりだったと思う。

だからと云って取り立てて悪い予感を覚えるでもなく、九十九《つづら》折りになって峠を下っていく未舗装の道を私たちは歩きつづけていたのだが、やがて「やけに寒くなってきたな」と、誰がともなく云いだした。そしてふと天を振り仰いだ時には、山並みの向こうからむくりと盛り上がった鉛色の雲が、こちらの上空へと流れ広がろうとしていたのである。まるで、キャンバスに大量の絵具をぶちまけたような勢いで。

冷たい風がひとしきり、赤茶色の落葉松《からまつ》林を震わせて吹き抜けた。色褪《いろあ》せ窶《やつ》れた松の枝とその下の地面を埋めた熊笹《くまざさ》の葉が、怖気《おぞけ》を震うように長く鳴いた。見る見るうちに空を目張りしおえた分厚い雲が、そうして間もなく、白い結晶の群れを吐き出しはじめた。

雪が降りだしても、初めのうちは誰も、特にそれを気に懸けようとはしなかった。むしろ、東京ではそうそうお目にかかれぬ壮美な光景に、無邪気な歓声すら飛び交っていたのである。が、程なく誰もが深刻な不安を覚えざるを得なくなった。天候の崩れはそのくらい急で激しいものだったのだ。

まったく突然の、予想もしてみなかった事態であった。

それまで私たちを相手に深まりゆく秋を静かに演じていた風景が、文字どおり掌《てのひら》を返したように変貌《へんぼう》するさまは、何やら変に作り事めいていて、古い恐怖映画の一場面《ワンシーン》に迷い込んだような場違いな気分にすらさせた。

こうして思いがけず襲いかかってきた吹雪の中、私たちにできるのはしかし、とにかく自分の足で歩きつづけることだけだった。選択の余地は、他に一つもなかった。

尤《もっと》も、このままあと一時間も道を下っていけば町には出られる筈だったから、多少の苦労こそあれ、のっぴきならぬ危険に晒《さら》されるようなことにはなるまい。内心そんな、楽観的な予測を立ててはいたのだが。――ところが。

雪は、空から降ってくると云うよりも、あとからあとから中空に湧き出してくるかに見える。それは今や、私たちにとって恐れるべき悪鬼以外の何物でもなかった。視界を妨げ、体温を奪う。己《おのれ》の肉体が、精神が、刻一刻と蝕《むしば》まれていくのが分かる。何処かで道を間違えたのだ――と、そう気づいた時には遅すぎたのである。蓄積した疲労と、あたり一面を覆い尽くした雪による判断力の鈍化。そのせいで私たちは、来た道を引き返すなどの対処を検討することすらできなかった。たとえばそれは、何か強い呪縛《じゅばく》に囚《とら》われたような状態だった。

このままいくら進んでみたところで町には出られないだろう。ほとんどそう確信しはじめながらもなお、同じ道をのろのろと歩きつづけてきたのは、絶望と期待がいびつに入《い》り雑《ま》じった、あるいは自虐的な、尋常ならぬ行動であったと云える。

道幅は次第に狭まってきているようだった。上り坂なのか下り坂なのかもよく分からなかった。全身雪まみれになり、皆はひたすら押し黙って歩みを続けている。落伍者《らくごしゃ》が出るのも、このままでは時間の問題だろうと思われた。

――不意に。

延々と続いていた単調な白色の連なりが途切れたような気がして、私は思わず足を止めた。

風は強い向かい風である。冷たい銃弾となって顔を打つ雪が痛くて、とてもではないがまともに目を上げていられない。歩きつづけながらも、だから私たちの視線は自分の足許《あしもと》にばかり向けられていた（思うにそれが、何処かで道を間違えてしまった原因の一つだったのだろう）。その凍りついた網膜の片隅を、ふと刺激した変化。

「どうした、鈴藤《りんどう》」

私のすぐ後ろで、槍中秋清《やりなかあきさや》の掠《かす》れた声がした。ずいぶん久しぶりに聞く人間の声だった気がする。

「あれを」

雪がこびりついてばりばりになったコートのポケットから左手を引き出し、私は緩慢な動きで前方を示した。

その途切れは、この先で緩やかなカーヴを描こうとする道の脇に立ち並んだ、疎《まば》らな白樺《しらかば》の木立の間にあった。精いっぱい目を凝らして、衰弱した神経を奮い立てて、私はそれが何であるのかを見定めようとした。

風向きが少し変わった。

顔を打つ雪の勢いが、いくらか和らいだ。

暗い空間を斜めに舞い落ちる雪の隙間に見えたそれは、薄鈍色《うすにびいろ》の天鵞絨《ビロード》を敷き詰めたような、何かの広がりだった。吹雪の音に混じって、その表面が何やらさわさわと騒ぎ立てているのが、微《かす》かに耳に伝わってくる。

あれは――。

水だろうか、と私は思った。

思うや、まるでそちらへ引き寄せられるように、冷え切った重い足が運動を再開した。

砂漠を彷徨《ほうこう》してきたわけではあるまいし、今のこの状況の中で、「水」と認識したそれが何らかの救いとなる筈もない。なのに、何故《なぜ》かしら私は異様な興奮を覚えていた。

右手を目の上に翳し、鈍い歩を進めた。

古代生物の骨のような白い木立。その向こうの広がりが、進むにつれて徐々に全貌を現わしはじめる。

それはやはり、水であった。聞こえてくる微かなざわめきは、水面《みなも》が風に波立つ音らしい。

「湖だ」

冷たく罅《ひび》割《わ》れた唇が、そう動いた。

「湖だって？」

先頭を歩いていた榊由高《さかきゆたか》が、遣り場のない憤りをぶつけるような声を発してこちらを振り返る。

「何で、そんな……」

「いや、見ろ」

私の横に並んで立った槍中が腕を上げ、真っ直ぐに前方を指さした。

「ほら。あれを」

「えっ。――ああっ」

叫びに近い声が喉を突き上げた。

木立の向こうに広がる湖……それだけではない。それだけではないのだ。

何者かの手によって演出されたかのような絶妙のタイミングでその時、ふっ、と風の凪《な》ぐ瞬間が訪れた。薄気味の悪いくらいの唐突な静寂が、雪の中に立ち尽くす私たちを包み込んだ。

私は己の目を疑った。

白い悪魔が見せる幻覚なのではないか、とすら本気で疑ってみた。時間と空間の壁を破って何処か別世界へ突き抜けてきてしまったような、何か壮大な夢の只中《ただなか》に放り込まれたような……実に奇妙な心地だった。蜃気楼《しんきろう》とか集団催眠とかいった言葉が一瞬、頭を掠めたようにも思う。

暗い雪景色の中に広がった湖。

その薄鈍色の湖面に乗り出し、あるいは半ば浮かぶような恰好《かっこう》で、そこには巨大な洋館が建っているのだった。ささやかな山小屋《ロッジ》や在《あ》り来《きた》りな別荘の類《たぐい》ではない。山奥のこんな場所にあるのがとうてい信じられないような、堂々たる建築物である。

降りしきる雪とともに天空から舞い降りた巨鳥が、翼を広げて水辺に休んでいる。そんな印象だった。そして、その黒い輪郭の内側に灯《とも》る幾つもの明り。私にはそれが、かつて見たどんな夜景のネオンよりも美しく煌《きら》びやかな光に見えた。

すぐにまた、風が強くなった。束の間の静寂が崩れた。

吹きすさぶ風雪の中、けれどもその建物は依然として、ずっしりと微動だにせぬ重量感をもってそこに存在しつづけた。——決して夢ではない。決して幻覚などではない。

「ああ」

深い溜息《ためいき》が、真っ白に凍って風に巻かれた。

「助かった」

助かったぞ……と、他の者たちの口からも次々に声が湧き上がる。

これが、私たち八人とその家——「霧越邸《きりごえてい》」と呼ばれるその不思議な洋館との、運命的とさえ云える出会いの場面であった。

第一幕　劇団「暗色天幕」

一

「おや、団体のお仲間さんだ――」

部屋に入った途端、馬の嘶《いなな》きのような甲高い声が飛んできた。私たちは一様に戸惑い、その場に足を止めた。

声の主は、入って左手中央の壁に造り付けられた暖炉の前にいた。まん円い銀縁の眼鏡を掛けた、小柄な初老の男である。暖炉の中では本物の炎が赤々と燃えており、彼はその前に置かれたストゥールに腰掛け、両手を火の方へ翳《かざ》したまま、ずんぐりとした首だけを捻《ひね》ってこちらに笑顔を向けていた。

手編みの物らしい、白い厚手のセーターを着ている。年の頃は五十代半ば、いや、もう六十前だろう。髪の毛はおおかた禿《は》げ上がっているが、対照的に鼻の下から口の周り、顎《あご》にかけては、真っ白なふさふさとした鬚《ひげ》に覆われている。

はて、この男がこの屋敷の主人なのだろうか。

私は一瞬そう思ったが、それは他の者たちも同じだったようである。

「あのう」

先頭で部屋に足を踏み入れた槍中秋清が、伺いを立てるような感じで口を開いた。すると、男はさらに顔を崩し、

「いやいや」

片手を上げて大きく左右に振った。

「お仲間だと云ったでしょう。私もね、吹雪《ふぶ》かれて軒を借りとる口ですよ」

それを聞いて皆、何となく安心した様子であった。私も例外ではない。緊張が解けるや、冷え切っていた身体《からだ》が漸《ようや》く部屋の暖気に反応し、かっと熱くなってくる。

「どうも……あら」

私のすぐ後ろで、最後に入ってきた芦野《あしの》深月《みづき》の声がした。振り返ってみると、彼女は開いたドアのノブに手を掛けたまま、訝《いぶか》しげに廊下の方を窺《うかが》っている。

「どうしました」

尋ねると、深月は濡《ぬ》れた長い黒髪を軽く撫《な》で下ろしながら首を傾げた。

「案内の人、もういないんです」

なるほど、私たちを二階のこの部屋まで連れてきてくれた男の姿が、既にそこには見当たらない。私は何も云わず、寒さで硬張《こわば》った肩をちょっと竦《すく》めてみせた。

「気味が悪いわ、あの人」

と、深月が云った。

「確かに、無愛想な男ですね」

「それだけじゃなくて、あの人、何だかわたしの顔ばかりじろじろ見ていたみたいな気がして」

あなたが綺麗《きれい》だからですよ。——そう云おうとして、思い留《とど》まった。その言葉がその状況の中で、何の重みもない冗談の一つとして消えてしまうのを嫌ったからである。私の顔にはこの時きっと、さぞやぎこちない表情が貼り付いていたに違いない。

他の連中は我れ先にと暖炉の前へ押し寄せ、手を暖めていた。感覚の失《う》せた両手を口《くち》許《もと》で擦《こす》り合わせながら、私は深月を促して彼らのあとを追った。

うっすらと緑色がかった大理石で造られた暖炉の上には、厚い欅《けやき》材を横一文字に渡した飾り棚《マントルピース》が設けられている。その両端には背の高い銀の燭台《しょくだい》が、燭台の間には鮮やかな色絵壺《つぼ》と細密な螺鈿《らでん》で飾られた小箱が並んでいた。私にはよく分からないが、いずれも古くてかなりの値打ちがある物に見える。

それらの後ろの壁に掛けられた楕円《だえん》形の大鏡が、暖炉の前で犇《ひし》めき合う私たちの姿を映す。誰もが半ば放心の体《てい》で、暫《しばら》く黙々と火に向かっていた。

いくらか身体が暖まってくると、私は改めて室内を見渡した。

広い洋間である。畳敷きにして三十畳ほどもあるだろうか。私が東京で——と云っても二十三区内ではないが——借りている2DKよりも、この部屋一つの方がよほど広い。天井も高く、優に三メートルはある。

中央から、暖炉があるのとは反対側の奥にかけて、豪華な織物張りのソファセットがゆったりと配置されている。白い布《クロス》張りの壁を埋めた、幾つもの飾り棚。床には、臙脂《えんじ》色《いろ》の地にくすんだ緑を主調とした配色で唐草文様が織り込まれた、見事なペルシャ絨毯《じゆうたん》が敷かれている。

何よりも目を奪われたのはしかし、向かって左手の——入ってきたドアから見ると正面に当たる——壁の様子だった。その壁面のほとんどが硝子《ガラス》張りになっているのだ。そうでないのは床から一メートルばかりの茶色い腰板の部分だけで、これよりも上は天井まで、すべて硝子である。

黒く細い木の格子の間をぎっしりと埋めた、一辺三十センチくらいの正方形の模様硝子。青みを含んだその色合いは、周囲の光の加減もあってか何やら深海めいており、天井から吊《つ》り下がった大きなシャンデリアの像を懐深くに浮かべている。

「いやはや、まったく驚きましたなあ」

ストゥールを脇へずらして場所を空けてくれていた先客の男が、円眼鏡の奥の目を柔和に細めて私たちに話しかけてきた。

「いきなりこの大雪ですからな、堪《たま》ったもんじゃない。皆さん、ご旅行ですかな」

「ええ、まあ」

蒸気で曇った華奢《きやしや》な金縁眼鏡を外しながら、槍中が答えた。

「そちらは？　ええと、土地の方ですか」

「はいですよ。これでも医者の端くれでしてな、忍冬《にんどう》と云います」

「にんどう？」

「さよう。忍ぶ冬と書いて忍冬」

変わった苗字《みょうじ》だが、「忍冬」と云えば「スイカズラ」の漢名だ。梅雨の頃、淡い紅色の可憐《かれん》な花を咲かせる草である。

「忍冬先生、ですか。なるほど」

納得の面持ちで頷《うなず》くと、槍中はすっと足許に視線を落とし、それからすぐ、今度は何やら愉快げな表情で相手を見直した。

「これはまた、ふん、面白い偶然もあるものですね」

「と云いますと」

「これですよ。この絨毯です」

「はあ」

老医師はきょとんとした顔で、再び足許に向けられた槍中の視線を追った。

「こいつがどうか」

「ご存じありませんでしたか」

槍中はそして、傍らでその遣《や》り取りを聞いていた私に向かって、

「君は知ってるかい、鈴藤」

と訊《き》いてきた。私が黙って首を横に振ると、

「このペルシャ絨毯の文様さ。よく見てみろよ。いわゆる唐草文様《アラベスク》とはだいぶ違うだろう。全体に大振りで、草の一本一本が独立しているね。茎の部分がこう、ぐいっと長く

強調されていて、葉の割合が少ない」

　云われてみると確かに、アラビヤ風の唐草文様とは異なるように見える。異国的《エキゾティック》な雰囲気もさほど感じられないし、むしろ何処《どこ》となく日本的な趣があるようにも。

「これはスイカズラを図案化したものさ。忍冬唐草文と云うんだ」

「ああ……それで」

「単に忍冬文様とも云う。起源を辿《たど》れば、確か古代ギリシャの、パルメット文様って云うんだったかな。これがペルシャ、インドを経由して中国、日本へ伝わってきてね、そう呼ばれるようになった」

「ほう」と声を洩《も》らす老医師に向き直り、

「面白い偶然じゃありませんか」

　と、槍中は云った。

「初対面の方の苗字と同じ名を持つ文様の絨毯が、その初対面の場に敷かれていた。忍冬というのはかなり珍しい姓だと思いますが、それが、云ってみればこの部屋に入った瞬間から僕らに提示されていたわけです」

「なぁるほど」

　忍冬医師は丸い顔を皺《しわ》だらけにして、くしゃりと笑った。

「物知りでいらっしゃる。私は、自分の商売以外のことにはからっきし素養のない人間でしてな。いやあ、忍冬文様とは、そんな物があるとも知らなんだ」

「忍冬先生は、この家へ往診に来られて？」

「いや。余所《よそ》へ仕事に行った帰りに降られましてな、どうもまずい雲行きだったんで、慌ててここに転がり込んだ次第です」

「ご賢明でしたね。我々は危うく、行き倒れになるところでしたよ」

槍中は痩《や》せた頰に微笑を浮かべながら、上着の内ポケットを探った。

「申し遅れました。僕は槍中と申します」

濡れてよれよれになった名刺を札入れから取り出し、相手に差し出す。その拍子に、袖口《そでぐち》にまだ残っていた雪が取れて、ぱらぱらと落ちた。

「槍中……この名前は、『あききよ』と読むんですかな」

「『清』は『さや』と読ませます。『あきさや』です」

「そうですか。ほほう、演出家さん？　と云うと、テレビか何かの」

「いえ。しがない小劇団の演出で」

「劇団。そいつは素敵だ」

何か珍しい玩具を見つけた子供のように、老医師は目を輝かせた。

「『暗色天幕《あんしよくテント》』と云いましてね、東京で活動しているちっぽけな劇団です」

「アングラ劇団っちゅうやつですな。他の皆さんも、その同じ劇団の方ですか」

「ええ」

槍中は頷いて、

「こっちは鈴藤稜一《りょういち》君」

と、私を示した。

「僕の大学の後輩で、物書きの卵です。劇団員じゃありませんが、無理を云って時々、台本を手伝ってもらうんですよ。他の六人はみんな、うちの役者連中です」

「東京の劇団の方がお揃いで、こちらへ何の目的でいらしたんですか。まさか、この田舎で地方公演なんてことはありますまい」

「残念ながら、地方公演などできる身分じゃないもので」

「すると、合宿か何かで」

「まあ、そうですね、合宿と云うよりも、ちょっとした慰安旅行とでも云った方がいいでしょうか」

「何でまた、こんな山奥へ迷い込んでこられたわけですかな」

福々しい笑顔を崩さず、忍冬医師は気さくにあれこれと質問してくる。それに乗せられるようにして槍中は、自分たちがこの屋敷へ辿り着くに至ったいきさつを説明しはじめた。

二

古くから閑静な温泉地として知られる、信州は相野の町。

ここから車で一時間余り、峠越えの山道を行くと、御馬原《みまはら》という名の小さな村に到着する。「九〇年代信州の新しい総合行楽地《リゾート》」といった派手な触れ込みで目下、開発途上にある土地である。

私たち八人がこの御馬原を訪れたのは一昨日、十一月十三日木曜日のことだった。

そもそもの話は、先月中旬に行なった「暗色天幕」の秋の公演がまずまずの成功を収めたので、その打ち上げの意味で何処かへ旅行でもしようか、というところから始まった。行き先としてわざわざこの場所を選んだのは、公演に使った小劇場のオーナーがたまたま御馬原の出身者で、なおかつその「開発計画《プロジェクト》」の関係者でもあったという理由に拠《よ》る。劇団の主宰でもある槍中が以前から懇意にしていたこのオーナー氏が、もしも御馬原へ行くのならばいろいろ便宜を図ってやろうと云ってくれた、要はそれに乗せられたわけである。

「開発途上」の但《ただ》し書きどおり、御馬原は未《いま》だにほとんど文明の洗礼を受けていないと云ってしまっても良いような、実に鄙《ひな》びた山村であった。尤《もっと》も「開発計画」の存在自体は確からしく、ぽつぽつと進行中の工事現場が見られた。よりによってこんな辺鄙《へんぴ》なところに何故《なぜ》……というのが正直な感想だったが、聞けばそこにはご多分に洩れず、この村出身の某有力代議士による強力な梃子《てこ》入れがあって、との話であった。

私たちは、村外れにいち早く建てられたリゾートホテルに滞在した。宿泊客は他に誰もいないようだったが、劇場オーナー氏の口利きは大いに効力を発揮し、請求金額に見合う以上の結構な持て成しを受けた。

いずれ、ゴルフ場やスキー場などの設備も整う。相野からのバイパス道路も現在建設中で、これが完成した暁《あかつき》には県下、いや、全国有数の行楽地として賑《にぎ》わうようになるだろう。――真新しいホテルの閑散としたロビーで、中年の恰幅《かっぷく》の良い支配人が、得々とそんな将来の展望を語っていたのを思い出す。

その展望の実現が望ましいことなのかどうか、一概には判定しかねるけれども、ともあれ私たちは、この御馬原のホテルでほぼ快適と云える休日を過ごした。本当に何もないところだったが、澄んだ空気と静けさだけはたっぷりとあった。自分がふだん生活している巨大都市の極端なまでの畸型《きけい》性を、それによって改めて思い知らされたのは、私だけではなかった筈《はず》である。

そして――。

二泊三日の日程を終えた今日、十一月十五日土曜日の午過《ひるす》ぎ、私たちは御馬原をあとにしたのだった。

曲がりくねった未舗装の道路を、ホテルの送迎用マイクロバスに揺られて相野へ向かった。ところが、三十分余り走った頃だろうか、御馬原と相野を隔てる返峠《かえりとうげ》という峠を越えたあたりで、急にバスが止まってしまった。

不審に思う間もなく、運転手が済まなそうに車の故障を告げた。車外へ出て、ああでもないこうでもないと暫くエンジンを弄《いじ》ってみていたが、一向に直る気配がない。かなり厄介なトラブルらしかった。いったん御馬原のホテルまで歩いて戻って、そこからタクシーを呼んだ方がいい――と、やがて運転手は、難手術に失敗した外科医のような顔で私たちに宣告した。

困ったことになってしまった。

修理業者に来てもらわなければバスの故障は直りそうにない、と云う。しかし、だからと云って、運転手の指示どおりホテルまで徒歩で引き返していたのでは、相当な時間のロスになる。予定の列車にはとても間に合わないだろうし、下手をすると、今晩中に東京へ戻れなくなる可能性もある。

だったらいっそ、もう道程の半分以上は来ている筈だから、このまま相野まで歩いた方がましではないか――と、私たちは考えた。

運転手に訊いてみると、一時間ほども歩けば、少なくとも民家のある市街地には出られるだろうと云う。電話を借りてそのあたりからタクシーを呼べば、最悪の事態は避けられる。

相談の末に結局、私たちはそうすることに決めた。あとはずっと下りの道だろうし、天気も良い。どうせだから、ちょっとしたハイキングを楽しむつもりで行こうか、というところで意見が纏《まと》まった。女性陣の中には靴がハイヒールの者もいて、悪路を長距離歩くのは辛《つら》いという声も上がったが、それは我慢してもらう以外なかった。

申し訳なさそうに何度も頭を下げる運転手と別れ、そうして私たち一行は、返峠を下る九十九《つづら》折りの道を歩きはじめたわけである。

ところが……。

三

「まあ皆さん、ご無事で何よりでしたな」

忍冬医師は円首のセーターの襟元に手を突っ込み、もぞもぞとシャツの胸ポケットを探ると、緑色の平たい紙箱を引っ張り出した。煙草ではなく、キャンディか何かの箱である。中から小さな銀の紙包みを摘《つま》み出して剝《む》くと、ぽいと口に放り込む。

「今日みたいな雪はね、この地方じゃあよくあることなんです。今年は平年よりもいくぶん早いようですが、ま、降る時はこんな具合にいきなり、どかっと降りおる」

「まったく参りました」

槍中は、外に面していると思われる例の模様硝子の壁にちらりと目を投げた。

「あんなにいい天気だったのが、あっと云う間にこの吹雪ですからね」

「今日のは少々、極端でしたな。町の方もきっと、てんやわんやでしょうな」

豊かな頰の肉をもごもごと動かしながら、医師は云う。

「それにしても、そのバスの運転手は責任もんですぞ。この季節なら、あるいはこういう事態もあるかもしれんと予想もできたでしょうに」

「土地の人じゃなかったみたいですね。関西の訛《なま》りがありましたから」

「しかし、ずいぶんとまた長い距離を歩いてこられたわけだ。返峠と云えば、ここからはけっこう離れておる。十キロほどもありますかなあ」

「そんなに」

槍中は驚いた顔で、

「ここはどのあたりになるんでしょうか」

「相野の中心部から見ると、北西の山の中ということになりますか。返峠は町の北東ですから、山の中をこう、町を遠巻きにして回り込んできた勘定になる」

「ははあ」

「何処かで道を間違えたわけですな。ふむ。そう云えば確か、あの峠道の途中にこっちの方へ抜けてくる脇道があります」

「ああ、それでしょうね。雪が正面から吹きつけるもので、ちゃんと前を見ていられませんでしたから。加えて僕らは、ずっと一本道だと思い込んでいた」

「とすると、いよいよその運転手は責任重大だ。脇道があると一言、注意してくれておれば、迷わずに済んだかもしれんものを」

「確かにそうですが。でもまあ、今さら文句を云っても仕様がないでしょう」

広い額に垂れた前髪を指で撫で上げ、槍中は思い出したように溜息《ためいき》をついた。

「こうして今、暖かい部屋にいられるだけでも天に感謝したい気分ですよ。この家を見つけるまでは真面目な話、本当にもう駄目かと思っていましたから」

「今晩はここを動かんことです。タクシーを呼んだところで、この吹雪の中を来てはくれますまいし」

「ええ。それも仕方ありませんね」

そう云って、槍中がまた小さく溜息を落とした時——。

「冗談じゃないわ」

私の背後で、苛立《いらだ》たしげな声が吐き出された。

「だからあたし、相野まで歩いてくなんて嫌だって云ったのよ。ホテルに戻ってれば、こんなことにならずに済んだのに」

希美崎蘭《きみさきらん》、二十四歳。「暗色天幕」の女優陣の一人である。

肉感的なプロポーションに舞台映えのする派手な顔立ち。服の好みも派手で、今は黄色に深紅の襟が付いたワンピースを着ている。美人と云えば確かに美人なのだが、正直なところ、私としてはあまり親しいお付き合いをしたくはないタイプの女性だった。

「蘭」

槍中が鋭く窘《たしな》めた。

「それは云いっこなしだろう。最終的にはみんなの意見を纏めて決めたんだから」

「あたしは嫌って云ったわ」

「そいつはちぃと意味が違うんじゃないかなあ」

からかうような調子で云ったのは、名望奈志《なもなし》である。

ひょろっと背の高い、骸骨《がいこつ》が服を着たような感じの痩せぎすの男で、現在の「暗色天幕」の役者連の中では一番の古顔になる。年齢は私より一つ下の二十九歳。「なもなし」というこの珍妙な名はもちろん芸名で、本名は松尾茂樹《まつおしげき》と云う。

「蘭ちゃんが嫌だってったのは、とにかく山道を自分の足で歩くのが嫌だったんでしょうが。ホテルに戻ることになっても、どうせ同じように駄々を捏《こ》ねたに決まってらあ」

「ずいぶんな云い方ね」

と、蘭は名望をねめつける。

「本当のこったから仕方ない」

「でもね、あたし、早く東京へ帰らないと困るのよ。こんなところにいったい、いつまでいろって云うの」

「おやまあ。この立派なお屋敷を捕まえて、『こんなところ』呼ばわりは失礼じゃないっすかね」

「そんなこと云ったたって……」

セットの乱れたロングのソバージュヘアを苛々《いらいら》と両手で撫でつけ、化粧の剝《は》げかけた顔を細かく引き攣《つ》らせ、彼女は忿懣遣《ふんまんや》る方《かた》なしの様子である。

「まあまあ」

穏やかな声で、忍冬医師が仲裁に入った。

「命あっての物種と云いますでしょう。年寄りと違って、あなた方は何もそう、行動を急《せ》く必要はない。この程度の寄り道はね、そりゃあ人生経験っちゅうやつですよ」

ぽりぽりとキャンディを嚙《か》み砕きながら、そして彼は、よっこらしょとストゥールから立ち上がった。顔と同様、小太りの丸っこい身体つきで、身長の方は中背の私よりもいくらか低い。百六十センチ足らずといったところか。

「何処か具合の悪い方はおられませんかな。診療所を臨時開業しますぞ」

傍らに置いてあった黒い革鞄《かばん》にひょいと目を遣りながら、医師は云った。漸く人心地のついた様子で、それでもまだ暖炉の前に固まったままでいた皆の顔が、その道化た台詞《せりふ》に何となく緩む。

その時、先ほど私たちの入ってきた両開きのドアが、音もなく開いた。

たまたま視界に入っていて私はすぐに気づいたのだが、全員がそちらを振り向いたのは、私たちをこの部屋まで案内してきたあの男の、少し嗄《しわが》れた、抑揚の乏しい声が聞こえてからであった。

「皆様、お食事をお出しいたします」

そう云って男は、彼の位置から見て右手、ソファセットの向こうの壁にある茶色い片開きのドアを示した。

「どうぞ、あちらの食堂へ」

私たちが集まった暖炉の横にも同じようなドアが一枚あるから、廊下に通じる両開きの扉と合わせて、この部屋には全部で三箇所の出入口があることになる。両側の二枚はそれぞれ、隣室に通じるドアらしい。

男は、まるで囚人の様子を監視する獄吏《ごくり》のような目で、忍冬医師を含めた私たち九人の顔を順に見ていった。

その冷ややかな視線がこの時、私の斜め後ろにいた芦野深月のところで一瞬、止まったような気がした。これはしかし、さっき彼女がこの男についてあんなふうに云うのを聞いていたから、そのせいでそう感じられただけの話だったのかもしれない。

軽く一礼して、男は再び廊下に消えた。私たちは云われるままに、ぞろぞろと示されたドアの方へ向かった。

四

隣の部屋とだいたい同じくらいの広さ、同じような造りの部屋だった。

入って左手の壁は隣室と同じく青みがかった硝子張りで、右手には廊下に出るドアがある。暖炉は正面、すなわち隣とは反対側の壁に造り付けられており、既に火が入っていた。

凝った浮き彫りを施して磨き上げた混色大理石の暖炉の上には、七宝の細工と繊細なエナメル画で飾られた美しい時計が置かれている。その両側に、小舟を象《かたど》った群青色の硝子鉢と、紫色の硝子に金の蒔絵《まきえ》が入った鶴首徳利《つるくびどっくり》が幾本か。それらの鮮やかな、そして物懐かしいような色合いは、硝子と云うよりも「びいどろ」の名が相応《ふさわ》しい。

部屋の中央に据えられた、黒い漆塗りのダイニングテーブル。長細いテーブルの、向かって右側に四枚、左側に五枚、海老茶色《えびちゃいろ》のランチョンマットがちょうど私たちの人数分だけ敷かれており、料理を盛り付けた揃いの食器が並んでいた。

「ほっほっ。こりゃあご馳走《ちそう》だ」

甲高い声ではしゃぐように云って、忍冬医師が真っ先にテーブルに向かった。

私たちはテーブルの脇の木製ワゴンに積まれたタオルを一枚ずつ取り、まだ乾き切っていない髪や服を拭《ふ》きながら、続いて席に着いた。テーブルの両側に並んだ椅子は、これもまた黒い漆塗りの縁に、藍色《あいいろ》の緞子《どんす》を張った瀟洒《しょうしゃ》な造りの物である。

熱いチャウダーとポトフが、何よりも有難かった。マントルピース上の置時計の針はもう、午後六時を回っている。とうに陽が落ちてしまった時刻だ。寒さと疲労のために忘れていた空腹感が急に頭をもたげてきて、私たちは何を喋《しゃべ》るでもなく、冬眠から覚めた熊さながらにがつがつと料理を平らげていった。

「ところで、槍中さん」

皆が食事を終えようかという頃、忍冬医師が隣席の槍中に向かって云った。

「せっかくのご縁ですからな、お仲間さんたちをご紹介願えませんか」

「――は？」

何か考え事でもしていたらしい、槍中は不意を衝《つ》かれたような声を洩らしたが、すぐに「ああ、はい」と応じ直した。

「それもそうですね。いや、どうも失礼しました」

椅子を引いて身体をちょっとテーブルから離し、私たちの方を見遣る。

「僕の隣から順に、さっきご紹介した鈴藤稜一、その向こうが甲斐《かい》倖比古《ゆきひこ》、芦野深月、向かいへ行って榊由高、希美崎蘭、名望奈志、そして乃本《のもと》彩夏《あやか》。先月の公演で役を固めた連中です。

みんな、順番に自己紹介でもするかい。年齢、出身地、趣味、特技……」

「勘弁してよ、槍中さん」

大袈裟《おおげさ》に両腕を広げて、榊由高が椅子から立ち上がった。

「いい加減ぐったりしてんだからさ、疲れるようなこと云わないでよね」

ちょっと鼻にかかった甘ったるい声で、ぞんざいな台詞を吐く。

撫で肩のほっそりとした身体に、真っ赤なセーターをざっくりと着ている。長めに伸ばした褐色の髪。色白の小顔に太い眉《まゆ》、ぱっちりとした目。文句なく美形の部類に入るだろうその容貌《ようぼう》は、若干の皮肉を込めて云うならば、一昔前のアイドルタレントを思わせる。

「んじゃ、お先、失礼。蘭、あっち行こうぜ」

そう云うと、榊はさっさとテーブルを離れ、隣室へ向かった。つんと澄ました顔でテーブルの皆に一瞥《いちべつ》をくれてから、希美崎蘭がそのあとを追う。

二人の姿がドアの向こうに消えると、

「どうも済みません」

槍中は忍冬医師に向かって、面目なげに云った。

「礼儀を知らない奴で」

「やっこさん、怖い物なしですからねえ」

名望奈志が、薄っぺらな唇の間から栗鼠《りす》のような前歯を覗《のぞ》かせた。

「金はある。顔はいい。女にはモテる。でもって目下、我が劇団の看板役者。ここんとこ若い女の子のお客が倍増したのは、とにもかくにもあの甘いルックスの功績だし、あれで演技の方もけっこういいセン行ってる。ま、ヤリさんもあんまり強くは出られないわけですな」

「別に甘い顔は見せちゃいないさ。云うべきことはきっちり云う」

「そのつもりかもしれないけど、オレなんかから見ると、いやあ、甘い甘い」

「そうかな」

「まあ、それも仕方ないっすかねえ。何せ、天下の李家《りのいえ》産業の御曹司をお預かりしてるんだから」

「ほっほう」

忍冬医師が嘶きを上げた。

「そりゃあまた」

李家産業と云えば、戦後、電機製品の製造を中心に目ざましい発展を遂げてきた、我が国屈指の大企業である。医師が驚くのも無理はない。

「現社長の末っ子なんですよ。いわゆる放蕩《ほうとう》息子で、一族の食《は》み出し者らしくて」

云って、槍中は微妙に顔を顰《しか》めた。

「いま二十三歳なんですが、大学は二年目あたりから休学を決め込んで、ちゃんと卒業する意思もない。演劇をやりたいらしいけれども、大学の劇研は入るや否や喧嘩《けんか》して飛び出したとかで、じゃあうちに入ってみるか、と。彼の姉が、実は僕の大学の同級生でしてね、面倒を見てくれないかと頼まれたりもしまして」

「ははあ」

「まあでも、それだけの男なんだったらとっくに放り出しているところですが。ななしも云ったように、あれで役者としてはなかなかいいものを持っているわけで」

「しかし槍中さん、最前は彼のことを『さかき』と……はあん、そうか。芸名ですか」

「あ、ええ。彼の本名は李家充《みつる》と云います。先ほどのは全部、各人の芸名です」

「鈴藤さんのお名前は、するとペンネームですか」

短い首をテーブルの上に突き出して、忍冬医師は私の方を見た。私が頷くと、すぐに槍中の顔へ目を戻し、

「槍中さんも？」

「いえ。僕のは本名ですよ」

答えると槍中は、眼鏡を外してレンズに息を吐きかけた。汚れが気になるらしい、ポケットからティッシュを取り出して丹念に拭きはじめる。

槍中と私は、かれこれもう十年以上の付き合いになる。彼は現在三十三歳、私よりもまる三つ年上だが、私と同じで未だに独身生活を続けている。

「済みませんが一遍、復習させてもらえますかな。いやあ、昔から人の名前を憶《おぼ》えるのは苦手でして」

忍冬医師が云った。

「あっちへ行った彼が、その、李家産業の榊さん。ふむ。確かに男前と云うか、若い娘に人気がありそうですな。で、彼に付いていったのが、『らん』さん？」

「希美崎蘭。ちなみに、彼女の本名は永納《ながの》公子《きみこ》と云います」

「ふんふん。『きみこ』から取って『きみさき』と命名したんですかな。あ、いや、本名の方は教えてくださらんで結構。ごっちゃになって、どうしようもなくなってしまいますから」

それで、そちらの鈴藤さんのお隣が、ええと……」

「甲斐です。宜《よろ》しく」

答えて、甲斐は丁寧に会釈した。

甲斐倖比古、二十六歳。本名は英田《あいだ》照夫《てるお》と云う。

この中ではいちばん大柄でがっしりした体格だが、性格は最も控えめで大人しい。ちょっと窄《すぼ》めるようにして閉じた小さな口に、いつも俯《うつむ》き加減の細い目。身体つきとは逆にとても繊細な顔立ちで、これで度の強い角縁眼鏡でも掛ければ、白衣を着て実験室の顕微鏡を覗いていた方が似合いそうである。

「その向こうのお嬢さんが、『あしの』さん、でしたか」

「芦野深月です」

と云って、彼女はたおやかに微笑《ほほえ》んだ。

芦野深月、二十五歳。香取《かとり》というのが本来の姓で、名前の方は同じ深月。身長は私と同じくらいだから、女性としては高いうちに入るだろうか。

美しい人である——としか、取り敢《あ》えず私には云うことができない。少なくとも私にとっては、ほとんど非の打ちどころがないほどの美しさを持った女性である、としか。知的で物静かで、少し物憂げな風情があって……と、彼女について語ろうとすれば、結局は在り来りの讃辞《さんじ》を連ねるだけの結果になってしまう。それらの言葉の網目からするすると零《こぼ》れ落ちていく何かが、そして私を、どうしようもなくもどかしい気分にさせるのだった。

「お美しいですな」

老医師が眩《まぶ》しそうに目を屡叩《しばたた》くのを見て、私は内心、大いに得意な気分だった。私がそんなふうに思う筋合いは、残念ながら何処にもないのだけれど。

「いやいや。もちろん他のお二方も綺麗でいらっしゃるが……ふむ。でもって、そちらが『ななし』さん、と。それから――」

医師は、自分の正面の席にいる最後の一人へと目を移した。

「乃本彩夏。ヨロシクね、先生」

人懐っこい調子で云って、乃本彩夏はくるんとした大きな目でウィンクしてみせた。

本名は山根夏美《やまねなつみ》。今年十九になったばかりで、劇団員の中では最も若い。伊豆大島《いずおおしま》出身の彼女は昨年の春、高校を出るとすぐに上京してきて、あちこちの劇団の門を叩いたのだと云う。小柄でぽっちゃりとした愛らしい女の子だが、ショートヘアにしたその子供っぽい造りの顔に、あまり巧《うま》いとは云えない厚めの化粧をするものだから、どうもそれがちぐはぐで、厳しい云い方をすれば些《いささ》か滑稽《こっけい》な印象を否めない。

「相野で開業医をやっとります、忍冬準之介《じゅんのすけ》です」

と、老医師は改めて自己紹介をした。

「――にしても、羨ましい限りですな。演劇とは、何と云うか、ロマンがあって」

「医者にもロマンはあるでしょう」

槍中が云うと、医師はだぶついた顎の肉をぶるぶると震わせてかぶりを振った。

「とんでもない。あるのは、実に有り触れた現実だけですよ」

「人間の生死の際《きわ》にいて、ですか」

甲斐倖比古が、興味深げな面持ちで少し首を傾けた。

「さよう」

忍冬医師は真顔で頷き、

「病院へやって来る患者は、医者にかかった方が得か、我慢して働いとった方が得か、抜け目なく算盤《そろばん》を弾《はじ》く。命を取り留めた患者は治療費の心配、死んだ患者の遺族は葬式代の計算、遺産があれば内輪揉《も》め……こりゃあ、現実以外の何物でもない」

「まあ、そう云われれば」

「私は小さい頃、図画が得意でしてな、本当は美術学校へ行きたかったんですが、一人息子だったもんで、しょうことなく医学部へ進んだんです。だから、自分の子供は何とか芸術家にしたくて、早いうちからいろいろ習わせとったんですよ。

しかし、子供というのは親の思うままにゃあならんもんですな。長男が私の跡を継ぐのはまあ良しとして、次男まで医者になると云いだした。こんな人のおらん土地に二人も医者は要らんと窘めたら、だったら無医村へ行くと云って、今は沖縄の方の何たらっちゅう島におります。せめて末の娘は、と思っとったら、これが今年、薬学部に入ってしまいました」

「ふうん。優秀なお子さんたちじゃないですか」

甲斐は感心したように頬を撫でる。

「むかし医学部志望だったんですよ、僕。だけど偏差値がまるで足りなくて、早々に断念したんです」

「いやあ、普通の親でしたら自慢もするんでしょうがね、私にしてみれば当て外れもいいとこですな。息子二人を絵描きと小説家にして、娘はピアニストにする目論見《もくろみ》だったんですが」

「じゃあ、女優の娘はどうかなぁ」

テーブルに身を乗り出すようにして、乃本彩夏が悪戯《いたずら》っぽく茶々を入れた。

「あたしを養女にするの。ね、そしたら女優の娘が持てるよ」

忍冬医師は禿げた頭を掻きながら、「はっはあ」と大きく口を開けて笑った。

五

ふと気づくと、槍中はまた何か考え事をしている様子だった。大振りな鷲鼻《わしばな》の頭を指先で擦りながら、テーブルの上の一点にぼんやりと視線を固定している。

「どうしたんですか」

私が訊いてみると、彼は「ああ」と低く応じて小さく首を捻った。

「さっきから気になっているんだが、このテーブル……」

「テーブルがどうか」

「このダイニングテーブルだがね、十人掛けの物だと思うんだ。ほら、こんなふうに」

と、槍中は海老茶色のランチョンマットの端を捲《めく》り上げ、

「各席の前に、銀箔《ぎんぱく》で枠が描かれているだろう。これが全部で十ある勘定だから当然、十人掛けというわけだ」

「そうですね。でも、それが？」

「問題は椅子の数さ」

「椅子？」

「そこの——」

と云って槍中は、向かっていちばん左端の席を指さした。さっきまで榊が坐《すわ》っていた席の隣だが、そこにはマットは敷かれていない。

「その空席には椅子がないだろう。見渡してみたところ、この食堂の何処にも、本来その場所にある筈の椅子は見当たらない。どうしてだろうね」

なるほど、テーブルの周りには全部で九脚の椅子しか置かれていないことになる。室内を見まわしてみたが、槍中の云うとおり、何処にも残り一脚の椅子はない。

「外へ出したんじゃないですか」

と、私は云った。

「わざわざ？」

槍中は眉の端をぴくりと吊り上げた。

「僕らが、忍冬先生を含めて九人だから、元々は十脚あった椅子の一つをわざわざ部屋の外へ出したって云うのかい」

「それは……」

答えあぐねる私の横で、槍中はなおも首を捻っていたが、やがて「まあ、いいか」と呟《つぶや》くと、

「ところで、忍冬先生」

思い切って、というふうに老医師の方を見た。

「さっきから、いつお尋ねしようかと思っていたんですけれど、ここはいったいどういう家なんでしょうか。凄《すご》い建物ですが」

「実は私も、よくは知らんのですよ」

と、忍冬医師は答えた。

「この家には初めて？　出入りはないんですか」

「屋敷の中に入ったのは、私も今日が初めてでしてな。いやね、そのう、大きな声じゃ云えませんが」

実際に声を潜《ひそ》めて、医師は云った。

「どうも奇妙な連中なんですよ、この屋敷の住人は。町の人間とまったく付き合いをせんのです」

「付き合いをしない？　昔からそうなんですか」

すると医師は、廊下側のドアへちらと目を投げ、

「この家の裏手が池になっとるのはご存じですかな。大した広さはないんですが、『霧《きり》

越湖《ごえこ》』という名前が付いています。霧を越えると書いて霧越」

つい二時間ばかり前、吹雪の中で見つけたあの薄鈍色《うすにびいろ》の広がりが、私の脳裡《のうり》にまざまざと蘇《よみがえ》った。

「ですから、この家は『霧越のお屋敷』、あるいは『霧越邸』とか、そんなふうに呼ばれとります」

「霧越邸……」

「そもそもは大正の初め頃、ある華族様が建てた隠居所だったとか。まあ、こんな辺鄙な山中にこんな豪邸を建てるくらいだから、並みの金持ちじゃなかったんでしょうなあ。ちょっと変わったお人だったとも聞きます。暫くはそのご隠居が暮らしていたわけですが、その方が亡くなってからは、何十年もの間ずっと空き家同然の有様だった。『霧越邸』と、持ち主の名じゃなしに土地の名の方を『邸』にくっつけて呼ぶようになったのは、恐らくその辺のいきさつがあったからなんでしょうな。

それが、今から三年ほど前でしたか、とつぜん大々的に手が入れられましてね。ずいぶんと荒れ果てていたのが修理されて、次の年の春には人が住むようになったんです。主人の名前は白須賀《しらすか》――白須賀秀一郎《しゅういちろう》と云いましたか。白いに横須賀《よこすか》の『須賀』という字ですな。その白須賀氏が、使用人なんかと一緒に越してきまして。

ところがですな、妙なことにこの連中、外とはまるで関係を持とうとしない。使用人の中に医者がいるという話で、私を初め、このあたりの医者の誰とも縁がない。買い物のために使用人が町へ下りてきますが、これがまた、ひどく無愛想な連中だそうで。最初のうちはあの連中、何か悪さをして警察にでも追われとるんじゃないか、などと噂が立ったくらいでした」

「その白須賀という人には、妻子はいないのですか」

滔々《とうとう》と続く医師の話を、槍中の質問が遮《さえぎ》った。

「さあ。いったい正確なところ、この屋敷には何人の人間が住んでおるのか、それすらはっきりせんのですよ」

老医師は、真っ白な長い顎鬚をぞろりと撫で下ろした。

「私は何と云うか、還暦間近にして未だに好奇心の衰えん男でしてな、今日はたまたま山向こうの集落まで仕事で足を延ばしとったんですが、その帰り道で雪に遭って、これ幸いとばかりにこの家の方へ車を向けたというわけなんです。

まあ普通なら、ちょっと無理をしてそのまま車で下山しておるところですわな。しかし、何しろこの素晴らしい大建築だ、一度は建物の中を見てみたいもんだと以前から思っていたし、あわよくば白須賀氏と縁を取り結んで、なんて企《たくら》みもあったんですが……いやはや、完全に肩透かしを喰《く》った感じですなあ。車にチェーンを積んでいないとか、雪道の運転は大の苦手なんだとか、門前払いされそうになったのをあれこれ口実を設けて頼み込んで、どうにか軒を借りることはできたものの、当主に会えるどころか、愛想もへったくれもないあの執事だか何だかにあっちの部屋へ連れてこられて、皆さんがおいでになるまで放ったらかしなんですから」

「執事か。確かに」

槍中は頷いて、声を少し低くした。

「いくら何でも、ちょっと無愛想すぎるようですね」

六

……助かった。

助かったぞ……。

吹き荒れる風雪の中、半ば沈みかけていた深い絶望の淵《ふち》から湧き上がった声。

降り積もった雪に足を取られつつ、明りの見えるその建物に向かって、私たちは転《まろ》ぶように駆けた。白樺《しらかば》の木立を突っ切り、湖岸に沿って延びた細い道を行く。

どのくらい距離があったのかよく分からない。どのくらい時間がかかったのかもよく分からない。雪の中をしゃにむに走り、やがて私たちは、建物の一端に設けられたテラスの前に辿り着いた。

テラスの奥にドアがあった。暗褐色の鏡板に嵌《は》め込まれた模様硝子の向こうから、橙《だいだい》色《いろ》の光が射していた。喚《わめ》き立てるように「ごめんください」と呼びかけながら、槍中がそのドアを乱打した。

間もなく、硝子の向こうに人影が現われた。ドアを開けたのは四十過ぎの小柄な女で、白い大きなエプロンを着けていた。

荒く息を切らせながらも、槍中が手短に事情を説明した。女は最初、ひどく驚いた顔をしていたが、話を聞くうちにだんだんと表情らしい表情をなくしていき、

「旦那《だんな》様に伺ってまいります」

そう云い置いて、素っ気なくドアを閉めてしまった。かちっ、と内側で錠を下ろす音まで聞こえた。

吹き晒《さら》しのテラスで冷え切った身を寄せ合い、感覚のない足をその場で踏み動かしながら、私たちはただ、再びドアが開かれるのを待つしかなかった。

実際にはほんの一、二分の待ち時間だったのかもしれないが、私たちにしてみればほとんど永遠の時のように感じられた。漸く戻ってきた女は、

「お入れしても良いとのことです」

淡々とした声でそう告げた。

その言葉にほっとしたのも束の間、私たちが中に入ろうとすると、女はドアの前に立ち塞《ふさ》がるようにしてそれを制止した。そして、テラスを下りて左へ曲がったところに裏口があるから、そっちに回れ、と指図するのだった。

一刻でも早く屋内に入りたかった。この際、何処から入ろうと構わないではないか、とも思った。しかし、私たちが反論しようと口を開きかけるや、

「ここは厨房《ちゅうぼう》ですので」

ぴしゃりと云って、女はまたドアを閉めた。

私たちは渋々テラスを離れ、降りやまぬ雪の中を建物の表側へと回り込んだ。

幸い、女が云った「裏口」はすぐに見つかった。半分ほど開かれたドアの隙間から、黒い人影が覗いていた。

やっとの思いで建物の中に入ると、そこはちょっとしたホールになっていた。私たちを迎えたのは、背の高い初老の男だった。

ダークグレイのスーツを着、黒いネクタイをきちんと締めている。がっちりと広い肩幅。ぐんと突き出た鳩胸。分厚い唇に頑丈そうな顎の線。落ち窪《くぼ》んだ小さな双眸《そうぼう》の、白眼と黒眼の区別がつかないような感じが、何かしら鳥類の剝製《はくせい》を思わせた。

男は先ほどの女と同様、冷たく表情を殺した顔でざっと私たちを見渡すと、

「靴とコート、荷物の雪をお払いください」

抑揚の欠けた声で命じた。

「そこのスリッパに履き替えて、私に付いてきてください。コートや荷物はそのまま、その場所に……」

左手奥に見えていた階段を、二階まで上がった。

階段は百八十度曲折してさらに上の階へと続いていたが、男は正面にあった両開きの扉へと進んだ。扉を抜けると、幅二メートル以上もあろうかという広々とした廊下が真

っ直ぐに延びていた。

そうして通されたのが、先ほどの部屋であった。その間、私たちは指示に対する短い受け答え以外はまったく口を閉ざしたままだった。いくら招かれざる客に対するものとは云え、あまりにも冷淡な家人たちの態度に、すっかり気圧《けお》され、萎縮《いしゅく》してしまっていたのである。

七

「それにしてもスゴーい。お城みたい」

今さらのようにぐるっと室内を見まわしながら、乃本彩夏が椅子から立ち上がった。テーブルを離れ、暖炉の右手に据えられた大きな飾り棚の方へ、猫が忍び歩くようにそろそろと近づいていく。

釣られるようにして、槍中と私も席を立った。何となく彩夏のあとを追って棚の前へ足を向ける。

「凄いと云うよりも、こりゃあ凄《すさ》まじいね」

感嘆を抑え切れない表情で、槍中は硝子戸の入った棚の中を覗き込んだ。茶道具や徳利、猪口《ちょこ》といった品々が数多く、博物館の陳列台さながらに整然と並んでいる。

「どれもこれも、かなり年代物のようだな。――ふん。この淡茶色の茶碗は萩《はぎ》か、もしかしたら井戸《いど》かもしれない。そっちの黒いのは楽《らく》だね」

「何がラクなの」

彩夏が大真面目に尋ねた。檜中はおやおやという顔で、

「楽焼《らくやき》のことだよ」

「焼物の名前？　特別な物なの」

「まあ、そうだね。轆轤《ろくろ》じゃなくって、手捏《てづく》ねで作るんだ。鞴窯《ふいごがま》で、低温の火で焼く。こういう手法で作った物を一般に楽焼と呼ぶんだが、本来は楽窯、つまり京都の楽家一族か、あるいはその弟子の作だけを指して云う」

「ふーん。イドって云うのは？」

「朝鮮の、李朝《りちょう》時代の焼物だ。俗に『一井戸二楽三唐津《からつ》』と云って、室町時代から茶碗《ちゃわん》の王様として非常に貴ばれた。大井戸とか名物手とか呼ばれる、出来のいい大振りな井戸茶碗は、三十個くらいしか現存していないらしい。僕はいま一つ好きになれないんだけどね」

劇団を主宰し、その演出に力を注ぐ傍ら、檜中は都内に幾つかのアンティークショップを持っている。と云うよりもむしろ、そちらの方が彼の本業であるとするのが正しいだろう。もともと親が営んでいた骨董品《こっとうひん》店の経営を引き継ぎ、発展させたのだと聞くけれど、実際に彼の、このような古美術品や工芸品に関する知識とそれらを見る目は、素人の域を超えていると云って差し支えあるまい。

「ねえ、あのおっきな箱は何？」

彩夏が、硝子越しに指さして訊いた。上板に鉄の把手《とって》が付いた棚のような物で、中には重箱や、太鼓の形をした酒入れなどが綺麗に収納されている。それぞれの道具には、金と銀をふんだんに使った同じ意匠の蒔絵が描かれていた。

「提重《さげじゅう》って云うんだよ。江戸工芸の粋の結集とも云える品だ。いや、見事な蒔絵だな」

「マキエって？」

「もう」

槍中は呆《あき》れたように額に手を当て、

「本阿弥光悦《ほんあみこうえつ》とか尾形光琳《おがたこうりん》とか、知らないかい」

「知らない」

「いやはや。いったい彩夏は、高校で何を習ってきたんだ」

「だって勉強、嫌いだったんだもん」

「やれやれ」

と云いながらも、槍中は律儀に講釈を始める。

「漆で模様を描いて、乾かないうちに金や銀、錫《すず》なんかの粉を蒔き付けるのさ。ほら、あの太鼓に描かれた鳳凰《ほうおう》をご覧。絵の部分がちょっと盛り上がってるだろう。ああいうのを高蒔絵って云う」

「ふーん」

心許なげに頷くと、彩夏はちろりと舌を出した。

「槍中さん、さっすがねえ。何でも知ってるんだ」

「君が知らなすぎるだけさ」

「そうなのかなぁ」

彩夏は頬を膨らませてちょっと拗《す》ねたような表情を見せたが、すぐに今度は、小振りな扇子《せんす》が幾つか開いて立ててあるのを指し示し、

「この扇子、ちっちゃいんだ。子供用なのかな」

「それは茶扇子。れっきとしたお茶の道具だよ」

「そうなの。でも、綺麗ねえ」

彩夏はさらに、あれはこれはと飾り棚の中の物を示しては質問を続けた。槍中は、社会見学の引率に来た小学校の先生にでもなった気分だったろうが、かと云ってさほど面倒臭がる素振りも見せず、いちいち質問に答えてやっていた。

そのうち飽きてきたのだろう、彩夏は大きな欠伸《あくび》を一つすると、急にその場を離れていった。何を思いついたのか、ちょろちょろと硝子張りの壁の方へ走っていく。

漸く生徒から解放されて、槍中は小さく息をついた。そうして暫くの間、まるで一つ一つを鑑定するような目で棚の中の品々を見ていたが、そこへ——。

「ねえねえ、槍中さん」

鈴の入った手毬《てまり》が弾むような響きで、彩夏の声が飛んできた。

「あのね、こっちからね、さっきの部屋に戻れるよ」

彩夏は部屋の奥の隅にいた。見ると、そのあたりの硝子張りの壁には腰板部分がなくて、下の方が片開きの扉になっているのだった。彼女はそれを開け、ほらほらと外を指さしている。

槍中と私はそちらへ向かい、彼女の後ろから外を覗き見た。

扉の外は、三メートルほどの奥行きがある長細い部屋になっていた。正面の壁には、茶色い木枠の上げ下げ窓がずらりと並んでいる。入っている硝子は無装飾の透明な物で、これは戸外に面した窓であるらしい。

右手はすぐに行き止まりだが、左手はずっと奥へ延びていた。彩夏が云ったとおり、最初に通された先ほどの部屋、さらにその向こうの部屋へと続いている様子である。

「サンルーム、と呼んでいいのかな」

槍中が云った。

「どれだけ広さがあるんだろうね、この家は」

彩夏が、とことこと外へ駆け出した。真っ直ぐに部屋を横切ると、正面の窓硝子にぺたりと胸を貼り付ける。

「外、もう真っ暗ね。わあ、相変わらず凄い雪」

彩夏に続いて槍中も外へ出ようとしたが、ふと足を止め、手前の壁面を埋めた模様硝子の一枚に目を留めた。

「ほう。やあ、こいつは面白い」

「どうかしましたか」

私が訊くと、

「この硝子の文様さ。よく見てみろよ」

金色の華奢なフレームを摘んで眼鏡の位置を整えながら、彼はそう云うのだった。云われるままに私は、格子の間を埋めたその硝子の模様に注目した。

「何か花の模様ですね」

青みがかった厚い硝子の一枚一枚、その中央に一つずつ、花弁と葉を組み合わせた図柄が彫り込まれている。模様の部分が硝子に陰刻されているのだが、透過光の関係でだろう、それはあたかも浮き彫りであるかのように見える。

「家紋か何かでしょうか」

と、私は云った。

「そう。たぶんさっき忍冬先生が云っていた、この家の元の持ち主の」

「グラヴィール、ですか」

「よく知ってるね」

硝子工芸は昔から好きなので、多少の知識ならば私にもあった。

グラヴィールというのは有名な彫刻技法の名である。円盤状の銅製グラインダーで硝子の表面を削って彫刻を施すのだが、文様の種類によって使い分けられるグラインダーの数は百種にも上ると云い、硝子工芸の中でも極めて高度な技法であるとされる。

「特注品なんでしょうね」

「そりゃあそうだろう。しかも、これだけの枚数。眩暈《めまい》がしそうだな」

槍中は眼鏡のフレームを指で摘んだまま、

「で、問題はこの文様だ。何の文様か知らないのかい」

「さあ」

「勉強不足だな」

薄く笑みを浮かべ、槍中は云った。

「竜胆《りんどう》紋さ」

私は思わず「あっ」と声を洩らした。

「花が三つ、その間に葉が三つ、放射状に配置されている。三葉竜胆っていう有名な文様だよ」

「三葉竜胆……」

「鈴藤と竜胆。これもまた面白い偶然じゃないか。ねえ」

愉快そうに云って槍中は、硝子張りの壁面を舐《な》め上げるように視線を天井へ向けた。

「隣の部屋の絨毯に忍冬文様、この硝子には竜胆文様。こりゃあ、他にも探せばあるかもしれないな」

「探せばある、とは。何か僕たちの名前と同じ物が、ですか」

「うん。まあ、そういう話だ」

さっきまでの場所に彩夏がいないことに、そのとき気づいた。

一歩踏み出して外を覗いてみると、いつの間に移動したのか、左手へずっと行った突き当たりの辺に立っている。彼女はそこで、小首を傾げるようにして向こうの部屋の中を覗き込んでいたが、間もなく小走りにこちらへ戻ってきた。寄木タイルの床を駆けるぺたぺたというスリッパの音が、アーチ形の欄間が並んだ高い天井に反響する。

「あっちの部屋、本がいっぱいあったよ。図書室みたい」

と、彩夏は得意げに報告した。

「どうもご苦労さん」

苦笑いしながら、槍中はゆっくりと踵《きびす》を返した。そうして今度は、隣室に通じるドアの右手に置かれた食器棚の前へ向かう。一通り中を眺めたあと、硝子戸を開け、珈琲《コーヒー》カップを一個そっと手に取った。

「マイセンか。それも古いやつだ。堪らないね」

「高いの？」

いつの間にかまた、彩夏がそばに来ていた。

「一つだって割ったら、君には弁償できないよ」

「へえぇ。凄いんだ」

丸い大きな目をくりくりと動かしながら、彩夏がそう云った時である。

「皆様」

背後からいきなり、嗄れた声が聞こえてきた。

私たち三人は一斉にそちらを振り向いた。甲斐、名望、深月と忍冬医師——まだテーブルにいて話をしていた四人の口が、同時にぴたりと閉じた。

「お食事がお済みのようでしたら、お部屋へご案内いたします」

例の「執事」がいた。どうやら彼は、気配もなくドアを開ける名人らしい。

「どうぞこちらへ」

廊下へ出る両開きのドアの脇に立ち、彼は私たちを外に招いた。

隣室へ行った榊と蘭を呼び、私たちは食堂を出た。廊下には、一階の階段ホールに残してきた私たちのコートや靴、手荷物がすべて運んできてあり、そのそばに女が一人、立っていた。厨房のドアを開けた小柄な中年女とは別の女性である。

年齢は槍中と同じくらいだろうか。私よりも少し背が高く、度の強そうな黒縁の眼鏡を掛けている。短く刈った髪。紺色のズボンに白いシャツ、グレイのヴェストといった出《い》で立ち。肩幅もあるので最初、私は男性かと見間違えそうになった。

「お荷物をどうぞ」

執事氏が云った。

「問い合わせましたところ、この吹雪はまだ暫く続くとのことです。一応、下山できるようになるまではお泊めいたしますが、一言ご注意を申し上げておきます」

慇懃《いんぎん》な言葉遣いであるがゆえにいっそう、声が冷ややかに聞こえる。

「屋敷の中を勝手にあちこちお歩きになるのは、どうかお控えください。特に、三階へは決して立ち入らぬようお願いいたします。宜しいですか」

仮面のような無表情で、私たちを見渡す。その目が一瞬、私の右隣にいた深月の顔で止まったような気が、その時またした。私はすぐに——明確な理由もなしにだが——、荷物のそばに立った眼鏡の女の方を窺った。すると奇妙にも、彼女の視線もまた一直線に深月の顔を捉《とら》えている。

どういうことだろうか。

深月が美しいから、というのは一つの、充分に納得の行く答えではある。彼女の美しさは男性ばかりでなく、女性の目をも強く惹《ひ》きつける力を持っているから。同じ美貌《びぼう》でも、希美崎蘭の華やかな顔立ちは、男の生々しい欲望を掻き立てこそすれ、同性の賞讃《しょうさん》を受けることはまずないだろう。云ってしまえば、美しさのレヴェルが違うのだ。

しかし、それにしても……。

「では、男性の方は私に付いてこちらへおいでください。女性の方と、男性のうちのお一人はあちらへ。部屋数の都合がございますので」

「じゃあ、俺が」

と云って、榊由高がさっさと自分の荷物を取り上げた。その横には、蘭がぴったりと寄り添っている。この二人の親密な間柄は、劇団の関係者ならば誰もが了解するところだった。

　先に立って歩きだした男のあとに従って、私たちは長い廊下を右手に進んだ。女性三人と榊は、眼鏡の女に連れられて逆方向へ向かう模様であった。

　廊下は、突き当たりにある両開き扉の手前がかなり広さのあるホールになっており、そこで左に折れていた。その折れた廊下沿いに、ドアがたくさん並んでいる。数えてみると、右側に三枚、左側に四枚、全部で七枚あった。

「奥の五部屋をお使いください。手前の二つは物置ですので」

と、男は云った。

　なるほど、手前両側の一枚ずつは、他の五枚のドアと比べていくらか幅が狭いようである。女性たちが案内された廊下のあちら側も、こちらと似たような造りになっているのだろうと想像できる。

　私は頭の中で屋敷の構造を思い描いてみた。

　大雑把に云ってこの家——霧越邸は、裏手の霧越湖に向かって口を開いた巨大なコの字形をしている、と考えれば良いのではないか。その建物の、正面から見て右の突出部に当たるエリアに、私たちは部屋を与えられたことになる。

「どうも有難うございます」

　立ち去ろうとする男に向かって、槍中が丁寧に礼を述べた。

「ところで、邸のご主人はどちらに。できればその、ご挨拶《あいさつ》を」

「その必要はございません」

男の返答は何処までも素っ気なかった。

「ですが、それでは……」

「旦那様はお会いしたくないそうですので」

鼻先で勢い良く戸を閉められたような感じだった。云うなり、男はそそくさとその場を去ってしまった。

八

適当に部屋を決めて荷物を運び込むと、間もなく風呂《ふろ》の案内が来た。先ほどの黒縁眼鏡の女がやって来て、湯が出るようにしてあるから使っても良い、と知らせてくれたのである。同じ階の左の突出部——女性たちが連れていかれた側——の付け根に当たる位置に、浴室とトイレがあるのだと分かった。

食事と云い、部屋と云い、風呂と云い、本当に申し分のない待遇である。が、それだけに却《かえ》って、家人たちの無愛想な、わざと感情を押し殺したような表情と態度が異様に感じられた。この邸の主人にしても、まるで見ず知らずの私たちをここまで持て成してくれるのなら、何か一言でも云いに姿を現わしても良さそうなものではないか。

——とは云っても、私たちは飽くまでも招かれざる客である。あれこれ文句をつけられるような立場ではまったくない。ホテル並みに一人ずつ個室まで用意してもらって、このうえ何かを望むのは虫が良すぎるという話だろう。

順に入浴を済ませたあと、私たちは何となくまた、最初に通された二階中央の部屋——取り敢えず「サロン」とでも呼んでおくのが最も相応しいだろうか——に集まった。忍冬医師もやって来ていた。

広いサロンのあちこちに散らばった一同は皆、さすがに疲れ切っているふうだった。だが、誰もまだ部屋に引き揚げようとはしない。体力の消耗とは裏腹に、精神の方は妙な高揚状態にあるのかもしれない。少なくとも私はそうだった。

「天気予報、聞きたいわ」

ソファの一つにぐったりと身を沈めていた希美崎蘭が、生乾きの赤茶けた髪を撫でつけながら云った。

「ねえ。誰かの部屋にテレビ、なかった？」

蘭の問いかけに答える者はいなかった。このサロンにも食堂にも、テレビは置かれていない。隣の図書室にももちろんないだろう。

「じゃあ、ラジオは？」

蘭は苛立たしげに皆を見まわす。

「誰か持ってきてないの」

「そう云えば」

彼女の隣で長い足を組んでいた榊由高が云った。

「甲斐ちゃんのウォークマン、ラジオ付いてたよね」

「――ああ」

二人の向かいに坐って黙々と煙草を吹かしていた甲斐倖比古が、あまり元気のない声で答えた。

「取ってこようか」

「暫く吹雪は続くって、さっきあのオジサンが云ってたじゃないっすか」

暖炉の前にいた名望奈志が、にやにやと笑いながら声を投げる。

「天気予報なんか聞いても、やまないものはやまないって」

「ほっといてよ。――ね、甲斐君、取ってきてちょうだい」

「ああ、うん」

吸いかけの煙草を卓上の煙草盆に備わった灰皿で揉み消すと、甲斐はふらりとソファから腰を上げた。

部屋の調度をゆっくりと見てまわるうち、やがて私は、暖炉の右手に据えられた飾り棚の前に立った。

高さは大人の首のあたりまである。横長の大きな棚で、暖炉と奥の壁の間をほぼ完全に埋めている。飾られた品は皿や壺の類《たぐい》が多く、中央には本を並べた一画もあった。残念ながら私は、槍中のような鑑定眼を持ち合わせてはいないのだが、この棚の中身だけを取ってみても、相当なコレクションであることくらいは察せられる。

傍らに、芦野深月がいた。告白してしまうと、この棚に近寄った理由の一つはそれだった。このとき彼女は、棚の右端に置かれた一枚の色絵皿に見入っていた。

「注意して見ていたんですけれど、確かにあの男、あなたのことを気にしているみたいでしたね」

私が話しかけると、彼女は静かに頷いて、

「『なるせ』っていう名前ですって」

と云った。

「なるせ？」

咄嗟《とっさ》に「鳴瀬《なるせ》」という字が頭に浮かんだ。

「あの男の名前ですか」

「ええ」

「どうしてそれを」

「わたしたちを部屋に案内してくれたあの女の人が、さっきそう呼んでいましたから。

彼女は的場《まとば》さんと云うそうです」

「自分から教えてくれたんですか」

「わたしが尋ねたんです。相手の名前を知らないでいるのって、落ち着かないから」

「そう云えば、彼女もあの男——鳴瀬さんですか、彼と同じように、あなたのことを気にしてるふうでしたが」

「そう。——どうしてなのかしら」

「気味が悪いですか、やっぱり」

「ええ、少し」

深月はちょっと物憂げに細い眉を寄せ、再び飾り棚の皿に目を戻した。私は彼女の視線を追った。

直径二十センチ余りの大きさで、青い波頭の間に赤や黄の紅葉が舞う絵が華麗に描かれている。食堂で見た茶碗などと違って、こういった色絵磁器は見た目が華やかな分、私などには分かり易くて良い。

ここで檜中がやって来た。私と深月が並んで立った後ろから棚の中を覗き込むと、

「色鍋島《いろなべしま》か」

と呟いた。

深月が云うと、

「伊万里焼《いまりやき》ですよね」

「そうだよ。有田焼《ありたやき》を別に伊万里と云うが、伊万里にはだいたい三種類の様式があってね。柿右衛門《かきえもん》、古伊万里、それから鍋島。その鍋島焼だ。鍋島の色絵皿のことを、俗に色鍋島と云うのさ」

「古い物かしら」

「だろうね。まったく、どれもこれも……趣味もいいし、保存状態もいい。どうやってこれだけ集めたのかねえ。是非ともここの主人とはお近づきになりたいものだな」

その言葉は彼の本音だろう。ふう、と大きな息が吐き出される。

「やあ、その隣にある皿が、いま云った柿右衛門だね。余白が多いだろう。この、とろりとした乳白色の素地《きじ》を〝濁し手〟と云って、柿右衛門の特色の一つだ」

「柿右衛門って、確か日本で色絵磁器を始めた人の名前ですよね」

「物知りだな」

「大学でちょっと齧《かじ》ったんです」

「そうか。深月は芸大出だったっけ。ふん。――ところがね、初代酒井田《さかいだ》柿右衛門が有田で赤絵を創始したっていうのは、実は飽くまでも伝説の域を出ない話なんだな。確証は何も残ってないらしい」

云い忘れていたが、槍中と深月、この二人は血縁関係にある。槍中の母方の従兄《いとこ》の子が深月なのだそうで、云われれば、何処となく顔立ちに似通ったところがあるようにも見える。

二人の会話に興味深く耳を傾けながらも、いつしか私は、棚の中央に並べられた本の方へと目を移していた。

どれも古風な装幀《そうてい》の物ばかりである。それもその筈で、そこには明治中期から大正にかけての詩集や歌集ばかりが集められているのだった。

こういう時、最初に目に飛び込んでくるのは概して、自分が気に入っている作家の著作名であるものだ。私の場合、それは北原白秋《きたはらはくしゅう》の『邪宗門《じゃしゅうもん》』や『思ひ出』であったり、佐藤春夫《さとうはるお》の『殉情詩集』であったりした。

何かしら胸が締めつけられるような気分で私は、並んだ背表紙の文字を改めて追ってみる。土井晩翠《つちいばんすい》『天地有情』、萩原朔太郎《はぎわらさくたろう》『月に吠《ほ》える』『青猫』、若山牧水《わかやまぼくすい》『海の声』、島木赤彦《しまぎあかひこ》『切火』、堀口大學《ほりぐちだいがく》『月光とピエロ』、西條八十《さいじょうやそ》『砂金』、三木露風《みきろふう》『白き手の猟人』……。

「ほう」

私の目の動きに気づいたのか、槍中も棚の本に注目を移した。

「圧巻だな、こりゃあ。子規《しき》に鉄幹《てっかん》、透谷《とうこく》、藤村《とうそん》、茂吉《もきち》……」

「どうやら、どれも初版装幀みたいですね。本物の初版本もあるかも」

「ああ。鈴藤、涎《よだれ》が出てるぞ」

「小説も少しありますね」

「藤村か。ふん。殊《こと》に藤村と白秋がお気に入りのようだな、これを集めた御仁は」

「ね、トーソンって何？」

いきなり飛んできた信じられない質問の主は、乃本彩夏だった。いつの間にやって来たのか、私の左隣にちょんと立っている。

「島崎《しまざき》藤村ですよ」

私は真面目に答えてやった。

『初恋』っていう有名な詩、知りませんか。

『まだあげ初《そ》めし前髪の
林檎のもとに見えしとき
前にさしたる花櫛の
花ある君と思ひけり』

「知らなーい」

彩夏はぽってりとした唇をちょっと尖《とが》らせ、小さく首を傾げた。

「ハクシューっていうのは、北原白秋のことでしょ」

「詩を知っていますか」

「まっさかあ」

「知ってる筈ですよ。白秋は『赤い鳥』で童謡をたくさん書いてますからね」

「知らないわ」

「そんなことないさ」

槍中が云った。

「いくら彩夏だって、『この道』くらいは知ってるだろう」

「何、それ」

「『この道はいつか来た道、

　ああ、そうだよ、
　あかしやの花が咲いてる。』」

　槍中が早口で歌うのを聞いても、彩夏は依然として小首を傾げたままである。

「じゃあ、『揺籃《ゆりかご》のうた』は？」

　私が云った。

「『揺籃のうたを、
　カナリヤが歌ふ、よ。』」

「あ、それなら知ってる」

「『ちんちん千鳥』とか『あわて床屋』も白秋だな」

「『赤い鳥小鳥』『雨』『ペチカ』……本当にたくさんありますね」

「だったら、もっと馴染《なじ》み深いのがあるじゃない」

　切れ長の目を可笑《おか》しそうに細めて、深月が口を挟んだ。

「『五十音』も確か、白秋の作よ」

「ゴジューオン？」

「お世話になったでしょう」

「『水馬《あめんぼ》赤いな、ア、イ、ウ、エ、オ。

　浮藻《うきも》に小蝦《こえび》もおよいでる。』ってね」

　槍中が云って、笑った。彩夏は丸い目をもっと丸くして、

「あ、発声練習の……」

「五十音」は、発音発声の基礎訓練にたいがいの劇団や劇研で使われる詩だが、その作者が北原白秋だったとは、私も実はその時まで知らなかった。

何となく頰を緩めながら、私は飾り棚の硝子戸に手を伸ばした。鍵《かぎ》は掛かっていなかった。

並んだ本の中から、そっと『邪宗門』を引き出してみる。真っ赤な背表紙に金文字。表紙は右半分が背と同じ赤で、左半分は練色《ねりいろ》の地に細やかな線画が入っている。いつか何かの資料の写真で見たことがある、一九〇九年——明治四十二年の初版本に間違いなかった。

「『邪宗門扉銘《めい》』を憶えているかい、鈴藤」

と、槍中が問うた。私は頁《ページ》を繰ろうとする手を止め、記憶を探った。

「『ここ過ぎて曲節《メロデア》の悩みのむれに、

ここ過ぎて官能の愉楽のそのに、』——でしたか。確か、『神曲』の一節のパロディですよね」

「そう。僕はそれが好きでね。何て云うかな、芝居の開幕も同じだと思うのさ」

槍中は何やら陶然とした表情を浮かべ、腕を組んだ。

「『ここ過ぎて神経のにがき魔睡に。』

——まさにね、え？　鈴藤、そうだとは思わないかい」

九

先ほど槍中は、忍冬医師に対して私を「大学の後輩」と紹介した。その言葉に間違いはないのだが、同じ大学で学部も同じ文学部だったとは云え、彼は哲学科、私は国文学科、そのうえ学年も三年違っていた。膨大な数の学生を抱えたマンモス大学の中で、その私たち二人が知り合ったのにはむろん、それなりのいきさつがある。

三重県津市出身の私は、東京に出てくると、高円寺《こうえんじ》の小さな学生向けのアパートで独り暮らしを始めた。「神無月荘《かんなづきそう》」という語呂《ごろ》の悪い名を持ったこのアパートの大家が、他ならぬ彼、槍中秋清だったのである。

その時点で槍中は同じ大学の四年生だった。現役の学生がアパートの大家とは変わった話で、私も最初ずいぶんと戸惑ったのだが、聞けば、そもそも神無月荘は彼の父親の持ち物であり、彼は大学に入った頃からその管理を任されてきたのだと云う。アパートの収益がそのまま彼の小遣いに充てられていたらしく、かつかつの仕送りで何とか生活を維持せねばならなかった貧乏学生にしてみれば、まずは羨《うらや》ましい話であった。

学生時代の槍中は、痩せぎすの生白い顔にばさっと長く髪を伸ばし、気難しい芸術家のような風貌《ふうぼう》をしていたけれど、付き合ってみると意外に話し好きで面倒見の良い好青年だった。加えて頭の回転が速く、多くの分野に亘《わた》って私にはない豊富な知識を持っていたし、何よりも、因襲だの仕来《しきた》りだのという、私が幼い頃からずっと毛嫌いしつづけてきたものどもに決して縛られない物の考え方を信条とし、冷静に実践しているところが魅力だった。これは現在も、基本的には変わっていないと思う。

私は彼を慕い、しばしば彼が住む一階の管理人室を訪れた。

当時から私はいっぱしに小説家（それも、いわゆる純文学の！）を志望しており、大学の講義よりも専《もっぱ》ら習作の執筆に時間と情熱を費やしていたのだけれど、そうと知っても彼は妙な目で見たり莫迦《ばか》にしたりはせず、たまに、いま思えば赤面してしまいそうな青臭い文学論議にも付き合ってくれたものだった（「鈴藤稜一」は当時から使っていた筆名である。ちなみに私の本名は佐々木直史《ささきなおふみ》と云う）。

一九七五年に学部を卒業すると、槍中は哲学科の大学院へ進んだ。ところが、修士課程を終え、博士課程へ上がった直後にあっさり中退してしまう。

その時期、両親を何か不慮の事故で亡くしたのが理由の一つだったと聞くが、もともと研究者になろうという意思もあまりなかったらしい。一人息子であった彼は、資産家だった父親の土地や財産をそっくり相続すると、神無月荘の管理人室から出ていった。アパートは間もなく人手に渡り、私は別の下宿を探さねばならぬこととなった。

その後、暫くのあいだ彼と会う機会はなかった。

私は五年かけて大学を卒業すると、真っ当な就職もせず、相変わらず作家志望を決め込んでアルバイト生活を送っていた。出来上がった作品をあちこちの文芸誌に投稿し、幾度か新人賞の候補に残ったり佳作入選したりもしたが、下らない雑文の注文を集めて糊口《ここう》を凌《しの》いでいる現状を考えると、結局は未だに芽が出ないでいるという話になる。尤も私自身、そんな自分の、ある意味では気楽であり、また時として自堕落にもなりがちな状態をけっこう楽しんでもいた。

槍中と私が再会したのは四年半前、彼が「暗色天幕」というこの劇団を旗揚げした時のことであった。

一九八二年の四月だった。舞い込んできた旗揚げ公演の案内状に、私は驚いた。大学で劇研に関わってこそいなかったが、槍中はかねて演劇が好きで、いつかみずからの手で演出をしてみたいと公言して憚《はばか》らなかった。それが今度、自分の劇団を主宰することになったと云うのである。これはもちろん、彼にそれだけの情熱や才能、人望、そして経済力があって初めて実現した話であって、私は友人としてそのことを大変に嬉《うれ》しく思ったけれども、一方で、そんな彼に対して少なからぬ羨望《せんぼう》を抱いたのもまた偽らざるところだった。

公演の初日、足を運んだ吉祥寺《きちじょうじ》のとある小屋で、私たちは何年かぶりに会った。槍中は予想していた以上に私を歓迎してくれ、私は祝福の言葉を惜しまなかった。こうして二人の親交は再開したわけだが、彼の誘いに乗って劇団の稽古《けいこ》場に出入りしたり、脚本の手伝いをしたりするようになったのはここ二、三年のことである。

「僕はね、〝風景〟を求めているんだ」

いつだったか槍中が語っていた言葉が、何となく思い出される。

「自分が身を置くべき風景。その中にいて、この僕という存在の意味を最も実感できる、そんな風景を。ニュアンスは多少違うが、原風景、とでも云ってしまおうか。ちょっとした気紛《きまぐ》れで大学院へ進んだのも、親父の跡を継いで骨董屋をやっているのも、まあ云えば、それを求めての話でね。自由になる時間と金があるのを幸いにこの劇団を作ったのも、そのためさ。

そうだ。――うん。僕は〝風景〟を探している。それは失ってしまった子供の頃の記憶かもしれないし、もっと昔、母親の胎内で見た夢なのかもしれない。生まれる前の混沌《こんとん》の中で見た何か、なのかもしれない。あるいはそう、自分の死の先にある何か……天国か、はたまた地獄か、別に僕はどれだっていいと思う。

ねえ君、分かってくれるかい」

私にとってのその〝風景〟とは、ではいったい何なのだろうか。

妙に感傷的な気分で、今さらながらそんなことを考えていたのは、それもまた、その時の私の心が一種の高揚状態にあったからなのかもしれない。いつしか私は、槍中や深月たちのいる飾り棚の前を離れ、サンルームに出る模様硝子の扉を開いていた。

十

ひどく驚いたような、狼狽《うろた》えたような声が聞こえてきた。午後九時を何分か回った頃のことである。

サンルームに出てぼんやり窓の外の暗闇と向かい合っていた私は、ちょっと驚いてサロンの方を振り向いた。実際にはさほど大きな声ではなかったのだが、ちょうど他に誰も話す者のない時間の狭間《はざま》に投げ出されたものだから、異様にはっきりと耳についたのである。

「何だって？」

声の主は甲斐倖比古だった。ソファの一つに、彼はこちらを向いて坐っていた。

「ん？　どうしたの、甲斐ちゃん」

テーブルを挟んだ向かいのソファから、榊が訊いた。

「いや、それが……」

甲斐はインナーイヤー型のヘッドフォンを耳に付けているようだった。首筋から砂色のカーディガンを着た厚い胸許《むなもと》へと黒いコードが垂れ下がっている。蘭の要請に応《こた》えて、ラジオ付きのウォークマンを部屋から取ってきたのだ。

「それがね」

答えようとして、甲斐はなおも口籠《くちごも》った。かなり長い、不自然な間であったような気がする。

「今、ニュースで云ってたんだ。大島の三原山《みはらやま》が今日の午後、噴火したって」

と、やがて彼は告げた。皆の顔色を窺うように、神経質そうな視線を巡らせる。

真っ先にそれに反応したのは彩夏だった。「ええっ」と大声を上げ、ソファのそばへ駆け寄っていくと、

「ほんと？　ねえ甲斐さん、ほんとに？」

「――うん」

「どのくらいの噴火だって？　町に被害は出たのなぁ」

「さあ。そこまでは……」

甲斐は目を伏せながら、

「途中から聞こえてきたニュースだったから。ああ、そうか。彩夏ちゃん、大島の出身だったね」

「天気予報はどうなの」

噴火の話などどうでもいい、とでも云いたげに蘭が、声高に訊いた。

「ね、あたしに貸してよ、それ」

「いや……あ、ちょっと待って」

甲斐は両手でヘッドフォンを押さえつけて、

「天気予報、始まったよ」

「あたし電話、借りてくる」

耐えかねたように、彩夏が叫んだ。蒼《あお》ざめた顔で、ぱたぱたとドアに向かう。誰が声《は》をかけるいとまもなく、廊下へ飛び出していった。何のかんの云っても、彼女はまだ二十歳《たち》前の娘である。故郷の家族や友人の身が心配で、矢も盾も堪らないのだろう。

「天気は？」

じれったそうに蘭が責付《せっ》いた。

「駄目みたいだね」

短い沈黙の後、甲斐はヘッドフォンに手を当てたまま答えた。

「雪は当分、やみそうにないって。大雪警報まで出てる」

「ああ」

蘭は力尽きたように項垂《うなだ》れた。その様子を横目で見ながら、私はサンルームからサロンへ戻り、ゆっくりとソファの後ろに回り込んだ。

「明日の午後には戻らないと、あたし……」

低く吐き出すと、ふと気づいたように蘭は、暖炉の前のストゥールに坐っている忍冬医師の方を見遣った。

「ねえ、先生。先生の車で何とかならないかしら」

「いやあ、そいつはちょっと」

老医師は困惑顔で、丸い禿げ頭を撫でた。ふくよかな頬がもごもごと動いている。またキャンディを頬張っているらしい。

「何せ雪で視界が利きませんからな。明日の朝には、たとえやんどったとしても相当な深さでしょうし。私の車じゃあ、とても」

「無理を云うんじゃない、蘭」

飾り棚の前を離れながら、槍中が云った。

「だって……」

蘭は赤い口紅で彩られた唇を噛んだ。

「帰らなきゃならないって、いったい明日の午後、何があるって云うんだ。バイトが入ってるのなら、電話を借りて断わりを入れればいいだろう」

「そんなんじゃないわ」

彼女は力なく頭を抱え込んだ。

「……ディションが」

微《かす》かな声で呟き落とされた言葉を、槍中が聞き取った。

「オーディション？　何のオーディションがあるんだい」

問われても、蘭は頭を抱えたまま緩く首を振るばかりである。

「テレビドラマのだよ」

隣の榊が答えた。

「仕方ないさ。諦《あきら》めろよな」

と云って、蘭の肩を軽く叩《たた》く。槍中は「ふうん」と小さく唸《うな》り、

「そんなものに応募していたのか。ま、いいじゃないか。今どき、オーディションなんて腐るほどある」

すると、蘭はきっと目を上げ、

「今度のは特別なのよ」

少々ヒステリックな声でそう訴えた。

「ナールホドねえ」

忍冬医師の横に立っていた名望奈志が、にたにたと笑いながら声を投げた。

「そう云ゃぁ蘭ちゃん、こないだオレ、見かけちゃったんだよなあ。いつだったかの木曜日、夜中に道玄坂《どうげんざか》を歩いてたじゃん。あのとき一緒にいた男さ、某局のプロデューサーだったんじゃないの。ほら。ヤリさんの知り合いで、いつか公演にも来てくれてたオジサマ」

「――見間違いでしょ」

蘭はそっぽを向いた。名望はひょろ長い両腕を大きく広げて、

「目、いいんだけどね、オレ。両方とも二・〇あるんだぜ」

「それが何だって云うのよ」

「いやあ、お二人さん、ちぃと危ない雰囲気に見えたもんでさ。向かってた方向も方向

だったしね」

「ほっといて。何が云いたいの」

「オレ、心配してあげてるんじゃない。テレビに出るのはいいけどさ、単純なセックスアピールだけじゃ、あの世界やってけねえよ。オタクのダイコンぶりじゃあ、半年も保《も》てばいいとこなんじゃないかなあ」

「よけいなお世話だわ」

蘭はソファから腰を浮かせ、顔を真っ赤にして名望を睨《にら》みつけた。

「あたしはね、もっと有名になりたいの。女は若いうちが勝負なんだから。いつまでもこんなちっぽけな劇団で燻《くすぶ》ってる時間はないのよ」

その剣幕に啞然《あぜん》とする一方で私は、飾り棚の前に立つ深月の様子をちらりと窺った。彼女は何とも云えず哀しそうな目をして、喚き立てる蘭の姿を見詰めていた。

「そりゃま、お好きにどうぞ、としか云いようがないけどね。――で、あのオジサマとは何回寝たんだい」

相変わらずにやにや笑いながら、名望奈志はさらに突っ込みを入れる。蘭はいよいよヒステリックに顔全体を引き攣らせ、

「何をしようがあたしの勝手でしょ」

「ひやひや」

名望は薄い唇をぺろりと舐めた。

「いくら下半身の要求とは云え、大変な彼女を持ったもんだねえ、榊クンよ」

榊は我れ関せずといった様子である。華奢な肩を白々しく竦めると、テーブルにあった置物型のライターで細身のメンソール煙草に火を点《つ》けた。

「なない《・・》し」

見かねて、槍中が窘めた。

「いい加減にしろ。忍冬先生もおられるんだぞ」

名望奈志が、毒舌の道化師《ピエロ》とでもいった風情であちこちを茶化してまわるのは、今日に始まったことではない。——にしても、今のはいやに辛辣《しんらつ》だった。雪に閉じ込められたこの状況下で、彼もまた何か気懸かりな問題があって苛立っているのだろうか。

そんなふうに考えていると、それに答えるかのように名望が云った。

「だけどねえ、東京に帰れなくて困るのは、何も蘭ちゃんだけじゃないんだよなあ」

悪戯小僧みたいに鼻の下を指で擦りながら、

「オレだってさ、実のところ、あんまり足止め喰わされると弱っちゃうんだよね」

「おや。お前も何かオーディションがあるのか」

と、槍中が云った。

「何を仰《おつしや》います。オレは今んとこ、ヤリさんの劇団に満足してるもんで」

「そいつはどうも。じゃあ、何で」

「いやあ、ちょいと野暮な用事がありましてね」

槍中の顔から僅《わず》かに目を逸《そら》して、名望奈志がそう応じた時――。

がたん、と大きな音がして、廊下側のドアが開いた。殺人鬼に追われたB級映画のヒロインさながらの勢いで、彩夏が部屋に転がり込んでくる。

「どうだった」

槍中が訊いた。彩夏はさっき飛び出していった時よりもいっそう蒼ざめ、硬張った顔で、左右に何度も首を振った。

「電話、貸してくれないの」

と、彼女は今にも泣きだしそうな声で告げた。

「貸してくれない？」

「あたし、何処へ行けばいいか分かんないから、下へ降りたの。あっちの階段から大きなホールに降りてね、暗くてうろうろしてたら、男の人が……」

「あの男かい」

「ううん、違う人。髭《ひげ》を生やした、もっと若い男の人。いきなりぬっと出てきて、何してるんだ、って怖い声で」

「ちゃんと事情を説明したのか」

「うん。でもあたし、怖くて、巧く云えないでいたら、そしたらあの、フランケンシュタインの怪物みたいな男の人がやって来て」

「あの執事だね」

「そう」

彩夏はくすん、と鼻を鳴らした。

「あたし、説明したの。なのにね、駄目だって。この家は夜が早いからって。用があるなら明日にして、さっさと二階へ戻れって」

「聞く耳なし、か。ひどいな」

「あのね、槍中さん、それだけじゃないの。あたしね、変な物を見たの」

と、さらに彩夏は告げた。

「階段を降りたところに絵があったの。おっきな油絵でね、女の人が描いてあって。それで、その人の顔が」

「絵の顔？」

槍中が訝《いぶか》しげに呟くのを遮って、

「深月さんにそっくりだったの！」

彩夏は叫ぶように云った。

「綺麗な女の人なの。それがね、深月さんにそっくりなの。黒いドレスを着てて、同じような髪型で」

いちばん驚いたのはむろん、当の深月だったに違いない。

「深月？　心当たりはあるかな」

槍中が振り返って問うと、

「まさか」

彼女は額に片手を当て、軽く蹌踉《よろ》けるようにして後ろの棚に背を寄せた。

「妙ですな。いや、そいつは妙ですな」

忍冬医師がストゥールから腰を上げる。

「この家にはやはり、何か得体が知れんところがありますな。どうも、何だかその、話が怪談じみてきたようだ」

「ね、槍中さん、それからね」

と、彩夏が云った。

「まだ何かあるのかい」

「うん。あのね、帰ってくる途中、あっちの階段のとこでね、何か変な……」

彩夏が云いかけた時である。突然、それまで部屋にあった声や物音とはまったく異質な音が響きはじめ、彼女の口を噤《つぐ》ませた。

暖炉の方からだった。

忍冬医師が、もう火の落ちてしまった暖炉に向かって立っていた。ずんぐりとした医師の肩越しに、マントルピースに飾ってあった螺鈿の小箱が――その蓋《ふた》が開かれているのが見えた。

「こりゃあ驚いた」

箱の蓋を開けたのは医師らしい。禿げ上がった頭に真っ白な鬚、目を丸くして佇《たたず》む彼の様子は、さながら玉手箱を開いた浦島太郎《うらしまたろう》のようであった。

「自鳴琴《オルゴール》とは思わんかった」

音は、紛れもなくその箱の中から流れ出していた。

哀愁を誘《いざな》う、高く澄んだ音色。何かしらひどく懐かしい、仄暗《ほのぐら》い哀調を帯びた旋律が訥々《とつとつ》と奏でられる。それは誰もが知っている、ある童謡のメロディだった。

「『雨』――か」

甲斐が呟いた。ウォークマンのヘッドフォンは既に外している。

「白秋の詩だな」

槍中が云った。

「螺鈿の箱に自鳴琴か。ふん。面白い取り合わせだね」

そこへ――ちょうどワンコーラス分のメロディが終わった時だった――、ごほん、と大きな咳《せき》払いが、廊下のドアの方から聞こえてきた。自鳴琴に気を取られていた私たちは、びくりとそちらを振り向いた。

「申し上げておきますが、ここはホテルではございません」

鳴瀬という名の例の執事氏が、ドアを開けて立っていた。忍冬医師が慌てて箱の蓋を閉め、同時に自鳴琴の奏でる「雨」の調べが消えた。

「ここはホテルではございません」

と、鳴瀬は繰り返した。

「飽くまで人道的な立場から、云ってしまえば仕方なしに、私どもは皆様をお泊めするわけです。その点を充分、心にお留めくださいますよう」

そして彼は、怯《おび》えた顔をした彩夏の方をじろりと睨んだ。

「先ほどそちらの方にも申しましたが、夜はなるべく早くにお休みください。ここであまり騒がしくしていただくのも困ります。家の者は普段、遅くとも九時半には寝室へ引き揚げる習慣ですので」

「待ってください」

槍中が一歩、鳴瀬に向かって進み出た。

「あのですね、彼女、大島の出身なんですよ。だから……」

「ニュースでは、町に被害は出ていないとのことです」

何の感情も含まぬ声が返ってきた。

「今夜はもう、ご解散願います。また、部屋に飾ってある物には妄《みだ》りにお触れにならないよう、お願いいたします。宜しいですね」

鳴瀬の冷ややかな目にじっと見守られながら、私たちは黙ってサロンを出た。

どうにも重苦しい、あるいは気まずい空気が、私たちの間に漂いはじめていた。それは一概に、仏頂面の執事を初めとするこの家の住人たちの態度のせいだとばかりも云えないように思う。

薄暗い廊下を挟んだ向かい側の壁面には、背の高いフランス窓が幾つも並んでいた。

外は中庭に面したヴェランダになっている様子だった。部屋へ戻る途中、私はちょっと足を止め、窓硝子の冷たい曇りを掌《てのひら》で拭き取ってみた。

奥行きを持った深い深い闇が、硝子の向こうにはあった。その中で、決してその闇の色に染まることのない真っ白な雪が、衰えの兆しもなく激しく舞いつづけている。

私は一瞬――ほんの一瞬――、正体の知れないある種の予感に震えた。この時そのような予感を抱いたのはきっと、私一人だけではなかったに違いない。

第二幕　〝吹雪の山荘〟

一

ここは何処《どこ》だろう。

眠りから覚めた時、真っ先に頭に浮かんだのはやはり、そんな疑問だった。住み慣れた自分の部屋以外の場所で目覚めた時には決まって陥る、ちょっとした認識不全状態である。

セミダブルのベッドの上、だった。

肌触りの良い毛布と柔らかい大きな枕。快適に暖められた室温。――私は痩《や》せた身体《からだ》を横に向け、羊水に浮かぶ胎児の姿勢で寝ていた。

薄く開いた目が、ナイトテーブルに置いてある腕時計を捉《とら》えた。十二時半を示したその針を読み取って、まだこんな時間か、とまず思ったのは、それもまた、いま自分のいる場所が何処なのかをはっきり認識できていなかったせいだった。ふだん私は、たいてい午後遅くになってから起き出す生活をしているものだから。

上体を起こして枕を背に当てると、腕時計に並べて置いておいた煙草とライターに手を伸ばした。火を点《つ》け、ニコチンが神経に行き渡る軽い眩暈《めまい》に酔いながら、吐き出した煙の行方を追う。渦を巻くような紫煙の動きに白い雪の乱舞が重なって浮かび、そして徐《おもむろ》に、あの時――吹雪の中でこの家の明りを見つけた時の、壮大な夢の只中《ただなか》に放り込まれたようなあの感覚が心に蘇《よみがえ》った。

霧越邸。

その名前を漸《ようや》く思い出しながら、テーブルの上の灰皿に煙草の灰を落とす。

楕円《だえん》形をした肉厚の硝子《ガラス》灰皿は、そのくすんだ独特の色合いから、いわゆるパート・ド・ヴェールの作だと察せられた。

パート・ド・ヴェールとは十九世紀末、例のアール・ヌーヴォーにおいて再発見・再評価された古代メソポタミアの硝子製法である。硝子を糊《のり》で練って焼成する技法で、これによって、柔らかみのある不透明感と陶器のような円《まろ》やかな肌合いが生まれるのだと云う。灰皿の横には、洒落《しゃれ》た銅製のナイトスタンドが置かれている。絡み合って伸びる草花を象《かたど》った、これもまたアール・ヌーヴォー風のデザインである。

テーブルの向こうに、細長い上げ下げ窓が見えた。透明な窓硝子の外には厚い鎧戸《よろいど》が閉まっているのが、純白のレースのカーテンを透かして見て取れる。同様に鎧戸を備えた大きなフランス窓がその横に並んでおり、鎧板の隙間からは白い光がゆるりと射し込んでいた。

私はベッドから出て靴を履くと、部屋の一角に設けられた洗面化粧台に向かった。蛇口は二つあり、コックに赤と青の印が付いている。赤い方を捻《ひね》ると熱い湯が出た。察するに、この給湯装置は三年前、白須賀秀一郎という現在の主人が屋敷を改修した際に設備された物なのだろう。

それにしても――。

同じような部屋が、二階だけで少なくともあと八室はあるわけだ。忍冬医師はこの家の住人たちについて、「まったく外と付き合いがない連中で」と云っていたけれど、この化粧台にしても、きちんと手入れされた寝具にしても、外からの客を想定して用意されている物としか思えない。

身支度を済ますと、部屋の空気を入れ換えた。上げ下げ窓を開け、外の鎧戸を少し押し開いた途端、凄《すさ》まじいと云っても過言ではないような冷気が流れ込んでくる。カーディガンの前を掻《か》き合わせ、私は身を震わせた。

雪はしかし、いくらか小降りになっている模様であった。ヴェランダに出てみようと思い、私は横のフランス窓を開けた。

鋭角にカットしたクリスタルのように、硬く張り詰めた外気。風の音が遠く唸《うな》り、見渡す風景は一面、真っ白な雪に覆い尽くされていた。

庇《ひさし》のおかげで、ヴェランダに積もった雪の量は意外に少ない。私は一歩だけ、外に足を踏み出した。

私が割り当てられたこの部屋は、コの字形をした建物の突出部の先端、内側に位置する。ヴェランダの下は中庭風のテラスになっており、それを挟んで、建物のもう一方の突出部が向かい合っていた。象牙色《アイボリー》の壁に並んだ窓には、既に鎧戸の開かれている物が幾つかある。

三方を建物に囲まれた広いテラスは、右手、すなわち湖の方に向かって開いた一辺が水上に円く張り出していて、中央あたりには雪を被《かぶ》った何かの像が見えた。あれはたぶん、噴水なのだろう。そこから何メートルか先の湖面には、離れ小島のようにぽつんと小さな円形のテラスが浮かんでいる。その上にも何かの像が置かれているが、ではあれにも噴水が仕込まれているのだろうか。

霧越湖の名を持つと云うその湖は、澄んだ水面《みなも》にほんの僅《わず》かに緑がかった色を含みながら、鏡のように周囲の景色を映していた。昨夕、吹雪の中で見つけた薄鈍色《うすにびいろ》の広がりとはまったく違う静謐《せいひつ》な印象で、何やら非常に神妙な表情を湛《たた》えているようにすら見える。さほども距離のない対岸近くの湖面には、疎《まば》らに突き出した立ち枯れの木々の、真っ黒なシルエットが。鑢《やすり》で研いだような鋭い山並みが、その向こうに幾重にもなって聳《そび》えている。

眼前に広がる、息を呑《の》むほどに圧倒的な雪景色。

それを今、自分が何の躊躇《ちゅうちょ》もなく「美しい」と感じていることに気がついた。昨日ここに辿《たど》り着くまでに味わった苦難をまざまざと思い出し、私は改めて、深い安堵《あんど》の溜息《ためいき》に浸るのだった。

二

部屋を出ると、取り敢《あ》えず私はサロンに向かった。その際、隣室——槍中が選んだ部屋である——のドアをノックしてみたのだが、返事はなかった。もう起きて部屋を出ていったらしい。

サロンには忍冬医師が独りいて、ソファの一つに深々と腰を沈め、何か雑誌らしき本に目を落としていた。私が入ってきたのに気づくと、

「疲れは取れましたかな、鈴藤さん」

丸い顔全体でにこにこと笑いながら、甲高い声を投げてよこす。

「ええ。よく眠れましたから」

私は笑顔を返した。

「何をお読みですか」

「これですか」

老医師は両手の間で開いていた本を立て、こちらに表紙を見せた。B5判の大きさの薄っぺらな冊子で、『第一線』という題字が上の方に大きく記されている。

「何かの雑誌ですか」

「まあ、そうですな。警視庁が出しておる、内部向けの刊行物です。最近の犯罪情勢や

ら実際の事件の捜査リポートやら、そんな記事が載っとりましてね」

「警視庁」とは、およそ場違いな言葉を聞いた思いだった。私が驚く表情を見て取って、医師は円眼鏡の奥の目を細めた。

「いやあ、これで昔、警察の仕事を手伝っとったことがありまして。その伝《つて》で、未《いま》だにこんな物を回してもらうんですよ」

「警察の仕事、と云うと、検屍《けんし》とか解剖とかを？」

「ま、そのようなことです」

「監察医か何かをしておられたんですか」

「いやいや。この狭い田舎ですからな、そんなたいそうなものなど元からありゃしません。日本で監察医制度というのは、ありゃあ東京や大阪の大都市だけの話ですな」

「じゃあ……」

「相野の警察署長が昔馴染《なじ》みの男だもんで、緊急の時にちょくちょく駆り出されておったわけです。尤《もっと》も、ここいらで起こる事件と云ったら高が知れてますわな。旅館でちょっとした盗難があったとか、ちんぴら同士の喧嘩《けんか》騒ぎとか。殺人事件なんてのはこの三十年間、二つか三つかしか起こっとらん。平和と云えば平和、退屈と云えば実に退屈な町でして。

おっと、誤解なさらんでください。別にそんな、凶悪犯罪がもっと起きてほしいなどと思っておるわけじゃないんですよ。ただ、やっぱり何と云うか、刺激ですな。その手の刺激が欲しいというのは、誰にでもありましょう」

「はあ」

私が曖昧《あいまい》な返事をすると、医師は少し照れたように頭を掻いた。

「だからまあ、退屈凌《しの》ぎにこんな雑誌を送ってもらうわけです。これがまた、下手なテレビドラマや探偵小説よりも面白かったりする。かなり生々しい内容で、死体の写真なんかも載っとるから、ま、あんまり普通の人には見せられませんが」

「死体の写真」と聞いて、それだけで些《いささ》か気分が悪くなった。小説や映画の中ではいくら残虐な殺人が起ころうと構わないし、そういうものを楽しむ人間の心理にも共感できるのだけれど、たとえば新聞や週刊誌でセンセーショナルに取り上げられる現実の凶悪犯罪を「刺激」として享受する気には、私はどうしてもなれない。

「あっちに食事を用意してくれとりますよ。私はお先に戴《いただ》きましたんで」

云われて、食堂へ続くドアが開けっ放しになっていることに気づいた。見れば、槍中と深月、甲斐の三人が向こうのテーブルに着いている。

「やあ」

快活な声とともに、槍中が手を挙げた。

「お早う——とも云えないか。この時間だからな」

「充分ですよ、この時間なら」

私は薄く笑って、朝の挨拶《あいさつ》を返した。食堂へ足を向けながら、

「雪が小降りになっていますね。もしかしたら帰れるかも」

「これからまた崩れるそうだよ」

　槍中は軽く肩を竦《すく》め、

「とにかく積雪が凄《すご》い。下山はやはり無理らしいね」

「何とか迎えにきてもらうわけにはいかないんですか」

「それがね、電話線が切れたそうなの」

　槍中の隣の席にいた深月が云った。

「何ですって？」

　私は椅子を引き出そうとしていた手の動きを止めた。

「ゆうべ遅くのことらしい」

　槍中が引き継いで云った。

「暫《しばら》くここにカンヅメってわけさ。蘭には可哀想だがね」

　九脚の椅子を備えた十人掛けのテーブルには、シチューの入ったフォンデュ用の鍋《なべ》が人数分、用意されていた。皿に盛られたパンとキッシュ、生ハムとスモークサーモンのサラダ。手のつけられていない料理が、私の分を入れてまだ五人分ある。

　十分ほどした頃だろうか、大きな欠伸《あくび》に口を押さえながら彩夏が食堂に入ってきた。昨夜、逃げるようにして一階から戻ってきた時の怯《おび》えの表情はもう、少しも残っていないように見受けられる。

「眠れたかい」

槍中が訊《き》くと、彩夏はまた一つ欠伸をしながら「うん」と頷《うなず》いた。シチューを温めるランプに火を入れると早速、サラダに手を伸ばす。

「電話、借りにいかなきゃ」

三原山噴火の件はやはり気になるらしい、やがて彼女が云いだしたので、槍中が電話線が切れてしまったことを教えた。

「ほんとに？」

彩夏は目をまん丸くして、槍中の顔を見直した。

「どうしよう。困ったなぁ」

ぷっと頬を膨らませ、ちょっと俯《うつむ》いて首を捻ったかと思うと、すぐに向かいの席に坐《すわ》っていた甲斐の方へ目を上げて、

「ねえ甲斐さん、あとであのウォークマン、貸してくれる？　ニュース、聞きたいの」

「いやね、それが――」

昨夜はあまり眠れなかったのだろうか、甲斐はひどく充血した目を屡叩《しばたた》かせながら、申し訳なさそうに云った。

「電池が切れちゃったんだ。ACアダプターも持ってきてないし」

「えー。そんなぁ」

「大丈夫だよ、彩夏」

槍中が優しい口調で宥《なだ》める。

「昨日《きのう》の午後、最初の噴火があったって云うんだろう。たとえ大きな噴火だったとしても、いきなり島が溶岩だらけになるなんてことはないさ」

「でも」

「どうしても気に懸かるのなら……ああそうだ、忍冬先生」

と、槍中はサロンの方を見遣り、開いたドアの向こうに声をかけた。

「はいぃ？　何ですかな」

ソファに坐ったまま、医師は太い胴体を捩《ね》じるようにしてこちらを覗《のぞ》き込んだ。

「ええとですね、先生の車、この家のそばに置いてあるんでしょう」

「さようですが」

「宜《よろ》しければ、あとで車のラジオを聞かせてくださいませんか。三原山の噴火の状況を知りたいんです」

「いやあ、困りましたな」

と云って、忍冬医師は面目なさそうに額を叩いた。

「残念ながら、あのラジオは壊れとるんですよ。そろそろ車を買い換えようと思っとったところで、修理せずに放ってありましてな」

「そうですか。じゃあ仕方ありませんね」

槍中は彩夏の顔に目を戻し、

「家の人に頼んでテレビかラジオを貸してもらうしかないみたいだな」

「この家の人に？」

怯えとまでは行かないが、彩夏は露骨に表情を翳《かげ》らせる。

「僕が頼んでやるよ。そんなに悲愴《ひそう》な顔をするんじゃない」

云って槍中は、「よしよし」とでも付け加えるように幾度か続けて頷いてみせた。

榊と蘭がお揃いで入ってきたのは、それから暫く経った頃である。どうしたわけか二人とも、酒に酔ってでもいるようなふらついた足取りに見えたのが、その時の印象として残っている。

空いた席に着いても、蘭は浮かない顔で、料理に手をつけようとしなかった。昨日の雪の行軍で風邪でも引いてしまったのか、しきりに洟水《はなみず》を啜《すす》り上げている。榊の方は、そんな彼女の様子を取り立てて心配するふうでもなく、彼もまた食欲がないのか、シチューの鍋は放っておいて、サラダだけを少し口に運んでいた。

午後二時を回って、漸く最後の一人が起きてきた。名望奈志である。

蘭の隣の空席に腰を下ろすや、皿の横に置かれたナイフに目を留めて、彼は「ややっ」と声を洩《も》らした。恐る恐るナイフの柄の端に人差指を伸ばすと、そのままランチョンマットの外へ押し出してしまう。

「相変わらずだな」

槍中が苦笑した。

「箸《はし》を用意してもらうか」

「笑わないでくださいよ」

名望は蛸《たこ》のように口を尖《とが》らせ、

「誰にだって苦手な物はありましょうが」

〝刃物恐怖症〟とでも云うべき性癖（病気、と云った方が正しいかもしれない）が、彼にはあるのだった。どんな幼少体験の影響だろうか、包丁から小刀、剃刀《かみそり》、ペイパーナイフに至るまで一切の刃物が苦手で、手を触れることさえ怖いのだと云う。食事用のナイフもその例外ではない。唯一、鋏《はさみ》だけは扱えるのが救いだと、いつだったか本人の口から聞いた憶《おぼ》えがある。

「やあ。ここの家、住んでる連中はアレだけど、喰《く》い物はやたらと美味《うま》いねえ」

フォーク一本を右手に持つと、がりがりに痩せたその身体の何処に隠されているのか、名望奈志は旺盛《おうせい》な食欲で料理を胃袋に収めはじめた。

「あれえ、蘭ちゃん、腹減ってないの。喰わないんならオレ、戴いちゃうよ」

やがて頃合を見計らうようにして、槍中が電話線の件を告げた。

本日東京で「特別な」オーディションがあるという蘭は、あまり化粧の乗りが良くない頰をひくりと硬《こわ》張らせた。だが、深く降り積もった外の雪を見て、既に半ば諦《あきら》めていたのかもしれない、昨夜のようにヒステリックな反応は示さず、無言でがっくりと頭《こうべ》を垂れる。

「電話も駄目ってか」

パンをちぎる手を止めて、名望が渋い顔をした。

「やれやれ。こりゃあもう、どうしようもねえなあ。打つ手なし、か」

「野暮用があるとか云ってたな。何の用事なんだ、ななし」

槍中が尋ねると、名望はひょいと肩を窄《すぼ》め、

「まあまあ、そいつは訊きっこなしってことで」

「気になるね。隠すような話なのか」

「別に。けど、あんまり喜んで云いたくもないっすよね」

「ふん。なら、最初から黙ってるんだな」

「あ、冷たいなあ、ヤリさんの今の云い方」

と、名望は軽く舌打ちをする。

「そう云われるとよけいに訊きたくなるな、とか何とかさ、他に云いようもありましょうが」

「なるほど」

槍中は可笑《おか》しそうに白い歯を零《こぼ》した。

「ここで喋《しゃべ》ってしまいたいというのが本音か」

「へえへえ。内に籠《こも》る質《たち》じゃないもんで」

名望奈志は色の薄い、萌《も》やしのような癖毛を掌《てのひら》で撫《な》でまわした。

「実はワタクシ、このたびめでたく独身生活へカムバックすることになりまして」

「はあん？」

「つまりですね、その、離婚などしてみようかな、と」

「ほう」

　槍中は口の中でくっと笑いを噛《か》み殺し、

「要は女房に逃げられたんだ」

「そうはっきり云わないでくださいよ。これでもわりと傷ついてんだから」

「で、その話と東京へ帰らなきゃならないことが、どう関係してくるんだい」

「十七日――月曜に嫁さんが、離婚届けを出しにいく段取りになってるんっすよ。それでつまり、こっちは何て云うか、多少その、未練がありまして。最後の足掻《あが》きをしてみようかと、この旅行のあいだ思ってたんでさぁ」

「足掻き？」

「帰ったらもう一回、和平交渉を持ちかけてみようかなあ、なんて」

「なるほどね。そりゃあ、確かに野暮用だな」

「他人事《ひとごと》だと思って、もう」

「そう云えば、名望は婿養子だったんじゃなかったっけな」

「そうっすよ。彼女んち、ヤリさんとおんなじで金持ちだからね、土地もたくさん持ってるしね、ぶっちゃけた話、オレとしちゃあ惚《ほ》れた腫《は》れたよりも、そっちの方の当てがなくなっちまうのが辛《つら》いわけで」

「ふーん。名望奈志さん、養子だったのか。何か意外な感じ」

彩夏が口を挟んだ。

「じゃあ、松尾っていうのは奥さんの方の苗字《みょうじ》なんだ」

「当然そういうこと」

「離婚したら本名が元に戻るのね。何て云うの」

遠慮のない質問にも、特に気を悪くするふうでもなく、

「鬼怒川《きぬがわ》」

と、名望は答えた。

「きぬがわ？」

「鬼怒川温泉の鬼怒川だよ。鬼が怒る川」

彩夏はぷっ、と噴き出した。

「やだ。ぜんぜん変。イメージ合わない」

「やっぱりそう思う？」

「だって、名望奈志さんはナモナシさんだもん。どう見ても、鬼が怒るって感じじゃないもんね」

「どうもどうも」

「でも大変よね、奥さんいなくなったら」

「同情してくれる？」

「うん。ちょっとね」

「誰か友だち、紹介しておくれよ。美人でお金持ちの子ならこの際、誰でもいいからさ。宜しくネ、彩夏ちゃん」

相変わらず道化た口振りで喋る名望奈志だが、その言葉と表情の端々に、ちらちらといつもの彼とは違うものが見え隠れしている気がする。別れる妻の財産云々《うんぬん》は案外、単なる強がりなのかもしれないな、と私は思った。

三

トイレに立って帰ってくると、槍中が独り廊下に出ていた。グレイのフラノのズボンのポケットに両手を深く潜り込ませて、中庭側の壁に掛けられた大きな日本画を眺めている。

「見ろよ、鈴藤」

私が近づいていくと、槍中はそう云って、眺めていた絵を指さした。

「春の風景ですね」

若草色に染まり、朧《おぼろ》に霞《かす》んだ山々が描かれている。近景に広がる森の一角を占めた山桜。その乱れ咲く白さに、私は目を細めた。

「いや。そうじゃなくて、これさ」

と、槍中はもう一度右手の人差指を伸ばし、絵の右下隅をぴたりと示した。

「この落款《らっかん》さ」

「落款？」

私は少し身を屈《かが》めて、彼が指し示した部分に目を凝らした。なるほど、作者の署名と印がある。

「こ……」

その崩し書きの文字を判読して、私は声を詰まらせた。「彩夏」という名前が、そこに読み取れたからである。

「これは」

「『あやか』じゃない。『さいか』と読む。あまり知られていないが、昭和の初期に活躍した人でね、藤沼彩夏《ふじぬまさいか》という風景画家がいた。たぶんその絵だ」

私は何と応じたら良いものか分からなかった。

忍冬文様の絨毯《じゅうたん》、三葉竜胆の模様硝子、そして今度は、彩夏なる画家の署名である。偶然と云えばもちろんそうなのだけれど、それが立て続けにこれだけ重なると、やはり何となく気味が悪い。偶然という言葉だけでは済ませてはいけないような、可怪《おか》しな気分にもなってくる。

「あっちは？」

中庭側の壁面には、ヴェランダに出る四枚のフランス窓を挟んで、同じくらいの大きさの日本画がもう一枚、飾られている。私はその、燃えるような紅葉の山々が描かれた絵の方を見遣《みや》って訊いた。

「あの絵も、同じ人の作なんですか」

「いや」

槍中は首を横に振った。

「あれは別の画家のだよ。署名もあるが、僕らとは関係のない名前だ」

そこへ、当の彩夏がサロンから出てきた。私たちの姿を見つけると、敷き詰められた檜皮色《ひわだいろ》の絨毯の上を、すとすとと走ってくる。

「ほら、ご覧よ。君の名前があるんだぜ」

槍中が云うと、彩夏は不思議そうに問題の落款を覗き込んだ。

「あ、ほんと」

声を上げるや、くるりと後ろを振り返り、

「ねえ深月さん、ほらほら」

続いて廊下に出てきた深月を手招きする。槍中はそして、彼女たち二人を相手に、昨夕以来この家で発見した「名前」のことを説明して聞かせるのだった。

「ね、みんなでタンケンに行こうよ」

彩夏が唐突に云いだした。

「探検？」

私が首を傾げると、

「お屋敷の中の探検よぉ」

邪気のない笑いをふっくらとした口許《くちもと》に含む。

「ゆうべはあんな、真っ青な顔をして怖がってたくせに」

槍中が云うと、彩夏は「へへっ」と頭を掻いて、

「立ち直りが早いのが取り柄だもんね。それにね、みんなに見てほしい物があるの」

「と云うと？」

「ほら、ゆうべ報告したでしょ。深月さんによく似た絵があるって」

「ああ……」

そうだ。そんな話があった。

昨夜、電話を借りにいった彩夏が階下で見たと云う、深月にそっくりな顔の女性が描かれた油絵。それがもしも本当だとすると、この家はまた一つ、奇妙な「偶然」を私たちに提示することになる。

「だけど、あまりうろうろしないようにって釘《くぎ》を刺されたでしょう」

気の進まぬふうに深月が云うが、

「ちょっとだけならいいじゃない」

彩夏は悪戯《いたずら》っぽく歯を零す。本当に立ち直りが早い。

「賛成だね。ちょっとだけだ」

金縁眼鏡を持ち上げながら、槍中が鹿爪《しかつめ》らしい口調で云った。まんざらでもないという顔である。この建物、そしてサロンと食堂だけを取ってみてもあれだけの収集品だ、早く他のところを見てみたくて仕方ない、という気持ちがひしひしと伝わってくる。

無言で苦笑する深月と顔を見合わせて、私もまた苦笑を抑えられなかった。

「こっちよ」

と、彩夏が私たちを招いたのは、中庭に向かって右手の方向——私や槍中の部屋がある方——であった。昨夕、案内されて入ってきたのとは反対の側だ。

私たちは美術館を見学する客の足取りで、ブルージーンにピンクのセーターを着た彩夏に従って歩きだした。「探検」の始まりである。

食堂、サロン、図書室と並ぶ三つのドアの間の壁面には、二枚の大きなタペストリが掛けられている。手前は黄金色の太陽とその輝きを照り返す海原、もう一枚は白銀の雪景色。金糸銀糸をふんだんに使った華麗な綴《つづ》れ織りの「夏」と「冬」で、向かいの壁を飾る日本画の「春」と「秋」を合わせると、これで見事な四季が出来上がる。

廊下の突き当たりには、アール・ヌーヴォー風の装飾が凝らされた大きな両開きの扉が閉まっている。磨《す》り硝子の入った青い鏡板、その上を這《は》う真鍮《しんちゅう》製の蔓草《つるくさ》。——扉の前まで行き着くと彩夏は、ちらりとこちらを振り返って私たちが付いてくるのを確認してから、両手で把手《とって》を摑《つか》んで手前に開いた。

扉の向こうは、ちょっとした広さがある踊り場になっていた。吹き抜けのだだっ広いホールに張り出した恰好《かっこう》で、一階からの階段と三階へ続く階段を繋《つな》いでいる。巡らされた珈琲《コーヒー》色の手摺《てす》りを、複雑に絡み合う草木を象った真鍮の骨が支えているのは、これもまた典型的なアール・ヌーヴォーの意匠である。

「あら」

踊り場に出て右手、少し横に出っ張ったスペースに置かれていた硝子ケースに目を留め、深月が声を洩《も》らした。

「きゃ、可愛い」

歓声を上げ、彩夏がその前に駆け寄る。

「ちっちゃなおヒナさま」

黒い木製の台に置かれた硝子ケースは、高さと幅、ともに六、七十センチの物で、中には小さな雛壇《ひなだん》が収められていた。「小さな」と云っても、それはちゃんとした五段飾りで、最上段に男雛と女雛が、その下には三人官女が、五人囃子《ばやし》が……他にも一揃いの雛道具が不足なく備わっている。人形の大きさは、いちばん大きな物でも高さ十センチに満たない。

「芥子雛《けしびな》ですね」

切れ長の目を眩《まぶ》しそうに細めながら、深月が檜中の方を窺《うかが》った。

「ああ」

槍中は一歩ケースに近づき、両膝《ひざ》に手を当てて身を屈めた。

「有名な、上野《うえの》池之端《いけのはた》の七沢屋《ななさわや》の物みたいだね。とすると相当な値打ち物だよ、こりゃあ」

「ケシビナって？」

と、彩夏が首を傾げた。

「牙首雛《げくびびな》とも云う。人形の頭が象牙《ぞうげ》彫りで出来てるんだ」

「ふーん？」

「今の形の雛壇飾りは、江戸時代に入ってからやっと成立した物なんだがね、その後は江戸や大坂の富裕な商人たちの手によってどんどん洗練され、いろんな技巧が凝らされるようになった。ところが幕府は、折りにつけ過度の贅沢《ぜいたく》を戒め、雛人形についても材料や寸法なんかを制限したんだな。それじゃあ、とばかりに職人たちが奮起して、その制限の枠内で作り上げたのが、こういった小型雛だったわけさ」

「へーえ。そう云われると、何だかスゴいような気がする」

「雛道具を見てごらん。本当によく出来てるから」

槍中の云うとおり、標準よりも遥《はる》かに小さなサイズであるにも拘《かか》わらず、それらの道具の精巧さ、施された技芸の細やかさには目を見張るものがあった。

直径五センチ程度の貝桶《かいおけ》にぎっしりと詰め込まれた、一センチ足らずの大きさの貝合わせの貝。硯《すずり》に墨、筆を収めた三センチくらいの硯箱。全長五ミリもない小鳥を住まわせた鳥籠《とりかご》。牛車《ぎっしゃ》の牛には、細かな体毛まで植え付けてある。——どれ一つを取っても細心の注意をもって仕上げられており、小さいゆえの安っぽさなど微塵《みじん》も感じさせない。

細密なミニチュア世界にこちらが引き込まれてしまいそうな気分で、じっとケースの中に見入っていると、

「あれえ」

彩夏が突然、素《す》っ頓狂《とんきょう》な声を発した。

「どうした」

槍中が訊くと、彼女はくるんと背後を振り返り、

「やだ。また……」

訝《いぶか》しげに顔を曇らせる。

「どうしたんだい」

槍中が重ねて訊いた。彩夏は眉《まゆ》を八の字に寄せて、

「今、見なかった？」

「見る？　何を」

「そのケースの硝子にね、知らない顔が映ったの」

「ああん？」

「どういうこと」

と、深月が訊く。彩夏はさらに眉を寄せて、

「あたしにもよく分かんない。ふーっと誰かの顔が、あたしたちの後ろに浮かんで」

「どんな顔が」

「ぼんやりとだったから、よく分かんない。でも、だからね」

　云って彩夏は、右腕を前方に差し上げた。

「あのドアの向こうに、誰かがいたんだと思うんだけど」

　彼女が示したのは、芥子雛のケースの反対側——廊下から出てきて左手にある、三階へ続く階段の昇り口だった。アーチ形の透明な硝子が嵌《は》め込まれた片開きの扉が階段の手前にあって、これはいま閉まっている。

「あの硝子の向こうかい」

　顎《あご》を撫でながら、槍中が云った。

「そこにいた誰かの影がケースに映り込んだんだ、と？」

「うん」

　曖昧な表情で頷くと、彩夏はちょこちょことその扉の前に向かった。鈍く光る金色のノブを両手で握り、背伸びをするようにして硝子の向こうを覗き込む。

「——誰もいない」

「気のせいだったんじゃないのか」

「そんな筈《はず》は……あん、開かないよぉ、このドア。鍵《かぎ》、掛かってる」

「三階には決して昇るなと、あの執事が云ってたな」

「ゆうべもね、変だったの」

ノブを握ったまま、彩夏はこちらを振り向いた。

「あたし、ここから下へ降りようとしたの。そしたらね、何か変な音が、このドアの方から聞こえて」

「変な音？」

「うん。コツッ……って、何か硬い音が」

「足音？」

「っていう感じでもなかったけど」

首を傾げ、なおも扉の向こうを覗き込む彩夏を促して、私たちは階下へ向かった。

階段は廊下よりも若干、幅が狭かった。と云っても二メートル近くはあるだろうか。いったん中二階の高さまで下り、左手の壁に沿って回廊のようにホールの周囲を巡る。

「ほう。こりゃあ」

先頭を歩く槍中が、L字に折れた曲がり角の手前で立ち止まった。突き当たりの壁に飾られた一枚の水彩画を見上げて、

「この屋敷の絵だ」

低く、しかし感嘆に満ちた声で呟《つぶや》く。彼の横まで歩を進め、私もその、銀縁の額に収められた絵を見上げた。

私たちが昨夕、吹雪の中で目撃したのは、翼を広げた巨鳥のような黒い輪郭とその内

側で息衝《いきづ》く明りだけだった。にも拘らず、この絵に描かれた洋館は間違いなくこの霧越邸である――と、何故《なぜ》か確信をもってそう思った。

建物を正面から捉えた図である。

中心を占めるのは、ヴィクトリア調のハーフティンバー・スタイル。北欧や北米で発達し、日本では明治二十年代から昭和の初期にかけて流行した木組み建築の様式で、象牙色の壁を黒々と這う木骨が実に美しい。中央に並ぶ張り出し窓を初めとして随所に硝子が用いられており、それらと硝子ではない壁面とのバランスがまた見事だった。屋根はいわゆるマンサード式の屋根で、繊細な棟飾りや屋根窓、赤煉瓦《れんが》の煙突が、緑青色《ろくしょういろ》の急勾配《こうばい》を飾っている。

「ハーフティンバーか」

惚れ惚れとした顔で槍中が云うのを聞いて、

「しかしたぶん、形を借りているだけでしょうね」

と、私は思うところを述べた。

「どうしてだい」

「この建物の骨組み自体は、恐らく木造ではないと思うんです。雪も多いと云うのに、これだけ硝子を多用しています。百パーセント木造じゃあ、とても荷重に耐えられないでしょうから」

「なるほど。とすると、鉄骨か」

「そうですね」

「大正時代に鉄骨建築？」

背後で深月が云った。槍中が答えて、

「確か明治の終わり頃、日本に入ってきたんじゃなかったかな。鉄骨材そのものは輸入品がほとんどだったろうが。——ふん。サインが入ってるね」

眼鏡のフレームに指を添えながら、槍中は絵のそばまで進んだ。

「何かまた、意味ありげな名前ですか」

私が訊くと、彼は「いや」とかぶりを振り、

「取り敢えず、我々とは関係のない名前だな。『あきら』と読むのかな。それとも『しょう』か」

「あきら……」

私は槍中が示したサインを覗き込んだ。「彰」という漢字一文字が記されている。

「誰か名のある画家ですか」

「さて。少なくとも僕は知らないが」

槍中は小さく両腕を広げた。

「案外、素人が描いた作品なのかもしれない。達者な筆致だけれども、何と云うか、画家のアピールのようなものが希薄なんだな」

難癖をつけながらも、槍中は惚れ惚れとした表情を崩さない。さらに暫くの間、恐ら

く季節は春だろう、淡い緑を背景に描かれた華麗な洋館の姿を見上げたまま、私たちはその場に立ち尽くしていた。

四

一階に降り立つと、正面右寄りの上方に先ほどの踊り場が見えた。二階から降りてくるまでに、このホールの周りをほぼ半周したことになる。左手後方にある黒い大きな二枚扉が、どうやら建物の表玄関へ通じる物らしい。

薄暗い、冷え冷えとした空気が立ち込めた大広間である。床面積自体は二階のサロンや食堂よりもいくらか広い程度なのだが、三階まで吹き抜けの構造であるため、空間的な広がりは何倍にも感じられる。

壁面は、三方までが窓を一枚も持たない。私たちから見て左手――湖とは反対の方向になる――の一方にだけ、二階の高さにまで達する細長い円形アーチの窓が並んでいる。随所に色硝子の入ったそれらの窓に支えられるような恰好で、受胎告知を描いたステンドグラスが、さらに上方から私たちを見下ろしていた。

黒御影《くろみかげ》に、ところどころ白い大理石が模様のように鏤《ちりば》められた床。壁も重厚な灰色の石造りである。赤、青、黄に彩色された弱い光線がステンドグラスから落ちてきて薄闇を切り開き、まるで古い教会堂のような、静謐で荘厳な雰囲気を醸し出す。正面に下がった、キリスト生誕図と復活図を表わした二枚の巨大なゴブラン織りのタペストリまでが、灰色の壁に溶け込んでモザイク壁画のように見える。

「あれよ。あの絵」

彩夏が云って、ホールを横切っていく。

二枚のタペストリの中間あたりに設けられた大理石の暖炉。その上方に掛けられた金色の額縁の中に、問題の絵があった。

「ほら、これ」

暖炉の前で、彩夏は私たちを振り返った。

「ね。そっくりでしょ、深月さんに」

「本当だ」

驚嘆の声を洩らしながら、槍中がふらふらと歩を進めた。

「いったいこいつは……」

五十号大のキャンバスに描かれた油絵である。

真っ黒なドレスをほっそりとした身に纏《まと》い、窓辺の椅子に腰掛けた女性が、薄闇の向こうからじっとこちらを見詰めている。漆黒の髪を胸許《むなもと》まで垂らし、ちょっと眩しそうに切れ長の目を細めている。何処か寂しげな微笑。何故か、この世界の終わりを見透かしてでもいるかのような静けさ。――その美しい女性は、彩夏の云うとおり、確かに芦野深月と瓜《うり》二つの顔をしていた。

「誰なんだろう」

絵を見上げながら、槍中が呟く。

「ゆうべも訊いたけれども、深月、何か心当たりはないのか」

その問いかけを振り払うように、階段を降りたところに佇《たたず》んだままでいた深月は首を振った。

「知らないわ、こんな……」

黒いセーターに黒いロングスカート——と、奇《く》しくも彼女は、絵の中の女性と同じ色の服に身を包んでいる。

「それにしても似てる。自分でもそう思わないかい」

「——ええ」

「『レガシー』っていうイギリスの恐怖映画があったっけな」

槍中は独り言のように云った。

「キャサリン・ロス扮《ふん》するヒロインが偶然、山の中の大邸宅を訪れるんだ。すると、そこに自分とそっくりな肖像画があってね」

「やめて」

深月が小さく叫んだ。

「気味が悪いわ」

「ねえねえ。こっち、行ってみましょ」

彩夏の声が響いた。いつの間にか絵の前を離れ、右手に見えていた青い両開き扉のそばにいる。

肖像画からすいと目を逸《そら》し、深月が彩夏の方へ向かう。槍中は絵を見上げたまま、すぐには動こうとしなかったが、やがて一つ大きな息を落としてその場を離れた。

槍中が来るのを待って、彩夏が扉の把手を握った。そっとそれを押し開く手が、「わっ」という短い声とともにぴたと止まる。

「あの人……」

囁《ささや》く声で、彩夏が云った。

「あの男の人よ。ゆうべここで、あたしが怒られたの」

細く開かれた扉の隙間から、広く長い廊下が見えた。二階と同様の檜皮色の絨毯が敷き詰められたその廊下を、白いトレーナーを着た背の高い男が歩いていく。後ろ姿なのではっきりとは分からないが、昨夜彩夏が云っていたとおり、鳴瀬という名のあの執事よりもずっと年齢は若そうだった。

真っ直ぐに延びた廊下を突き当たりまで行くと、男はそこにある、こちらと同じ青い両開きの扉を開けた。そうして男の姿が消えてしまっても、私たちは何十秒かの間、身動き一つせずに——と云うよりも、できずにいた。

「行こうか」

口を切ったのは槍中だった。

「でも、何だか悪いわ、やっぱり」

深月が難色を示すのを、

「見つかったら見つかった時さ。まさか、だからすぐに家を出ていけなんて無茶は云われまい」

尤もらしい調子で往《い》なして、槍中は扉を身体の幅だけ開いて廊下へ滑り出た。

手前に、右手の湖の方向へと折れる袖《そで》廊下があった。私たちは別に示し合わせるでもなく、進路をそちらに取った。禁を破って邸内を「探検」しているのだ。その罪悪感があるだけに、建物の中心の方へは行きづらかった。歩を進めるのも、無意識のうちに忍び足になる。

袖廊下の突き当たりには、片開きのドアがあった。青い鏡板に磨り硝子が入り、蔓草を模した真鍮の装飾が施された、他と同じ造りの物である。

「鍵、掛かってないよ」

ちょこちょこと先にその前まで行った彩夏が、小声で告げた。槍中が黙って頷くのを見て、そろりとドアを開く。

瞬間、私は戸外に出てしまったのかと錯覚した。

ドアの向こうには、白い光が溢《あふ》れていた。――真っ白に積もった雪。起き抜けにヴェランダへ出てみた時よりも、明らかに勢いを増して風に舞い、降りしきる新たな雪。

両側が透明な硝子張りになった渡り廊下が、そこにはあった。

右手にはすぐ、厚い硝子の壁を隔てて霧越湖の水が揺れている。左手は湖に沿って、数メートル幅の長細いテラス。少し離れた湖上に、小島のように浮かんだ例の円形テラスが見える。

七、八メートルの長さの廊下だった。奥にある、こちら側と同じような片開きのドアに向かって、私たちはゆっくりと進んだ。

左側中央付近には、テラスに出るための、これもまた透明な硝子張りのドアが設けられていた。通り過ぎがてら、私はそのドアのノブを回してみたのだけれど、鍵が掛かっている手応《てごた》えはなかった。

「何があるのかしら」

「何の部屋なのかなぁ」

深月と彩夏が同時に云った。こうなってくると、まさに「探検」である。

「さあて」

硝子を透かして見える前方の建物の影に目を据えながら、槍中が云った。

「たぶん、あれは……」

その推測が述べられるよりも先に、彩夏が奥のドアを開いた。途端、

「わ、凄い。スゴーい」

子供のような歓声が上がる。

これまでとはさらに異質な光が、洪水のようにどっと押し寄せてきた。部屋中を埋め

た緑。その中に点在する鮮やかな赤や黄色。むっと立ち込める芳香、そして熱気。……

温室？

そう。そこは温室だったのである。

「凄いんだ」

大喜びで駆け込む彩夏に続いて、私たちはその、白い湖に浮かんだ緑の部屋に足を踏み入れた。

「まったくもう、何て家だろう」

明るい室内を見まわしながら、槍中が呟く。

冬の色一色で塗り潰《つぶ》された外の景色と、生命の営みに満ち溢れた室内。あまりにも懸け離れた両者の対比に、私は軽い眩暈すら覚えた。

「外ではあんなに雪が降っているのに」

と、深月もまた驚きを隠せない。入ってきたドアを後ろ手に閉めながら、短い息をついた。

「素敵。こんなにいっぱい、花が」

云いかけて、びくりとしたように言葉を止める。深月は槍中の顔に目を向け、

「この花、ぜんぶ蘭だわ」

「蘭……」

槍中は鼻筋に皺《しわ》を寄せた。

「そうか。蘭か」

また一つ、私たちと繋がりのある名前が発見されたというわけか。

蘭。——希美崎蘭の「蘭」である。

群がった緑は、鉢に栽培された洋蘭の葉だった。カトレヤ、シップ、シンビディウム、ファレノプシス、デンドロビウム……種々の蘭が、色とりどりの花を咲かせている。

全面硝子張りの広い温室は、天井の様子から、恐らく正八角形の平面を持っているのだろうと知れた。入口から部屋の中心部に向かって、幅一メートルくらいの通路が延びている。中央には円形の広場があり、白木の円卓と椅子が置かれていた。

「さしずめ、この花が蘭の分身ってとこか」

広場の手前に咲き群れる黄色いカトレヤを指さし、槍中が云う。

「どうだい。華やかさと云い色合いと云い、彼女にそっくりだ」

「確かに」

苦笑を呑んで、私は頷いた。

鮮明な黄色の花弁《ペタル》に真っ赤な唇弁《リップ》。花径が二十センチほどもあるその大輪の花の色はそのまま、蘭が昨日着ていた派手なワンピースの色と重なる。「華やかさ」と槍中は云ったが、どうしても彼女に好感を持てずにいる私としては、そこに「毒々しさ」とでもいう言葉を付け加えたかった。

その時、背後でドアを開く音がした。

誰か家の人間が来たのかと思い、私ははっと身構えた。槍中や深月たちも同様に身構え、ドアを振り返る。

「なーんだ」

入ってきた男の顔を見て、彩夏が声を上げた。

「甲斐さんかぁ」

彼もまた退屈凌ぎに邸内を「探検」してきたのだろう、私たちの姿を認めて、甲斐倖比古は一瞬たいそう驚いたようだったが、すぐに生白い頬を緩め、「やあ」と片手を挙げた。

「びっくりしたでしょ」

温室内の様子に甲斐が目を見張るのを見て、彩夏が何やら得意げに云う。

「ああ、うん」

茶色い革のブレザーのポケットに両手を潜らせながら、甲斐は低く唸った。

「参ったな。まさか温室とはね」

私たちは中央の広場まで行き、そこで改めて室内を見まわした。

金網の台に並べられた大小の鉢。天井から針金で吊《つ》り下げられた鉢もある。咲き盛る花々の間には幾つかの鳥籠が配置されていて、鸚哥《いんこ》や金糸雀《かなりや》が軽やかにそれぞれの歌を歌っている。

「これだけいろんな種類の蘭を咲かせるのは、想像以上に大変な仕事だよ、鈴藤」

白木の円卓に両手を載せて槍中は、その上にあった置時計のような形の寒暖計をちらっと覗き込んだ。

「摂氏二十五度か」

「そんなに暖かくしてあるんですか」

厚手のカーディガンを着た身体が、この部屋に入ってからの何分間かで少し汗ばんできているのも道理だった。硝子の外は恐らく、氷点下の寒さだろうに。

「もともと熱帯や亜熱帯産の品種だからね。とにかくデリケイトな花さ。温度に湿度、日光の量、通風、どれに不備があっても綺麗《きれい》に花は咲かないし、下手をするとすぐに弱ってしまう」

「おんなじ名前でも、どっかの誰かさんとはずいぶん違うのねえ」

話を聞いていた彩夏が、舌足らずな声で刺《とげ》のある言葉を吐いた。槍中はちょっと面喰らったように、

「おいおい。やけにきついな」

「だってあたし、相性が良くないんだもんね、あの人と」

半ば冗談めかした口振りで、彩夏は云う。その茶色い瞳《ひとみ》の中で一瞬、暗い炎が舌を出したような気が、私にはした。

五

どれくらいの時間をそこで過ごしただろうか。そろそろ引き揚げようかと槍中が云いだした時になって、甲斐を加えた私たち「探検隊」五人は、今度こそ有難くない人物と遭遇することになった。

驚いたのは両方だった。

「何を――」

渡り廊下から中へ入ってきたその人物が、叫ぶような声をこちらに投げつけた。

「何をしているのですか」

例の黒縁眼鏡を掛けた女――的場という名前だと深月が云っていた――であった。

「何をしていらっしゃるのですか」

重ねて問う彼女の手には、白磁のティーポットとカップを載せた銀の盆がある。度の強そうなレンズの向こうから、何となく知的な感じのする目が、しかし飽くまでも冷たい光を放ちながら私たちを見据えた。

「あ……いえ」

さすがに槍中もしどろもどろだった。

「あの……見事な蘭ですね」

「家の中は勝手に歩きまわらないよう、お願いしてある筈です」

女性にしては低く、若干掠《かす》れた声の色である。決して昂《たかぶ》らず、むしろ何処までも落ち着いた口調で、

「ここはホテルではございません」

女は私たちを突き放すように、昨夜の鳴瀬と同じ台詞《せりふ》を口にした。

「速やかに二階へお戻り願います」

返す文句のある筈もない。黙ってしおしおと頭を下げ、私や甲斐はその場から動こうとした。ところがそこで、槍中が云った。

「ちょっと待ってください」

「何か」

女は僅かに眉をひそめた。

「無断でうろうろしたことはお詫《わ》びします。弁解する余地はありません。ですが」

と、槍中は真っ直ぐに相手の視線を受け、

「僕らの気持ちも少しは察していただけませんか」

「どういうことでしょう」

云いながら、彼女はつかつかと広場の円卓に歩み寄り、盆を卓上に置いた。

「みんな、不安なんですよ」

槍中はそう訴えた。

「昨日《きのう》は本当に、大袈裟《おおげさ》に云わせてもらえば、生きるか死ぬかのところだったんです。それをあなた方に助けていただいたのはいいけれども」

「何か不満がおありですか」

「不満、というわけじゃありません。見ず知らずの我々に、食事から部屋から、良くしていただいて感謝しています。ですが……」

槍中が云い澱《よど》むのを見て、女は冷ややかに目を細めた。

「邸内を歩きまわるな、というのがお気に召さないのですか」

「そういうわけでもありません。ただ……そう、自分たちが身を寄せているこの家について、いったいここがどういう家なのか、どういう方が住んでいらっしゃるのか、少しくらいは知りたいと思うのが人情でしょう。ご主人にお会いして一言なり、お礼も申し上げたいし」

「旦那《だんな》様はお会いになりません」

鰾膠《にべ》もなく女は云う。

「この家がどういう家なのかも、別にお知りになる必要はございません」

「しかしですね」

「的場さん」

と、そこへ深月が口を挟んだ。

「我《わ》が儘《まま》を云って申し訳ありません。ですけど、本当にわたしたち、不安なんです。みんな、早く東京に帰りたいと思っているんです。なのに、こうして大雪に閉じ込められて、電話まで切れてしまって」

「あ、はい」

的場というその女の反応が、目に見えて変化した。深月自身、それをかなり意外に感じた様子である。薄い化粧をした相手の顔を不思議そうに見遣りながら、

「一つだけ、質問させてください」

と云った。ひたすら冷然としていた女の表情が、微《かす》かに揺れた。

「何でしょうか」

「さっき、あちらのホールで見たんです。女の人の肖像画です。あれはどなたの絵なんですか」

女は返答に詰まった。深月は続けて、

「わたしに似ていますよね、凄く。とても別人とは思えないくらい。誰なんですか、あの人は」

数秒の沈黙があった。深月の顔をまじまじと見詰めながら、女は答えた。

「奥様です」

「奥様？　この家のご主人の、ですか」

「ええ。あれは奥様の、お若い頃の絵なのです」

「それがどうして、わたしと……」

「分かりません。私も鳴瀬も、昨日あなたのお顔を見て驚きました。あまりにもそっくりでいらっしゃるので」

だから彼女たちは、あんなふうに深月の顔をじろじろと見ていたわけか。

「まったくの偶然？」

「としか考えられません。奥様にはご兄弟も従兄弟《いとこ》もおられませんでした。天涯孤独な身の上のお方でしたから」

お方でしたから、と彼女は云った。その過去形が含む意味に深月も気づいたらしい、鋭く眉を寄せて、

「じゃあその……奥様は、もう？」

「お亡くなりになりました」

深月の問いに答える女の声に、さっきまでの冷たい響きはなくなっていた。

「この家で？」

深月が重ねて問うと、女は悲しげにかぶりを振って、

「もう四年になりますか。横浜のお屋敷が火事で焼けた際に」

「火事……」

「あれは、あのテレビのメイカーの責任です。夜中にテレビの受像機が発火して」

そこまで云って、女は急に口を噤《つぐ》んだ。どうして喋ってしまったのか自分でもよく分からない、というふうな狼狽《ろうばい》ぶりであった。

伏せた。

「よけいなことを申しました」

みずからを叱りつけるように細かく首を振り動かすと、彼女は深月の顔から目を逸し、伏せた。

「どうぞ、二階へお戻りください」

「あの……」

深月がさらに何か云おうとするのを、槍中が手を上げて抑えた。

「済みません。あと一つだけ、訊かせてもらえますか」

軽く下唇を嚙みながら、女は視線を上げた。冷たい仮面が再び、彼女の表情を覆ってしまっている。

「その亡くなった奥さんのお名前は、何と仰《おっしゃ》るんでしょう」

「お知りになる必要はございません」

「教えてください。名前だけでいいんです」

「その必要はご……」

「深月という名前では？」

槍中が声を高くして放った言葉に、女は目を見張って口を閉じた。

「深月、なんですね。深いに月、あるいは違う字を当てるんですか」

「どうして、それを」

「わたしの名前なんです」

と、深月が答えた。

「これも偶然、なんですよね」

その時である。

突然、温室内の何処かで異様な音がした。ピシッ、と何か硬質な、鞭《むち》が鋭く撓《しな》うような音が。

私たちはびっくりして、おろおろと音の出どころを探した。

「あそこだ」

と、やがて槍中が指さした。それは私たちの頭上——ちょうど円卓が置かれた場所の真上の、高い天井の一部分であった。

「ほら、あれを。あの硝子を」

天井に張られた透明な硝子の一枚に、十文字の亀裂《きれつ》が入っているのが見て取れた。三十センチほどの長さで一本。それと直角に交差するように、ほぼ同じ長さでもう一本。

「今、割れたのかしら」

深月が訝しげに云うと、槍中は小さく頷いて、

「だと思うが。——的場さん。あの亀裂は以前からあったものですか」

女は無言で左右に首を振った。

「自然に割れたのか。雪の重みで？　いや、それにしても……」

「気になさらないでください」

どうにも解《げ》せぬ思いで硝子の亀裂を見上げる私たちに向かって、女が云った。

「この家ではよくあることですので」

「よくある？」

槍中は首を捻った。

「建物が古いからですか」

「いえ。この家には少々、変わったところがありますので。特にこうして来客があったりすると、途端にこの家は動きはじめます」

それは私たちにとってひどく謎めいた言葉だったけれど、何故かしら誰も、その意味を尋ねようとはしなかった。尤も、そこでいくら強く質《ただ》してみたところで、彼女はもう何も答えてくれなかったに違いない。

促され、温室を出ていく段になって、槍中はもう一度だけ女を振り向き、ラジオがあれば貸してほしいのだが、と申し出た。事情を説明すると、「旦那様にお伺いしておきます」という冷ややかな応《こた》えだけが返ってきた。

六

夕方になって、槍中と私は二階の図書室に落ち着いた。他の者たちは、忍冬医師と名望奈志、彩夏の三人が隣のサロンで駄弁《だべ》っているのを除いて、各々の部屋に引っ込んでしまった様子だった。

図書室の部屋の造りは、食堂とほぼ同じであると云って良い。サロンへ続くドアと向かい合った壁に、混色大理石の重厚な暖炉が造り付けられている。食堂とはちょうど、サロンを挟んで対称の位置関係になる。

どの部屋の暖炉にも、今日は火が入っていなかった。セントラルヒーティングが設備されているので、その必要がないのである。昨日は吹雪の中をやって来た私たちのため、わざわざ薪を焚《た》いてくれたわけだ。

稀覯本《きこうぼん》入れを兼ねた大きな飾り棚が、その冷えた暖炉の右側にあった。

他の壁面は、サンルーム側の一部分を残して、すべて天井まで届く高い書棚で埋め尽くされている。書棚には、さまざまなジャンルの本がきちんと分類・整理されてぎっしりと並んでいた。前後二列にして詰め込まれている箇所も多いので、あるいは高校の図書室くらいの分量はあるかもしれない。

圧倒的に多いのは日本文学で、中でも詩歌集の充実ぶりが目立つ。海外文学も決して少なくはないし、美術全集やその研究書の類《たぐい》も相当な数である。他にも、医学関係の専門書から現代物理学の本、東西の哲学書や評論書、小説は最近の娯楽作品まで、実に幅広い分野の書物が集められている。

「ねえ、鈴藤。何だか僕はもう、東京へ帰りたくなってきたよ」

暖炉の前に置かれた揺り椅子に坐り、しきりに細い顎の先を撫でまわしながら槍中が云う。

「ずっとこのまま雪が降りつづいてほしい。そう願っちゃいけないだろうか」

私は曖昧な笑みを返しつつ、暖炉脇の飾り棚の前に立った。

硝子戸で仕切られた棚の中には、本の他に塗り物の文箱や矢立《やたて》といった品が収められている。和装本もけっこうな数あった。特に目を惹《ひ》かれたのは、中央の段に、頁《ページ》を開いて並べられた何巻かの『源氏物語』である。透かし模様の入った和紙や書写された文字の色具合などから、かなり古い物だと分かる。

『源氏』は、日本の古典文学の中では取り分け好きな作品である。恋愛小説としてではなく、風刺小説として。平安貴族の生活を写した記録としてではなく、彼らの昏《くら》い幻想を描いた物語として。

私は思わず、その本を手に取ってみようとしたのだが、硝子戸にはしっかりと鍵が掛かっていた。

「素敵だね、ここは」

そんな私の様子に頓着《とんちゃく》するでもなく、槍中は独りごつように云う。

「本当に素敵な家だ」

槍中は、何処か遠い彼方《かなた》を眺望する目をしていた。こんな目をした彼を見るのは、何だかとても久しぶりだと思った。

「僕はね、〝風景〟を求めているんだ」

かつて私にそう語った時の彼の表情が、現在のそれに重なって浮かんでくる。あれは——あれは、いつのことだったろうか。

飾り棚の前を離れながら、私は記憶を手繰る。

あれはそう、四年半前の春の、「暗色天幕」の旗揚げの日、その夜だった。上演が終わったあと、私たちは吉祥寺のとある飲み屋に二人で入り、旧交を温めた。その時のことだった。

確か私は、劇団の名称の由来を彼に訊いたのだったと思う。「天幕」という語を付けたからには、いずれはいわゆるテント公演も打っていくつもりなのかと、そんな質問もした。

「僕はね、〝風景〟を求めているんだ」

混雑した店のカウンターで、遠くを眺めるように二重瞼《ふたえまぶた》の目をぎりぎりまで細くして彼は、水割りのグラスを唇に運んだ。

「自分が身を置くべき風景。その中にいて、この僕という存在の……」

ひとしきり、私の質問とは直接の関係がないように思える言葉を連ねた後、槍中は云った。

「『天幕』には、君が感じるほど深い意味があるわけじゃないんだよ。『黒色テント』とか『紅《あか》テント』とか、ああいったものを目指そうというつもりもさらさらないし。だから今さら、テント公演をやろうとも思わない。

ただ、そうだな、むかし新宿中央公園であの事件を目撃した体験がやはり、多少は影響しているのかもしれないね」

一九六九年の、例の「紅テント騒乱」のことを彼は云っているのだった。私は当時、演劇というものにさほど積極的な興味を持ってはいなかったのだが、さすがにその有名な事件の概要くらいは知っていた。

一月三日の夜に起こった事件であった。

唐十郎《からじゅうろう》率いる劇団「状況劇場」が、西新宿の中央公園において「腰巻お仙――振袖火事の巻」という芝居を上演しようとした。ところがこれに対し、当時の美濃部《みのべ》都政側は都市公園法を盾に許可を与えず、当日、劇団側は無許可のまま公演を強行する。機動隊がテントを包囲し、拡声器で怒鳴り立てる中で敢行されたその夜の芝居は、今や伝説にさえなっているのだと云う。

「……あのとき僕は十六歳、高校一年でね、なかなか立派な不良少年だったんだ。学校にはろくすっぽ行かない。教師のことは端《はな》から莫迦《ばか》にする。同年代の友だちは少ない。と云っても、ふらふら遊び歩いていたわけでもない。部屋で独り本ばかり読んでてね、有り触れた云い方をすればまあ、ひたすら自分の世界に閉じ籠っていたのさ。

六九年と云えば、ちょうどあの大学紛争華やかなりし時分だったね。東大安田講堂の攻防戦もその年だったっけ。それは僕の通っていた高校にも飛び火していたけれども、僕はまるで無関心だった。マルクスも多少は読んでみたが、まったく頭が受け付けず……いや、理解できないの問題じゃなくて、拒否反応とでも云うのかな、そんな感じだったんだ。安保も革命も、どうでも良かった。彼らは彼らの戦いそのものに陶酔しているんだな、なんてね、妙に醒《さ》めた目で見ていたくらいだから、きっとさぞや鼻持ちならない少年だったんだろう。

政治はもちろん、同時代の演劇に対する興味もまだほとんど持っちゃいなかった。当然ながら、そのころ盛り上がっていた小劇場運動なんていうものも、まったく関心の埒《らち》外《がい》にあった。

そんな僕があの夜、あの事件を目撃したのには、むろんちょっとした理由がある。あんなところを夜に高校生が通りかかるというのも変な話だろう。親戚《しんせき》に演劇好きの、十五も年の離れた従兄《いとこ》がいたんだ。で、あの日は、その人と一緒に何処かへ出掛けた帰りにね、連れていかれたのさ。面白いものが見られるかもしれないから、と」

その演劇好きの従兄なる人物が、既に他界している芦野深月の父親であると知ったのは、ずいぶん後になってからの話である。

「彼は事前に何も教えてくれなくてね、そこで何が起こっているのか、僕にはよく分からなかった。夜の公園に大勢の人だかり。ジュラルミンの盾を持った機動隊。投光機の攻撃的な光。何やら激しく怒鳴り合う声。そんな中、闇の底から起き上がるようにして忽然《こつぜん》と姿を現わした真っ赤なテント……。

不思議な〝絵〟だったよ。あれは、うん、ずっと内側の世界ばかり見詰めてきた十六の少年にとっては、なかなかショッキングな光景だった。感動に似たものも、確かにあった。尤もそれは、事件の具体的な意味に対する感動じゃない。つまりね、僕の内なる風景がその光景と見事に響き合った、とでも云うのかな。何処までも幻想的で、それでいて確かにそこに存在する。何だか悪夢めいた恐ろしさに震える一方で、凄まじい美しさも感じていたように思う。

その夜は、やがて中で芝居が始められた赤いテントを遠巻きに見ただけで、僕らは家に帰った。連れていってくれた彼は、凄かったろ、と云っただけで何も解説してはくれなかったんだがね。事件の社会的意味をちゃんと理解したのは、翌日になってからだった。新聞記事か何かで読んだんだが、その途端にむしろ、興奮が醒《さ》めてしまってね。何だ、そんなことだったのか、と。

これがきっかけとなって僕が、現代演劇というものに興味を持ちはじめたのは事実なんだが、いわゆる〝アングラパラダイム〟に乗っかったその後の演劇運動の展開には、必ずしも賛成しない。演劇は時代の関数である、といったお決まりの主張自体がそもそも大嫌いでね。よく云われる〝集団創造〟なんていう思想にも、僕は何の共感も覚えない。まあ、それは扨措《さてお》くとして……。

僕にとって価値があるのは、だから、あの夜のあの光景そのものだけ、と云ってしまっていい。毒々しい血の色を滴らせたテントが生き物のように身を持ち上げていく、あの〝絵〟。社会的なものであれ芸術的なものであれ、とにかく一切の意味、意味づけを取り払ってしまったうえで、ね。何の論理的な裏打ちもない、単なる印象の問題だけれども、それが一つ、確かに僕を、僕の探す〝風景〟へと導いてくれそうなものだったのさ。——なんて偉そうに云ってるが、元を質せば案外、子供の頃に何処かで見た見世物小屋のテントや何かに通じていたりするのかもしれないな」

七

「何をぼんやりしている？」

槍中の声で、ふと我れに返った。私は部屋の中央、黒い大理石のテーブルの周りに置かれた肘《ひじ》掛け椅子の一つに坐り、根元まで灰になった煙草を指に挟んでいた。

「思い出していたんですよ」

卓上の灰皿を引き寄せながら私は、正直に答えた。揺り椅子を動かしながら槍中は、

「ふうん？」と首を傾げる。

「槍中さんのことです。あなたが探しているって云う〝風景〟のこと」

「何だ」

槍中は自嘲《じちょう》のように唇の端を曲げた。

「ふん。そんな話をしていた時期もあったっけ」

「何だか醒めた云い方ですね」

「そういうわけじゃないさ。このところどうも、感性がスランプ状態でね。何を見ても何をやっても、こう、心の奥まで響いてくるものがなくて……」

槍中は立ち上がり、テーブルを挟んだ向かいの椅子に身を移した。

「いや、しかしそれも、この家と出会って脱け出せたみたいだよ。うん。僕はすっかりこの霧越邸が気に入ってしまった。住んでいる連中は、ま、別としてだが」

「ご執心ですね」

「何と云うか、完璧《かんぺき》なんだな、この家は」

「完璧？」

「いろんな意味でね、僕にはそんなふうに思えるんだ」

と云って、槍中は独り頷く。

「たとえばね、洋館建築の伝統的な内装様式の中に見え隠れするアール・ヌーヴォーの意匠と、随所に鏤められた日本趣味との見事な調和。まあ、アール・ヌーヴォーっていう運動自体が、そもそも日本の浮世絵なんかの影響を受けているわけだからね、合うのは当然と云えば当然なんだが、これだけたくさん、見方によっちゃあ実に雑多な物が集められているとなると、一歩間違えばすべてぶち壊しになりかねない。綱渡りみたいなバランス感覚が必要だと思う」

「そういうものですか」

「頗《すこぶ》る主観的な問題だがね。どんな人物か知らないが、白須賀氏にはやはりお目にかかりたいものだな」

　この邸の主人に会ってみたいというのは、私も同感だった。頷いて、新しく煙草に火を点けようとすると、

「たとえばね」

　とまた、槍中は云った。

「あの一階のホールでこの間の芝居をやったら、とは思わないかい。観客はみんな、上の回廊から舞台を見下ろすんだ。あの黒御影のフロアにチェス盤を作って……」

「黄昏《たそがれ》の先攻法《ギャンビット》」というのが、先月「暗色天幕」が上演した芝居の題名である。槍中と私の共同脚本によるオリジナル作品で、舞台をチェス盤に、登場人物をチェスの駒に、謀略と恋愛を縦糸・横糸にした物語を一局のゲームに見立てて構成された劇だった。槍中にしては珍しく、かなり実験的な試みを盛り込んだ演出だったが、幸い公演では予想以上の好評を博した。

なるほど。もしもこの屋敷のホールであの芝居をやることができれば、なかなか面白い舞台にはなりそうだが……。

「ところで」

　と、私は話の矛先を変えた。

「温室で、あの的場という人が気になる話をしてましたね」

「深月に似た白須賀夫人の件かい。名前まで同じだって云う」

「それもありますけど――」

私は何となく天井のシャンデリアを見上げながら、

「彼女が最後に云ったことですよ。屋根の硝子が罅割《ひびわ》れたのを見て、この家には少し変わったところがある、と」

「ふん。あれか」

「いったいどういう意味なんでしょうね。どうもこの家には、奇妙なことが多すぎると思いませんか。例の名前の暗合もその一つです。それからほら、彩夏ちゃんが見たって云っている階段の人影とか、物音とか」

「確かに」

槍中はゆっくりと一度、瞼を閉じた。

「しかしね、何事にせよ謎はあった方がいいさ。そうは思わないかい」

「謎は、あった方が？」

「どんなに魅力的なものであっても、そのすべてが分かってしまえばつまらないって話だよ。これは人間についても同じだろう。たとえばね、鈴藤、君は深月という女性についてどれだけ知ってる？」

「えっ」

まったくの不意打ちであった。私が狼狽《うろた》えるのを、槍中は涼しい目で見ながら、

「君の気持ちなら手に取るように分かるさ。だいたい、元々あんまり芝居に興味のなか

った君が、僕の誘いに乗って劇団によく出入りするようになったのも、稽古場《けいこば》で彼女と会って以来だったものね」

「――それは」

「怒るなよ。からかったりするつもりじゃないんだから。うん。深月は素晴らしい女性だよ。君じゃなくてもね、心を奪われない方がどうかしてる」

「槍中さん……」

そして私は、何を云おうとしたのだろうか。何をそこで、言葉にすることができただろうか。

ちょうどその時サロンのドアが開かれたのは、私にしてみればやはり、ある種の救いだったように思う。

入ってきたのは名望奈志だった。槍中は何事もなかったかのような笑顔で、

「やあ、ななし」

「どうした。退屈か」

「ま、ちぃとばかり」

と、名望はひょろ長い腕を広げてみせた。

「彩夏は？」

「向こうで忍冬先生に姓名判断をやってもらってますよ」

「あの先生、そんな心得もあるのか」

「オレ、占いってのはどうも苦手でしてね」

「まるで信じないのかい」

「逆ですよ、逆。御神籤《おみくじ》を引いて、凶でも出ようもんならもう絶望的な気持ちになっちまう性分で。だから、占ってもらって万が一、悪いこと云われたらってね」

「そいつは意外だな」

槍中は可笑しそうに笑う。名望は口をへの字に曲げ、大袈裟に肩を竦めた。

「――にしても、凄い数の本っすねえ」

黒いジーンズの前ポケットに両手を突っ込みながら、彼は部屋を横切り、暖炉の左手の壁を埋めた書棚の前に立った。背伸びをしたり屈んだりしながら暫くの間、ずらりと並んだ本の背表紙を見ていたが、やがて、

「へえぇ。こりゃ参ったなあ」

突然、裏返った声で云った。

「ん？　どうしたんだ」

「ひやひや。見てくださいよ、ヤリさん。こんなところにオレの名前があらぁ」

「名前？」

槍中と私は同時に椅子から立ち上がり、名望の方へ足を向けた。

「これこれ」

書棚の、硝子戸が入った中ほどの一段に向かって、名望は尖った顎をしゃくる。

「ね、これ。この真ん中の四冊――」

名望が示したあたりには、朽葉色《くちばいろ》の箱に入った同じ体裁の本が数冊、並んでいた。書名はそれぞれ違う物だが、著者名はどれも「白須賀秀一郎」とある。この家の主人の名だ。背表紙に出版社名が入っていないところを見ると、彼が自費出版した本なのかもしれない。

「真ん中の四冊」と云われても、それらのうちの正確にどれを指してのことなのか分からなかった。当惑しつつ、私は順に書名を追ってみた。『星月夜《せいげつや》』『時の回廊』『名を呼ぶ時に』『望郷の星座』『奈落に湧く泉』『志操の檻《おり》』『夢の逆流』……。

「分からないっすか」

私たちの反応を見て、名望はちょっと愉快そうに前歯を剝き出す。

「この四冊ですよ。『名を呼ぶ時に』『望郷の星座』『奈落に湧く泉』、それから『志操の檻』。ね、四つの題名の最初の文字、横に読んだら」

「ああ……」

「本当だ」

書名はそれぞれの背表紙の、どれも同じ位置に置かれている。つまり、最初の一文字は真っ直ぐ横に並んでいるわけである。名望が云うようにそれを拾ってみると、「名」「望」「奈」「志」――まさしくそこに、彼自身の名前が読み取れるのだった。

またしても現われた奇妙な暗合に、槍中と私は思わず顔を見合わせた。

私は書棚の硝子戸を開き、その四冊のうちの一冊『望郷の星座』を抜き出してみた。思ったとおりそれは自費出版の本で、中には何十篇かの散文詩が収録されていた。他の本もきっと、同様の詩集なのだろう。

「聞きましたよ、ヤリさん。彩夏ちゃんから」

開いた本を横から覗き込む槍中に向かって、名望奈志が云った。

「この家、あちこちにオレたちの名前があるってねえ。彼女、無邪気に笑って云ってたけど、よく考えてみりゃあけっこう不気味じゃないっすかね」

「まあ、そうだな。何かを暗示していると考えるにしても、単なる偶然と割り切るにしても」

「名前が見つかってないのは、あと三人だけですか。槍中さんと甲斐君と榊君と」

私が云うと、名望はにやりと笑って、

「いやあ。それがもう一つ見っけちゃったんだな」

「本当に？」

「何処に？」

私と槍中の声が重なった。名望はオランウータンのような長い腕でひょいとサロンの方を指し、

「あっちのテーブルの上にね、榊クンの名前を示す品がありましたよ」

「何があったんだ」

責付《せっ》くように槍中が訊く。

「あの四角いお盆ですよ。灰皿が入ってるやつ」

サロンのソファセットのテーブルには、灰皿と煙管《キセル》立てを収めた木製の煙草盆が置かれていた。あれのことだろう。

「あの煙草盆か」

槍中は鼻を擦《こす》った。

「あの何処に、榊の名前が」

「側面に透かし彫りで模様が入ってるの、見てないっすか。オレもさっき気づいたんですけどね、その模様が、源氏香之図《げんじこうのず》の『賢木《さかき》』なんだなあ」

「源氏香之図？」

槍中は眉をひそめた。彼にも知らないことがあると見える。

「俗に源氏模様とも云って、よく和室の欄間などに使われてますね」

私が解説役を買って出た。

「元々は、源氏香の聞き当たりを図に示したものだと云います」

「ふん。匂《にお》い当てか」

「ええ。五種類の香を五包ずつ、全部で二十五包作って、香元がその中から任意の五包を選んで焚く。これを嗅《か》ぎ分けて、その異同を五本の線で示すわけですね。この五本の線の組み合わせを、『源氏物語』五十四帖の各帖に、光源氏《ひかるげんじ》と女性たちの恋愛関係を基準にして当て嵌めたのが源氏香之図です」

厳密に云えば、五十四帖のうち「桐壺《きりつぼ》」と「賢木」、「明石《あかし》」と「夢浮橋《ゆめのうきはし》」には同一の図案が用いられている。また、例外的に「柳《やなぎ》」と「若葉《わかば》」が加えられた物も伝えられていると云う。

「そう云えばそんなのもあったっけな。なるほどね。その中の『賢木』が、あの煙草盆の透かし模様に使われてるってか」

槍中は深く腕組みをした。

「しかし、鈴藤はともかく、何で名望がそんな、源氏香之図なんて雅《みやび》な物を知ってるんだい」

「へん。莫迦にしないでほしいなあ。これでもオレ、大学じゃあ鈴藤センセイと同じ国文専攻で、そこそこ優秀な学生だったんすから」

「それにしても、よくそんな細かい図案まで見分けられたたな」

「卒論の関係で、あの模様とはずいぶんニラメッコさせられたんすよね。苦労したからねえ、ありゃ。未だに頭にこびりついて離れてくんないわけで」

そう云って、名望は薄っぺらな胸を張る。苦笑しながら私は、手に取った白須賀秀一郎の著書を棚に戻した。元のとおり、「名」「望」「奈」「志」という文字列がそこに現われるように。

八

吹雪はまったく衰えようとはしなかった。それどころか、陽が落ちるとともにその勢いはさらに激しさを加え、廊下やサンルームに出ると、「凶暴な」という形容すら相応《ふさわ》しく思えるような、鋭く甲高い風の声が聞こえた。暖房の効いた邸内にいても、空気の冷え込みが昨日よりいちだんと厳しくなってきているのが分かる。

夕食にはまた、招かれざる来客たちに対する持て成しには勿体《もったい》ないような、豪勢な食事が提供された。

料理を運んできてくれたのは、昨夕最初に辿り着いたテラスで厨房《ちゅうぼう》のドアから顔を出した小柄な中年女である。〝刃物恐怖症〟の名望奈志の願いを聞いて、わざわざ箸を取りにいってくれたりはしたものの、基本的には彼女も他の家人たちと同じく無愛想で、無駄口の一つも叩《たた》こうとしなかった。

食事を終えたのが、午後七時過ぎ。ワゴンに用意された珈琲メイカーで、深月と彩夏が皆に珈琲をサーヴィスしてくれた。

「こりゃあいいよ、あれですなあ。〝吹雪の山荘〟っちゅうやつですな」

珈琲にスプーン三杯分も砂糖を入れながら、忍冬医師がそんなことを云いだした。

「古い探偵小説によくありますでしょうが。雪や嵐で完全に外界から孤立した館《やかた》。そこで起こる恐怖の連続殺人。警察は呼べないし、逃げ出そうにも逃げ出せない」

「不吉なことを云わないでくださいよ」

私がそれに応えた。

「そうじゃなくてもこの家、かなり気味の悪いところがあるんですから」

「はっはっ」

カップから立ち昇る湯気で曇った円眼鏡を指で拭《ふ》きながら、老医師は笑う。

「案外と鈴藤さんは臆病《おくびょう》でいらっしゃる。小説家というのはしかし、しょっちゅうそんな突飛な想像をしておられるんじゃないんですか」

「人によるでしょうね。少なくとも僕は、あまりそういった、血腥《ちなまぐさ》い方向へは想像力を働かせたくない方で」

「探偵小説などはお書きにならんのですかな」

「ええ。暇潰しに読むのは嫌いじゃないですけど、自分で書いてみようとは」

「忍冬先生はお好きなんですか」

と、甲斐が訊いた。やはり昨夜はよく眠れなかったのだろう、相変わらず充血した赤い目をしている。顔色も冴《さ》えないようだ。

「むかし警察の仕事を手伝っておられたんだったら、ああいうものは嘘っぽくて読めないとか」

「いやいや、そんなことはない。それこそ、現実と小説とは別物ですよ」

忍冬医師は、ちょっと口をつけた珈琲にさらにスプーン一杯の砂糖を加えた。

「小説には小説の楽しみ方がありましょう。生々しい現実の事件もそりゃあ面白いが、探偵小説の醍醐味《だいごみ》はまた別ですわな」

「おや」

私が云った。

「今朝――いや、もう午過《ひるす》ぎでしたか、あの時のお話だと、探偵小説なんかよりも例の警視庁の雑誌の方がずっと面白い、と云っておられたのでは」

「そういう側面もある、という意味ですよ。つまりその、刺激としては」

「刺激、ですか」

「さよう。ある種の探偵小説が頭に与える刺激には、あれとはまた違う強烈さがありますでしょう。変に現実を引き摺《ず》ってこないところで、好きなだけ恐ろしくて残虐な遊びを楽しんでやろう、というような」

「まあ、そうですね」

「ですから、探偵小説の中で起こるのはやっぱり、なるたけ突拍子もない事件であってほしいもんですな。いかにも現実にありそうな事件をくどくど読まされるくらいなら、そりゃあ警察の捜査記録に目を通しとる方が宜しい。その方がよっぽど、リアルっちゅう意味では刺激になる」

「意外ですね」

愉快そうな声で、槍中が云った。

「忍冬先生の世代なら、ミステリと云えば松本清張《まつもとせいちょう》じゃないんですか」

「清張ですか。ふむ。昔はずいぶんと読みましたよ。あの時期、ブームでしたからな、ああいったものが。しかし何と云うか、年を取ってくると頭が子供の頃に戻るんですかな。いや、惚《ぼ》けるとかいった意味じゃなしにね。今は、あの手の小説にはまるで食指が動かんのですよ。却って、乱歩《らんぽ》なんかが無性に懐かしかったりします」

「なるほど、乱歩ですか。僕も好きですね、乱歩は。『孤島の鬼』とか『パノラマ島奇談』とかね、最高だと思う。テレビの二時間ドラマでよくやってる明智小五郎《あけちこごろう》物は、いい加減に勘弁してほしいけれど」

槍中は妙に上機嫌である。にこやかに笑《え》みながらテーブルの皆を見まわし、

「ここでミステリ談義になるとは思わなかったな。うちの連中はたいがいね、けっこうミステリを読むんですよ」

「ほほう。皆さん、ですか。そりゃあまた、珍しい」

「珍しいことですか」

「この田舎町じゃあ、いい年して探偵小説なんぞ読んどると変人扱いされますからな」

「本当に?」

「変人扱いというのは、まあ、云いすぎでしょうが。死んだ家内なんかはいつも嫌そうな顔をしてましたな。そんな人殺しの話を読んで何処が楽しいのか、と」

「ふうん。案外そういう人が多いのかもしれませんね。うちの劇団の場合はですね、ちょっとわけがあるんですよ。神谷《かみや》光俊《みつとし》っていう作家をご存じありませんか」

「はて。何処かで聞いたような」

「『奇想《きそう》』という雑誌があるでしょう。探偵小説の専門誌の。三年前、あれの新人賞を獲ってデビューした作家です」

「ああ、はい」

　忍冬医師は白い顎鬚を撫で下ろした。

「わりと話題になった本でしたな。吸血鬼がどうとか云う」

「『吸血の森』です。彼のデビュー作で、最初の作品集のタイトルでもあります」

「はいはい。読みましたよ、それは。その神谷光俊が、どうか」

「実はですね、彼は本名を清村《きよむら》君と云って、二年前までうちにいたんです」

「うち？　皆さんの劇団にですか」

「ええ。だからみんな、彼とは顔見知りなんですよ」

「ははあ」

「内輪からプロの推理作家が出たとなると、読んでみたくなるのが人情でしょう。それがきっかけで一時期、『暗色天幕』ではミステリが流行《はや》りましてね。僕や甲斐なんかは、そうじゃなくても元から好きだったんですが」

「なぁるほど」

「この中でミステリ嫌いと云ったら、彩夏くらいかな。ミステリ嫌いと云うよりも、活字嫌いと云った方が正確か」

からかい口調で槍中が云う。彩夏は不服そうに頬を膨らませ、

「赤川《あかがわ》次郎《じろう》は好きよ」

「娘と一緒ですな。いや、私も読みますよ、赤川次郎は。他の量産作家とは、ちょっと違いますからな」

米粒のように目を小さくして微笑《ほほえ》むと、忍冬医師はひょこりと私の方を見遣り、

「そういう話が身近にあるのに、鈴藤さんご自身は探偵小説を書かれんわけですか」

「ああ、いえ、僕は」

私が言葉を続ける前に、槍中が云った。

「勧めるんですけどね、彼は書こうとしないんですよ。若い頃のブンガク志向が抜けないらしくて」

「そういうわけでもないんです。純文学はもう諦めましたから」

私はささやかな反論に出た。

「ミステリを書くっていうのは、あれは一つ特殊な才能ですよ。とても僕には書けないなと、読むたびに痛感するんです」

「そんなもんですかなあ」

と云って、忍冬医師は分厚い下唇を突き出す。

「こんなものなら誰にでも書けるぞ、という本も目につきますが」

「じゃあ、先生がご自分でお書きください」

「いやあ、そいつは……」

「そうそう。ところで」

と、槍中が彩夏の方を振り向いた。

「先生に名前を占ってもらった結果はどうだったんだい」

「それがね」

彩夏はまた頰を膨らませ、少し口籠《くちご》もった。

「あんまり良くないんだって。あたし、気に入ってるんだけどなあ、この名前」

「そうなんですか、先生」

「まあ、詳しい資料も手許《てもと》にないんで、ざっと見てみただけですが。そう悪い字画でもないんですよ。主格に十六という最大吉の数を持ってますからな。ただ、どうも外格が宜しくない」

「外格、と云いますと」

「姓名には五格と云って、五つの重要な字画の組み合わせがあるんですよ。姓格、主格、名格、外格、総格の五つで、それぞれがいろんな意味を持ってきます」

可怪《おか》しなもので、そんな説明を鹿爪らしく始めると、頭の禿《は》げた医師の丸い顔が、街頭の易者か寺の住職のように見えてくる。

「五格の中でも、主格というのが運勢的にいちばん重要な格で、乃本さんの場合、これは文句なしなんですな。ところが、外格っちゅうのは対人関係とか恋愛、結婚、つまり自分と周囲との関わりようを表わす格で、こいつが十二という非常に悪い数でして。家族運が薄い、病弱、短命、遭難などという意味を持った数字なんです」

「確か、姓名判断は本名じゃなくて通称で占うんでしたね」

「さよう」

「だからね、考えてもらうの、先生に」

と、彩夏が云った。

「改名するってかい」

「うん。だって、やっぱり気持ち良くないもん。せっかくの芸名なんだから、いい名前に越したことないでしょ」

「まあ、そりゃあそうだ」

「さほど大手術をする必要はないと思うんですがな。主格はそのままにして、要はその外格を何とかすればいいわけで」

忍冬医師が云った。

「ついでに他の方のも二、三調べてみたんですよ」

「ほう。どうでしたか」

「たとえば、そう、芦野さんは非常に強い名前ですな。傷がないわけでもないが、これからも女優としてやっていかれるなら、まず申し分ない。どなたか、知識のある方に作ってもらった名前ですか」

「いいえ。だけど、友だちに姓名判断をする人がいて、その人にもいつか同じようなことを云われました」

そう答えた時の深月の微笑みが、忘れられない。いつもと同じ、何処までも静かで美しい微笑だったが、同時に何とも云えない寂しさと哀しみの色が、そこに見えたような気がしたから。

「でも、当てになりません。名前の良し悪しなんて」

彼女にしては珍しく、妙に投げ遣りな云い方だった。老医師は気を殺《そ》がれたように、眼鏡の奥の目をぱちくりさせて、

「信じる信じないはもちろん、勝手ですわな。しかし、医者がこう云うのも変な話ですが、姓名判断はね、これがなかなかよく当たるものなんですよ」

「莫迦莫迦しい」

それまで黙って煙草を吹かしていた榊が、嘲笑《あざわら》う声で云った。

「俺、深月さんに賛成ね。姓名判断にしろ何にしろ、占いなんてもの信用できるわけがないよ」

「あれれ。榊クン、そうなの」

名望奈志が落ち窪《くぼ》んだ目を剝《む》いた。

「女の子を口説くのには、占いは必須《ひっす》アイテムでしょうが」

「はん。これでも俺、根っからの現実主義者なんで」

「そいつぁ知らなかったなあ」

「大笑いしたことがあるんだよね。高校のとき友だちが、凄いのがあるって、奇門遁甲《きもんとんこう》とかいう占いをやってくれたんだ。それが、死期が分かるってやつでさ」

「シキって、自分が死ぬ時期？」

「そうさ。生年月日と出生時間だけで占うらしいんだけど、やってみたら十二歳から十七歳の間に死ぬって出てさ。しかも、死因は他殺だと。ところがその時、俺はもう十八の誕生日が済んじゃってたわけ」

彩夏が無邪気にけらけらと笑った。名望はしかし、何処まで本気なのだろうか、やけに真剣な口振りで、

「いいや。だがね、榊クンよ、そんなに莫迦にしたもんでもないんだぜ。オレの伯父《おじ》さんなんかさ、もう八年前になるけど、街の易者に凶相が出てるとか云われて、その次の日にぽっくり逝っちゃったんだよなあ」

「やめてよ、名望さん。アホらしい」

榊は白けた顔で肩を竦める。

「オレは気をつけた方がいいと思うけどねえ。やあ、そうそう」

と名望は、榊の隣に坐った蘭の方へ目を移す。彼女は先ほどからずっと、普段の覇気

もなく顔を伏せ、時折りぐすぐすと洟を啜っていた。

「蘭ちゃんも、忍冬先生に頼んでいい名前に変えてもらったらどう？　きっと良くない名前なんだと思うなあ」

「どういう意味よ」

薄く隈《くま》の出来た目で、蘭は名望を睨《にら》んだ。

「だってねえ、身体を張ったオーディションが、そんなこんなでチャラになっちゃったんだから」

「ななし」

槍中が鋭い声を飛ばした。

「突っかかるのはいい加減によせ。その件はもういいだろうが」

「へへえ」

「他人のことは云えないだろう。離婚なんてのも、あんまりいい運勢とは云えないんじゃないのか」

「ああもう。それは云いっこなし。せっかく忘れてたのに」

名望は萌やしのような髪の毛を掻きまわしながら、

「あーあ。東京帰ったら取り敢えず、役者やりながら喰ってくための金策を考えなきゃなあ。ぼかぁ悲しいよ」

「あ、そうだ」

と云って、すとんとテーブルを指で叩き、榊が甲斐の方を見遣った。

「金って云やあさ、ねえ甲斐ちゃん、貸してた金、なるべく早く返してよね」

「えっ」

甲斐はどぎまぎと目を上げ、「ああ」と低く応えた。

「ここんところ祖父《じい》さんも渋くってさ、不自由してんだよね。いろいろと物要りでもあるし」

「ああ……うん」

「何とかしてよ、ね」

念を押すように云って、榊は席を立ち、サロンの方へ向かった。あとを追って、蘭が立ち上がる。昨日の夕食後と同じ光景である。

二人の姿を見送りながら、甲斐は浮かない表情で小さく溜息をついた。

九

午後八時前。

先ほどの女がまたやって来て食器の後片づけを終えた直後、ドアがノックされた。食堂に残っていたのは槍中、甲斐、忍冬医師と私の四人で、他の五人はサロンの方で寛《くつろ》いでいた。

「遅くなって申し訳ありません」

入ってきたのは、例の的場という女だった。

「手頃な物が見つからなくて。だいぶ古い機械ですけれど、これで宜しければお貸しいたします」

そう云って彼女は、右手に持っていた黒いラジオを差し出した。『広辞苑』くらいの大きさの、確かにずいぶん旧型の代物である。

「やあ、どうも」

槍中がドアに向かい、そのラジオを受け取った。

「わざわざ済みません」

「そこから電源をお取りください。電池は入っておりませんので」

と、女はサロンへ続くドアの脇にあったコンセントを示す。

「有難うございます。――ええとですね」

槍中が何か話しかけようとすると、彼女は眼鏡の縁に指を当てながら「では」と会釈して、

「ゆうべ鳴瀬も申したと思いますが、夜はなるべく早く、そうですね、遅くとも十時までには解散してください。――失礼」

それだけ云うと、そそくさとその場を去ってしまった。槍中はラジオを胸に抱くようにして持ったまま、

「可愛くないね」

鼻白んだふうに肩を窄めた。

「おおい、彩夏。ラジオを貸してくれたぞ」

開いていたサロンのドアから、彩夏がすぐに飛んできた。槍中がラジオを手渡すと、ダイニングテーブルの端にそれを置き、いそいそとプラグをコンセントに差し込む。スイッチを探したりアンテナを伸ばしたりと、かなり操作に手間取っていたが、やがてスピーカーから雑音《ノイズ》だらけの音声が流れはじめた。

「ニュースニュース……」

椅子に掛けもせず、彩夏はチューナーのダイヤルを回す。

「ああん。何処もニュースやってない」

「大丈夫だって、彩夏ちゃん」

甲斐が、ラジオの近くに席を移しながら云った。

「大爆発で大変な状況なんだったら、緊急報道とかやるだろうからね。きっと大した噴火じゃなかったんだ」

「そうなのかなあ」

彩夏は不安げな面持ちを変えない。そうしてなおも、目当ての番組を探してダイヤルを回しつづけるうち、

『……原山噴火の続報です』

がりがりというノイズに混じって、男性アナウンサーの罅割れた声が聞こえた。

『十五日夕方、十二年ぶりに噴火した伊豆大島の三原山は、その後も噴煙や火柱を上げつづけています。東大地震研究所によれば、火口底に溶岩が溜りはじめていることが確認され、活動は長期化が予想されるようです。十六日は、午前十時過ぎから数十回に及ぶ有感地震が繰り返し発生していますが、町や住民に直接の被害は及んでいません。噴火が激化する様子は今のところ見られず、夜には空を花火のように火の粉で彩る御神火《ごしんか》を見ようと、却って観光客が増えているという……』

「だってさ」

槍中が笑みを投げた。

「当面、深刻な事態じゃなさそうだな。怪我人も出ていないようだし」

彩夏はふう、と長い息をつき、ラジオから手を離した。

「だけど、やっぱり心配。六つか七つの頃にね、一回おっきな噴火があったの。凄く怖かった。島が沈んじゃうんじゃないかって」

「心配ないさ。観光客が来てるって云うくらいだから」

「でも」

「危ないようだったら、すぐに避難命令が出るよ。滅多《めった》なことはないさ」

『……続いてのニュースです。今年八月、東京都目黒《めぐろ》区の、りの……』

「きゃっ」

とつぜん彩夏の悲鳴が短く響き、一拍遅れてラジオがテーブルから落ちた。壁のコンセントから引いていたコードを、彼女が足に引っ掛けるかどうかしたらしい。

「大丈夫か」

槍中が椅子から立ち上がり、駆け寄る。近くにいた甲斐もひどくびっくりした顔で、腰を浮かせた。彩夏は慌ててその場に屈み込み、床に転がったラジオを拾い上げた。

「あん。壊れちゃったのかな」

ニュースの音声は途切れ、スピーカーはしゅうしゅうとガスが洩れるようなノイズだけを吐き出している。

「貸して」

おたおたする彩夏の手から、甲斐がラジオを取り上げた。

「大丈夫。落ちたショックでチューニングが狂っただけだよ」

「良かった。――あっ、やだ。アンテナが曲がっちゃってる」

「引っ込めておいたら分からないさ」

甲斐がチューナーを調節すると、さっきのニュースとは違う局の音楽番組が鳴りだした。

「あの、ちょっと」

気に懸かることがあって、私が云った。

「ちょっと、さっきのニュースに戻してくれませんか」

「どうした、鈴藤」

　槍中が訊いた。

「帰ったら火山見物に行こうとか」

「まさか。違うんです。そのあとに始まったニュースが、少し気になって」

「と云うと？」

「気づきませんですか。『今年八月、東京都目黒区の、りの』とまで聞こえたんですよ。目黒区のりの……李家、と続いたんじゃないかと思って」

「目黒の李家……はあ、あの事件の？」

「何か進展があったのかも、と」

「なるほど」

「もうニュース、終わっちゃったみたいですよ、鈴藤さん」

　チューナーを回していた甲斐が、上目遣いに私の方を見た。

「コマーシャルをやってる」

「だったら、別にいいです。僕が聞き違えたかもしれないし」

　本当にそう聞こえたのかどうか、ノイズ混じりの、あまり鮮明な音声ではなかったので自信がなかった。

　不恰好に曲がってしまったアンテナを元どおり縮めて、甲斐はラジオのスイッチを切った。プラグを抜いて丁寧にコードを把手に巻きつけると、「また落とすといけないから」と云って、コンセントの近くの壁際に置く。

　サロンのドアは開いたままだったから、私たちのその時の遣り取りは向こうにいる者たちにも聞こえたかもしれない。しかし、「あの事件」の話が引き続き語られることはなかった。彩夏と甲斐は当然、私が何を云おうとしたか理解した筈だ。一人、忍冬医師だけはわけが分からない様子できょとんとしていたが、私たちは取り立てて説明しようとはしなかった。

　希美崎蘭がサロンからこちらへやって来たのは、それから暫く経った頃である。

「忍冬先生」

　彼女は憂鬱《ゆううつ》そうな顔で、短い足を組んでキャンディを頬張っていた老医師に近づいていった。

「お願いがあるんですけど」

「はあ」

　医師はぎくしゃくと居住まいを正し、

「私にですか。そりゃあまた……ははん。そう云えば、今日はずっと洟を啜っておられましたな。身体の具合がお悪い？」

「——少し」

「診察して差し上げましょうか。一通り薬は持ってきとりますから」

「そんな、診ていただくほどでもないんだけど」

蘭は弱々しく首を振り、

「眠れなくって、ゆうべから。だから、あの」

「ははあ」

医師は頷いた。

「睡眠薬が欲しいと仰るんですな」

「ありますか」

「ないこともないが、熱がある時に飲むのは良くない。熱はありますか」

「いいえ。鼻がぐずぐずするだけだから」

「何かアレルギーは？」

「別に」

「ふむ。じゃあ、宜しい。よく効くのがありますから、そいつをあげましょう」

忍冬医師は椅子から腰を上げると、さすがにしおらしく礼を述べる蘭の顔を覗き込んだ。

「確かに、疲れとるみたいですな。今夜はぐっすり眠ることです」

「――有難う」

「部屋に鞄《かばん》が置いてあるんで、ちょっと一緒に来てくれますか」

「あ、はい」

「速効性の薬だから、ご自分の部屋に戻って、寝支度をしてから飲むようにしてください。いいですかな」

医師が蘭を連れて食堂を出ていったのを機に、私たちはサロンの方へ場を移した。

暖炉の前で名望奈志が、ストゥールに掛けた深月を相手に駄洒落《だじゃれ》を飛ばしていた。榊はソファに坐ってでんと足を投げ出し、退屈そうに煙草を吹かしている。

「八月にあった事件のことだけどな」

榊の向かいに腰を下ろしながら、槍中が話しかけた。

「その後、犯人は捕まったのかい」

「何？」

榊は眉の端をきゅっと吊り上げ、

「事件って」

「例の強盗殺人さ。目黒の、お前のお祖父《じい》さんの家で起こった」

「ああ、あれか」

榊は顔を背けるようにして煙草の煙を吐き出し、

「知らないよ。まだなんじゃないの」

ぶっきらぼうにそう答えた。そんな事件の話は聞きたくもない、といった気持ちがありありと顔色に滲《にじ》み出ている。槍中はそれ以上その件について触れようとはせず、私も何も云わなかった。

暫くして、忍冬医師が食堂の方から入ってきた。蘭は薬を貰《もら》って、もう自分の部屋に帰っていったようである。

「ねえ榊クン、蘭ちゃんに付いてってやらなくってもいいのかい」

暖炉の前から名望奈志が問いかけた。榊は煙草を持った手を軽く振り、

「落ち込んでる女は苦手なの、俺」

と薄笑いを見せる。

「他に体調の悪い方はおられませんかな。遠慮なく云ってくださいよ」

皆の顔を見渡しながら云って、医師がドアを閉めた。

その、まさに瞬間である。ちょっとした異変が私たちの前で起こった。ソファの前のテーブルに置かれていた煙草盆が、重い音を立てて床に落下したのだ。

いちばん驚いたのは私であった。

他の者たちは、もちろん驚きはしたけれども、恐らく榊か誰かが手を引っ掛けでもして落としたのだと解釈したに違いない。あるいは、誰かがテーブルを揺らしたと思ったかもしれない。しかし実際のところ、煙草盆が落ちた原因はそのどちらでもなかった。

少なくとも私が見ていた限りでは。

見ていた……そう、私は見ていたのだ。名望の問いかけに答える榊の顔を見遣り、続いて忍冬医師の声に振り向こうとしたその時、テーブルの煙草盆が落ちる瞬間を、はっきりとこの目で捉えていたのである。

そこには何の外力も加えられていなかったように、私には見えた。

医師が皆に声をかけ、ドアの閉まる音が聞こえると同時に、煙草盆は氷の上を滑るようにすっと動き、そのまま落ちてしまったのだ。誰の手に触れられることもなく。

私は己《おのれ》の目を疑った。

では、医師がドアを閉めた、その振動が伝わって落ちたのだろうか、とも考えた。煙草盆はテーブルの、だいぶ端の方に置かれていた。が、それを落としてしまうほどの勢いでドアが閉められたとは、その時はとても思えなかった。

「今、地震がありましたか」

わけが分からず、私はそんな質問を槍中にした。

「地震？　僕は何も感じなかったが」

灰皿の中身を絨毯にぶちまけて逆様に転がった煙草盆に、彼は大慌てで駆け寄った。

「ですけど、今……」

「俺じゃないよ、落としたの」

と、榊が肩を竦める。彼は落下の瞬間を見ていなかったようだ。

「じゃあ、どうして」

「何かの弾みだろ」

何かの弾《ヽ》み《ヽ》、か。――それはまあ、私たちが日常よく使う、非常に曖昧ではあるけれど、何故か一応の説得力を有する言葉だった。私はどうにも居心地の悪い思いで首を傾げたが、結局のところは榊のその説明を受け入れることで、みずからを納得させるより他なかった。

だが、その一方で。

――この家には少々、変わったところがございますので。

温室で出くわしたあの女の、あの謎めいた台詞が、ちらりと頭を掠めたのもまた事実である。

――特にこうして来客があったりすると、途端にこの家は動きはじめます。

「弱ったな」

煙草盆を拾い上げようとして、槍中が憮然《ぶぜん》と声を落とした。

「こりゃあまずいぞ」

槍中は盆に付いた把手を握ってゆっくりと持ち上げ、もう片方の手で、中から転がり落ちていた円筒形の灰皿を取り上げてテーブルに置いた。いかにも重そうな、黒い南部鉄の灰皿である。

「壊れちゃったんですか」

食堂から布巾《ふきん》を取ってきた深月が、彼のそばに膝を突いた。槍中は眉根を寄せて盆の側面を示し、

「ここ。こんなに割れてしまってる」

「ほんと」

「たぶん莫迦にならない品だぞ、こいつも」

立ち上がって様子を覗き込んだ私の顔を見て、槍中は云った。

「ほら。例の源氏模様の透かし彫りが、これで台無しだ」

それは——いま思うとそれは、確かに一つの暗示であり、予言であった。割れた源氏香之図の「賢木」。その意味を深く考えることなど、その時はしかし、誰もしなかったのである。

十

文字盤が正十二角形に縁取られた振子式の掛時計が、九時半の鐘を一つ打った。ほんの少し遅れて、模様硝子の壁で仕切られたサンルームの方から、それよりもずっと低く大きな鐘の音が響いてくる。図書室側の端に置かれた、高さ二メートル以上もあるロングケースクロックの音である。

落下騒ぎのあと、何となく沈み切ってしまった場の空気の中、今夜はもう解散しようか、と槍中が云いだした。

「煙草盆の件は明日、僕が謝る。弁償しろと云われたら、それも仕方あるまい。またお叱りを受けないように、今日はもうみんな大人しく寝ることだ」

誰も異論を唱えようとはしなかった。お休みの言葉を交わす声も少なく、ぱらぱらと部屋へ引き揚げていく。

ドアに向かおうとする私を、槍中が呼び止めた。

「鈴藤」

「もう眠いかい」

訊かれて、私は「いえ」と首を振った。

「眠れなかったら、部屋で本でも読みますよ。図書室の本、借りてもいいですよね」

「ああ。問題ないと思うが」

槍中は腰を下ろしていたソファから立ち上がり、ズボンのポケットに片手を潜らせながら、

「それよりも、ちょっと付き合ってくれないかな」

と云った。

「付き合う？」

「僕もね、どうも今夜はすんなり寝られそうにない。何て云うか、すっかり興奮してしまってね」

「この家が素敵だから、ですか」

「ま、そういうことだ」

照れを隠すように、槍中は秀でた額に垂れた前髪を撫で上げた。

「そこで、次の芝居の草案でも練ろうか、とね。どうかな」

「ええ。それはもちろん、構いませんけど」

「よし。じゃあ……ああ、お休み」

手を振ってサロンを出ていく彩夏に応えてから、

「じゃあ、そうだな」

と、槍中は図書室のドアを見遣った。

「資料のある場所の方がいいな。隣にしようか。ノートとペンを取ってくるから、先に行っててくれ」

「いいんですか。見つかったらまた、お小言を云われますよ」

「やかましくしなけりゃ大丈夫さ」

薄く髯《ひげ》の伸びてきた頰を片手でさすりながら槍中は、十代の少年のような悪戯っぽい微笑を浮かべた。

「まさか、盗聴器が仕掛けてあるわけでもあるまいしね」

第三幕「雨」

雨がふります。雨がふる。
遊びにゆきたし、傘はなし、
紅緒《べにお》の木履《かっこ》も緒が切れた。

† † †

霧越邸の朝は早い。

使用人たちは普段、午前六時半に起床し、七時過ぎには各々の仕事に取り掛かる。

邸内の雑用を一手に引き受けている末永耕治《すえながこうじ》は、朝一番にまず地下のボイラー室へ向から。ボイラーの点検をし、セントラルヒーティングの調節等を済ませた後、次は温室へ行って気温や湿度、灌水《かんすい》などのチェックを行なう。

その朝も彼は、ボイラー室で暖房を少し強くし、屋根の雪を除去するためのスプリンクラーを作動させ、それから温室へと向かった。

ドアを開ける前に、彼の耳はその音を拾った。

何だろうか、シャワーを使ってでもいるような水音が室内から聞こえてくる。だが、温室にはもちろんシャワーなどないし、わざわざこの中で水浴びをしようという奇矯な人間もいないだろう。――不審に思いつつ、彼はドアを開いたのだと云う。

音の主は、如雨露《じょうろ》であった。

温室に備え付けの銅製の如雨露が、天井から垂れた針金の一本にぶら下がっている。そうしてその中に、水道栓から引いた青いビニールホースの一端が突っ込まれているのだ。大人の身長ほどの高さに宙吊《ちゅうづ》りになった如雨露の注ぎ口から、幾筋もの細い糸となって水が流れ落ちている。

そして――。

その下で、男の死体が濡《ぬ》れていた。

†　†　†

一

その日、十一月十七日月曜日――霧越邸で迎える二度目の朝は、単調なノックの音で始まった。

私は最初まだ夢の中にいて、繰り返されるその音響を聞いていた。夢の中ではドアではなく、硝子《ガラス》の壁を叩《たた》く音に聞こえた。

分厚い透明な硝子の向こうで、誰かがしきりにそれを叩いている。何事かを叫びながら固めた拳《こぶし》を振り上げ、硝子にへばりつくような恰好《かっこう》で、何度も何度も。叫ぶ声は、ただ大きく開かれた口が見えるだけで、壁のこちら側までは届いてこない。硝子は堅く、びくともしない。やがて、打ちつけられる拳の皮膚が破れて血が噴き出し、硝子の半面を赤く染めはじめる。

そんな夢を、そのノックの音に重ねて見ていたように思う。とても長い時間に感じられたが、現実の時の流れにおいてはほんの数秒のことだったのだろう。

硝子の壁の向こうにいる人物はどうしても顔が見えず、何者なのか分からなかった。けれど、もしかしたら私は、心の何処《どこ》かではそれが誰なのか了解していたのかもしれない。みずからもまた何事かを叫び、こちらから壁を叩き返した。すると、その最初の一撃でぴりぴりと硝子に亀裂《きれつ》が入り……。

と、そこで目が覚めたのである。ベッドの上で飛び起きた時、私の両手は固く拳を握り締めていた。

「——はい」

ノックに応《こた》えると、私は外しておいた腕時計をナイトテーブルから取り上げ、時間を確認した。

午前八時半になろうかという時刻だった。昨夜——正確には今日未明だが——はすっかり遅くなってしまい、この部屋に戻ったのが午前四時半頃、眠りに就《つ》いたのが五時前だったから、まだ三時間ちょっとしか寝ていないことになる。

カーディガンを肩に引っ掛けると、私はふらつく足でドアに向かった。

「お休みのところ申し訳ございません」

黒いスーツに黒いネクタイ、きちんと分け揃えた白髪交じりの髪。ノックの主は、鳴瀬という名の例の執事氏だった。ドアを開けると、剝製《はくせい》のような目でじろりと私の顔を見て、相も変わらずの仏頂面で一礼する。

「お手数ですが至急、階下の正餐室《せいさんしつ》にお集まり願います」

云われても、私はよく意味が呑《の》み込めず、寝惚《ねぼ》け眼《まなこ》を指で擦《こす》りながら「はあ」と首を傾げた。

「ホールから中央廊下に出ていただいて、真っ直ぐにおいでください。右手奥の部屋でございます」

「はあ。あの……いったい何が」

「とにかく至急、おいでください」

何かが起こった？

覚め切らぬ頭に、そんな考えが湧き出してきた。相手の声に何かしら、微妙に上擦《うわず》ったような響きを感じ取ったからである。

告げることを告げると、鳴瀬は再び一礼して足速にドアの前から立ち去った。

何かが起こった。しかし、何が？

急いで身繕いを済ませ、私は部屋を出た。同じようにして起こされ、呼び出されたのだろう、眠そうな顔の仲間たちと廊下で合流する。

「やあ、鈴藤」

槍中が声をかけてきた。

「どうしたんだろうな、いきなり」

「さあ」

「あの男、珍しく慌てた様子に見えたが」

「ええ。僕も何となく、そう……」

「にしても、堪《たま》らんね。ほとんど眠れてない。君も目が赤いよ」

昨日「探検」した階段から例の吹き抜けのホールへ降りる。一階の廊下に出ると、指示された「右手奥の部屋」は、ドアが開かれていたのですぐに見つかった。

奥行きを持った、非常に広い部屋だった。二階中央に並ぶ三室よりも、さらに倍近く広いように思える。

部屋には四人の人間がいた。

今さっき顔を合わせたばかりの鳴瀬。的場という名の黒縁眼鏡の女。この二人は一昨日この屋敷を訪れて以来の、云わば〝顔馴染《なじ》み〟である。

あとの二人のうちの一人も、見憶《みおぼ》えのある人物だった。

白い無地のトレーナーを着た、背が高く厳《いか》つい体型の若い男――まだ三十にはなっていないだろう――で、硬そうな癖毛をぼさりと伸ばし、口の周りには濃く髭《ひげ》を生やしている。昨日の「探検」の際、ホールから廊下に出ようとしたところで後ろ姿を見かけたあの男である。

そして、残る一人。

その人物は、部屋の中央に据えられた長い大きなテーブルの向こうにいた。上品な橄欖色《オリーヴいろ》のガウンを着た五十がらみの男で、奥の壁に並んだ窓を背に坐《すわ》っている。厚手の青いカーテンを開いた窓の外にはすぐ、磨き上げた鏡のような霧越湖の湖面があった。雪は相変わらずの激しさで降りしきっている。

「どうぞお掛けください」

椅子に坐ったまま、その男が云った。

オールバックにした褐色の髪。少々日本人離れして彫りの深い、浅黒い顔から、真っ直ぐにこちらを見詰める深い鳶色《とびいろ》の目。その眼差《まなざ》しの鋭さとは裏腹に、形の良い鼻の下に薄く髭《ひげ》を蓄えた口許《くちもと》には穏やかな微笑が浮かんでいる。

「私がこの家の主《あるじ》で、白須賀秀一郎と云います。初めまして。どうぞ皆さん、適当にお掛けください」

落ち着いた、威厳に満ちた声であった。

この屋敷、霧越邸の当主。図書室にあった何冊かの詩集の著者。――私たちは何を問うことも話すこともできず、彼の勧めに従った。

少し遅れて、深月と蘭、彩夏の女性三人が部屋に入ってくると、

「鳴瀬」

男――白須賀秀一郎氏は、口許の微笑を広げながら僅《わず》かに右手を挙げた。

「揃われたようだ。珈琲《コーヒー》を」

テーブルのそばに控えていた黒服の執事は、腰から身を折って一礼すると、部屋の一

角に造り付けられたカウンターに向かった。

「済みませんが、白須賀さん」

私の隣の席に着いていた槍中が、そのとき遠慮がちに云った。

「まだ一人、来ていないのですが」

一人、来ていない。――云われて漸《ようや》く、私はそれに気づいた。

来客全員がここに呼び集められたのだとすると、人数は九人の筈《はず》だ。なのに今、テーブルの周りにいるのは八人だけ。まだ一人、足りないのである。

「お名前は？」

霧越邸の主人は、平然とした顔で槍中にそう尋ねた。質問の意味を取りかねたのだろう、槍中は「は？」と返答に詰まった。

「来ておられないのは、何と仰《おつしや》る方ですか」

と、白須賀氏が質問を繰り返す。

「ああ、はい」

テーブルに着いた一同に視線を巡らせながら、槍中は答えた。

「榊――榊由高という男ですが」

「そうですか」

白須賀氏はふっと口許の微笑を消し、

「ならば、榊さんはいくら待ってもいらっしゃいません。残念なことですが、永遠に」

「永遠、って」

槍中が驚いて訊《き》き返す。

「いったい、どういう意味でしょうか」

「その方は亡くなられました」

と、白須賀氏は告げた。

二

放たれた言葉の意味とそれを放った人物の静かな表情が、あまりにもアンバランスであった。一瞬、誰もが自分の耳を疑ったに違いない。私とて同じである。これはもしかしたら、さっきまで見ていた夢の続きなのではあるまいかと、そんな在《あ》り来《きた》りの疑念が脳裡《のうり》をよぎったくらいだった。

「今、何と?」

場を包んだ数秒の沈黙を、槍中の声が破った。霧越邸の主人は、眉《まゆ》一つ動かさずに答えた。

「その方は亡くなった、と申し上げたのですよ」

「嘘……」

切れ切れに、抑揚の定まらぬ声を吐き出したのは蘭である。

「何の冗談？」

「そのような冗談を云う趣味はむろん、私にはありませんよ」

白須賀氏は再び口許に微笑を作り、蒼白《そうはく》になった蘭の顔を見た。

「榊さんが亡くなったのは事実です。当家の温室の中で」

温室？　昨日のあの温室の中で、彼は死んでいると云うのか。

「嘘だわ」

蘭は掠《かす》れた声で叫んだ。

「嘘っ！」

「蘭」

槍中がすかさず制した。

「落ち着け。とにかく話を聞こう」

「それでこうして、皆さんに集まっていただいたわけです。ご了解願えましたか」

悠然とした口調で云い、白須賀氏は私たちを睥睨《へいげい》した。再び浮かんだまま崩れない口許の微笑が、見事なまでに、内心の感情を覆い隠す役割を果たしている。

「末永」

呼ばれて、右手の壁際に立っていた髭面の若い男が「はい」と一歩、進み出た。

「当家で働いてくれている男で、末永耕治と云います」

私たちに紹介すると、邸の主人はその使用人——末永に向かって云った。

「今朝のことをお話しして差し上げなさい」

「はい」

太い声で返事をすると、彼はその場に立ったまま、鯱《しやちほこ》張った調子でそれを——彼が温室で榊由高の死体を発見した経緯を——語りはじめた。

「……とにかくそこはそのままにしておいて、すぐに的場先生をお呼びしました。既に息がない様子だとは分かったのですが」

「的場先生は当家の主治医で、大変に優秀な方です」

と、白須賀氏が補足した。例の黒縁眼鏡の女が、そっと目礼する。

そう云えば最初の夜、この家には医者がいて、というような話を忍冬医師がしていたが、この女がそうだったのか。分かってしまうとなるほど、彼女にはいかにも「女医」という肩書が相応《ふさわ》しく見えてくる。

「彼——榊さんは、昨夜のうちに亡くなったのだということです。しかも」

白須賀氏が云った。

「殺されて」

がたっ、と幾つかの椅子が鳴った。立ち上がったのは槍中と忍冬医師、そして蘭の三人であった。

「殺されて、って」

蘭が顔と声を引き攣《つ》らせる。

「どういうことなの」

「言葉のとおりです」

白須賀氏は静かに答えた。

「病気でも事故でもなく、彼は何者かに殺されたのです」

「そんな」

蘭は愕然《がくぜん》と目を見張った。

「そんな……」

呟《つぶや》く表情が、緊張から弛緩《しかん》へ、そして不意に激しい興奮へと変化する。テーブルの端を摑《つか》んだ両方の手を強くわななかせたかと思うと、彼女は大きく見開いた目をぎらっと光らせ、向かいの席にいる名望奈志の顔を睨《にら》みつけた。

「あんたね」

「ななな何を云いだすんだい」

名望は仰天して、顔の前で両手を振った。蘭は甲走った声で、

「しらばっくれても駄目よ」

「おいおい」

「由高にいい役を取られてばかりだから、面白くなかったのよ。そうでしょ。だからその腹いせに」

「冗談じゃねえよ」

「じゃあ誰だって云うのよ。そんなことしそうな人間なんて……」

「蘭、よせ」

槍中が鋭く云い、忍冬医師が「まあまあ」と蘭の肩を押さえる。彼女は赤茶けた長い髪を両手で抱え込み、掻《か》き毟《むし》るように動かしながら、ぐたりと椅子にへたり込んだ。

「……嘘よ。嘘。由高が殺されたなんて、そんな、そんな……」

そのまま声を途切れさせ、顔を伏せてしまう。黄色いワンピースを着た肩が細かく震えていた。

「申し訳ありません。お見苦しいところを」

椅子に腰を戻すと、槍中は重々しい声で云った。懸命にみずからの動揺を抑えようとしているのが、ズボンの膝《ひざ》のあたりを両手で握り締めている様子から察せられる。

「『殺されて』と仰いましたが、それは確かなことなんでしょうか」

「残念ながら、疑問を差し挟む余地はないようです」

「――そうですか」

槍中は息苦しそうに大きな呼吸をしながら、冷然とこちらを見据える白須賀氏の視線を受けた。

「現場を、見せていただけませんか。死体の確認も必要でしょうし」

「もとより、そのつもりでお呼びしたのです」

邸の主人はゆっくりと頷《うなず》いた。

「的場先生、皆さんを案内して差し上げてください。女性の方たちはご覧にならない方が宜《よろ》しいでしょうが」

私たちはそして、深月と蘭、彩夏の女性三人を正餐室に残し、黒縁眼鏡の女医に従って事件の現場へと向かったのだった。

三

八角形の温室。

その中央に設けられた円形の広場の、白木の円卓の手前あたりに、榊由高の死体はあった。茶色いタイル張りの床に、女のような華奢《きやしや》な身体《からだ》を仰向《あおむ》けにして倒れていた。

美形を売り物にした顔は汚い紫色に膨れ上がり、思わず目を背けたくなるような、醜く歪《ゆが》んだ形相を凍りつかせている。夜叉《やしや》のように吊り上がった唇。ぎょろりと白眼を剝《む》き出した両眼。濡れてぐしゃぐしゃに乱れた焦茶色の髪。そして――。顎《あご》を上げた白い喉許《のどもと》には、何かベルト状の物で絞められたと思われる痕《あと》が、黒ずんだ痣《あざ》となって残っていた。

生まれて初めて間近に見る人間の他殺死体、だった。力が抜け、ともすればがくがくと震えだしそうになる膝の頭を両手で押さえつける恰好で、私はその無惨な生命の抜け殻に視線を落とした。

スリムのブルージーンを穿《は》いた長い足。真っ赤なセーターを着た上半身には、もはやみずからの意思では動くことのない二本の腕が、鳩尾《みぞおち》のあたりで交差して巻きついている。自分で自分の胴体を抱き込むような姿勢である。

死体の上方にぶら下がった、銅製の如雨露。天井から垂れた針金に把手《とって》が引っ掛けられており、先ほどの末永耕治の話どおり、中には水道栓から引いた青いホースが突っ込んであった。水は既に止められているが、死体はまだずっしりと濡れている。

さらにもう一つ、目についた物があった。

真っ直ぐに揃えて投げ出された両足。そのすぐそばに、履いている黒いウォーキングシューズとは別に、見慣れぬ一組の履物が置かれているのである。それは——。

漆塗りの赤い木履《ぽっくり》、だった。

「その——」

槍中が、死体の傍らに立った的場女史の顔を窺《うかが》った。

「その木履は、この家の物ですね」

「ええ、そうです」

女医が頷くと、槍中は鋭角に眉を寄せながら、

「確か、一階のホールにあった。マントルピースの上の硝子ケースに収められていた物ですね」

ホールのマントルピースにそんなケースがあったことを、私は憶えていなかった。あ

の上に飾られた例の肖像画に目を奪われ、気がつかなかったのに違いない。

それにしても何故《なぜ》、このような物がここに置かれているか。

私たちは首を捻《ひね》らざるを得なかった。

犯人が残していったと考えるのが恐らく妥当なのだろうが、死体の足許《あしもと》に赤い木履とは、いったい何の意味があると云うのか。

「どれどれ。ちょっと見せてください」

忍冬医師が、どこどこと進み出てきた。むかし取った杵柄《きねづか》、というわけだろうか、大した躊躇《ちゅうちょ》も見せず、死体のそばに屈《かが》み込む。

「やや。——ふむ。こいつは惨《むご》い」

甲高い声で云うと、医師は同業者の顔を見上げた。

「絞殺、でしょうな。いかがですかな、あなた——的場さん」

「はい。——ですが」

と、女医は僅かに眉をひそめ、

「後頭部をご覧くださいますか」

「ほう」

忍冬医師は死体の頭を少し持ち上げ、横に向けて後頭部を覗《のぞ》き込んだ。

「はっはあ」

彼は唸《うな》った。

「これですか。ひどい瘤《こぶ》が出来とる。こりゃあつまり、初めに後ろから殴って気絶させてから首を絞めた、というわけですな」

それからまた女医の顔を見上げると、

「よく調べましたな。ご主人の云われたとおり、確かに優秀でいらっしゃる」

「恐縮です」

「では、次へ参りましょうか。的場さん、あなたの見たところではこの死体、死後どのくらい経っていると？」

老医師の問いかけに、女医はいくぶんたじろぎを見せた。眼鏡を掛け直しながら大きく一度、肩を上下させて、

「私にはちょっと判定いたしかねます」

「大学で法医学はやっとりませんか」

「それは……」

「当面、警察は呼べんわけでしょう。我々が見て、ある程度の見当をつけておいた方が宜しい。あんまり時間が経たんうちに」

「それは……ええ」

心許なげに頷くと的場女史は、死体を挟んで忍冬医師と向かい合う位置に片膝を落とした。緊張の面持ちで、不自然な恰好で凍りついた死体を見下ろしながら、

「死後硬直は出ているようでしたが」

「そのようですな。硬直が始まるのは普通、死後三時間から四時間。まず顎の関節に現われ、暫《しばら》くして腕と足の大関節に、それから手の指、足の指と、こういった順で出てきおる。下行性型硬直っちゅうやつですな」

医師はそして、引き攣るように歪んだ榊の口許に右手を当てた。

「顎の硬直は頗《すこぶ》る強い」

続いて、胴体に巻きついた腕に手を移す。

「これも非常に強くなっておる。足の方はどうですかな」

女医はそろりと死体の足に手を伸ばした。

「硬直が進んでいます」

「お次は指だが――」

忍冬医師は腰のあたりに当てられた死体の手を摑み、

「まだあんまり硬くなっとらんようですな。ちょっと力を加えれば開く。ふむ。ということは」

「指の硬直が強くなるのは死後十時間以上してから、と記憶しておりますが」

と、女医が云った。忍冬医師は満足そうに頷き、

「さよう。顎や四肢の関節がこんなふうに強く硬直してくるのは、七時間から八時間後。ま、その辺が見当でしょうな」

「死斑《しはん》はどうでしょうか」

云われて忍冬医師は、よっこらしょとばかりに死体を横にした。こちらに向けられた首の後ろの皮膚に、赤紫色の斑《まだら》模様が浮かんでいるのが見えた。

「――ふむ。指で押すとまだ、速やかに消えおる。死後経過時間が長くなると、これがだんだん褪色《たいしょく》しなくなるわけですが」

「やはり死後七時間から八時間、でしょうか」

「そう。十時間は経っていない。それでまず間違いないでしょう。ただ――」

と、忍冬医師は死体から手を離し、緑の溢《あふ》れる室内をぐるりと見まわした。

「この温室の気温は何度ありますか」

女医ははっとしたような顔で、「ああ」と声を洩《も》らした。

「だいたい二十五度くらいだろうと」

「常温よりもちょっと高め、ですな。まあそう、その程度なら、大した誤差はありますまい」

「図書室に法医学書がありましたよ」

と、槍中が口を挟んだ。

「あとで調べてみられてはどうですか」

「そうですな」

忍冬医師は、うっすらと汗の浮かんだ団子鼻に皺《しわ》を寄せた。

「取り敢《あ》えずしかし、ここで調べられるのはこんなとこですか。胃の内容物がたいがい一番の決め手になるんだが、まさかこの家で死体を解剖するわけにも行きますまい。死後七時間から八時間、いや、九時間あたりまで幅を持たせた方が宜しいか。もっと慎重に誤差を考えたとしても、六時間半から九時間半」

私は腕時計を見た。

今、時刻は午前九時十分である。逆算すれば、死亡推定時刻は午後十一時四十分から午前二時四十分の間、ということか。

昨夜のその時間帯ならば、私は……。

「ちょっと、みんな」

と、その時、温室の入口の方から声が聞こえてきた。名望奈志の声である。

「ちょっと、ねえ、こっちへ来てくださいよ」

私たちは広場を離れ、名望が呼んだ方へぞろぞろと足を運んだ。

そこは入口のドアを入って左手——温室内を壁沿いに巡る通路を折れたところで、その、他と同じ茶色いタイル張りになった床の一箇所に視線を落とし、彼は立っていた。

(「霧越邸部分図1」二〇五頁　参照)

「これっすよ。ほら、これ」

と、名望が指さす。

その場所には、二つの物が落ちていた。

一つは、金色のバックルが付いた黒いベルト。バックルには、互いの尻尾《しっぽ》を嚙《か》み合っ

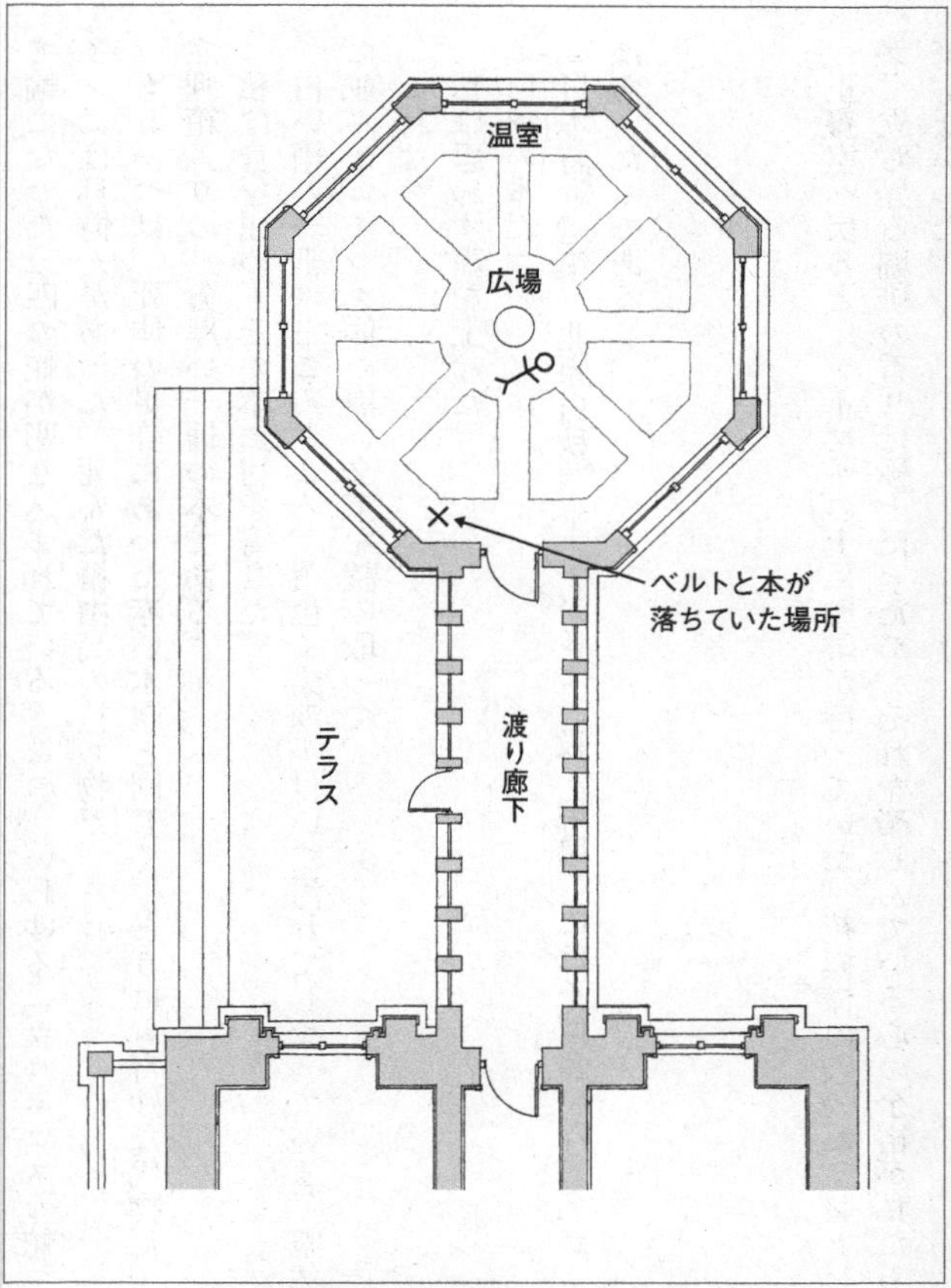
温室
広場
ベルトと本が
落ちていた場所
テラス
渡り廊下

霧越邸部分図１

て輪になった三匹の蛇が彫り込まれている。この、いわゆる「ウロボロスの蛇」のデザインには見憶えがあった。死んだ榊由高の持ち物だ。

もう一つは、死体の足許にあった赤い木履と同じく、どうにも奇妙な代物だった。四六判箱入りの、分厚い一冊の本である。

私は身を屈め、その本に目を寄せた。

白い箱の表紙はところどころ、黄色く染みが付いて汚れてしまっている。整然とそこに並んだゴチック体の黒い文字を読み取って、

「これは」

私は思わず声を上げた。

「白秋の本だ」

『日本詩歌選集　北原白秋』。――およそ〝殺人現場〟には不似合いな書名が、そこにはあったのである。

四

正餐室へ戻ると、テーブルの上に珈琲が待っていた。花模様の入ったミントンのカップ。立ち昇る珈琲の香りは極上だったが、それを楽しんでいる心の余裕が私たちにある筈もなかった。

椅子に掛けたまま、深月、蘭、彩夏の三人が一斉に、物問いたげな視線をこちらに向ける。告げるべき言葉も見つからず、私たちはのろのろと元の席に着いた。

霧越邸の主人と仏頂面の執事は、先ほどと同じ場所にいた。末永耕治の姿はもう部屋には見当たらない。

左手の壁にあったドアから、白いエプロンを着けた例の小柄な中年女が入ってきた。サンドウィッチを盛り付けた大きな皿を、ワゴンに載せている。

「ご紹介しておきましょう」

白須賀氏が云った。

「厨房《ちゅうぼう》を任せている井関悦子《いぜきえつこ》です」

口許には依然、微《かす》かな笑みを湛《たた》えたままである。女はワゴンを押す動きを止め、私たちに向かっておずおずと頭を下げた。

「さてと、皆さん」

珈琲を一口啜《すす》ると、白須賀氏はテーブルの端から私たちの顔を見渡した。

「私は、皆さんとは、云ってみれば縁もゆかりもない人間です。皆さんは一昨日《おととい》、まったく偶然この屋敷にやって来られた。見たところ、私が面識のある方は――」

口許の微笑とは裏腹に相変わらず鋭いその目が一瞬、深月のところで止まる。

使用人たちから聞かされて、彼は既に、あの肖像画の女性――死んだ己《おのれ》の妻――と瓜《うり》二つの顔をした女が私たちの中にいる、という偶然を知っていたに違いない。二人の名前がどちらも「みづき」である、という偶然も。だが彼は、目立った表情の変化を見せることもなく、ただ緩くかぶりを振っただけで言葉を続けた。

「一人もおられません。これは、当家の使用人たちについても同様であると思います。いかがですか」

誰も口を開く者はいない。

「そして今朝、皆さんの中から死者が一人、出たわけです。あのような形で。まさか、当家の人間の中にその犯人がいる、などとは仰らないでしょうね」

ざわり、と場の空気が揺れた。

彼が云わんとしていることは明らかだった。榊由高を殺した犯人は、従って当然、私たち八人の来客の中にいる筈だ、ということである。

私たちの反応を涼しい表情で眺めながら、次に白須賀氏は訊いた。

「この中で、代表の方と云うとどなたですか」

「たぶん、僕でしょう」

と、槍中が答えた。

「お名前は？」

「槍中秋清と云います」

「槍中さん、ですか。ふん」

邸の主人は頷いて、値踏みをするように目を細め、「代表者」の顔を見据えた。

「宜しい。では槍中さん、この家の主人として、代表者たるあなたにここで申し上げておきたい」

飽くまでも落ち着いた口振りで、彼は云った。

「はっきり云って、私たちは大変に迷惑しています。不幸にして電話も通じず、雪がやむ気配もない。やんだとしても、季節の初めのこの積雪です。まだ暫くの間は、ここに閉じ込められたままでしょう。そして、この中に殺人犯がいる。

警察への連絡は、いま云ったような状況で当分はできそうにない。本心を云うならば、私は今すぐにでも皆さんに出ていってもらいたいのですが、そういうわけにも参りますまい。ですからね、槍中さん」

白須賀氏はさらに目を細くして、

「ここはあなたの責任において、あなた方のうちの誰が犯罪者であるのか、速やかに見つけ出していただきたい。警察を呼べない以上、そのように努力していただいて当然だと思うわけですが。むろん異存はないでしょうね」

口調は何処までも静かで紳士的だったが、そこには決して反論を許さぬ、一方的な圧力があった。完全に一段高いところから私たちを見下ろしている、という感じである。

槍中はさすがに、いくらかかつんと来たらしい、くっと下唇を嚙んで、返答を詰まらせた。

「宜しいですね、槍中さん」

念を押すように、白須賀氏が云う。

「――分かりました」

やがて槍中は相手の目を見返し、思い詰めたような声で答えた。

「承知しました。僕が、探偵役をお引き受けしましょう」

霧越邸の主人は、当然です、とでも云うふうに微笑を広げると、そのまま席を立とうとテーブルに両手を突いた。

「待ってください、白須賀さん」

と、槍中が呼び止めた。

「――何か」

「探偵をやれと、あなたは僕に仰いました。それをお引き受けした以上、失礼ですが、そちらも僕に協力していただかなければなりません」

「さて、どうでしょうね」

白須賀氏は軽く肩を竦《すく》めた。

「しかしまあ、ある程度なら協力すると申し上げておきましょう。――で？」

「取り敢えず二つばかり、お訊きしたいこととお願いしたいことがあるのですが」

「どうぞ」

「一つ。この家にお住まいの方は、あなたと的場さん、鳴瀬さん、末永さん、そして井関さん、それだけですか。一度、全員にお引き合わせ願いたいのですが」

「家人に犯人はおりませんよ」

白須賀氏の答えは素っ気なかった。

「しかしですね」

「二つ目は？」

と、主人は先を促す。口惜しそうに眉をひそめながらも、槍中は従った。

「温室への出入りを許可していただきたい、ということです。とにかくあそこが犯行の現場ですので」

「なるほど。いいでしょう」

「ああ、もう一つ」

立ち上がろうとする白須賀氏に向かって、さらに槍中は云った。

「榊の死体をどうしたものでしょうか。あのまま放っておくのは、いくら何でも可哀想ですから」

「地下室へ移しましょう」

即座に白須賀氏は答えた。

「あのような物が温室にあっては、私たちにしても困る。そうですね、写真とスケッチを取ったうえで。それで宜しいですか」

何の躊躇もなく死体を「物」扱いする相手の言葉に一瞬、槍中は表情を凍らせたが、間を置くことなく「結構です」と頷き、俯《うつむ》いた蘭の方を見遣った。

「いいな、蘭」

訊かれて、彼女はびくりと顔を上げた。が、すぐにまた項垂《うなだ》れると、力のない投げ遣りな声で、

「好きにして」

と答えた。

五

白須賀氏が席を立つと、続いて的場女史も部屋から出ていった。井関悦子は入ってきた左手のドアの向こうに姿を消し、執事の鳴瀬も、珈琲を幾人かのカップに注ぎ足してから、サーヴァーをテーブルに置いて場を去った。

冷めたカップに手を掛け、槍中が大きな溜息《ためいき》を落とす。その様子を横目で見ながら、

「いいんっすか、ヤリさん」

顰《しか》めっ面をしていた名望奈志が、ぞろりと前歯を剝き出してぎこちなく笑った。

「可哀想な榊クンの死体を連中に任せちゃって。あいつら、今夜のオカズに足でも齧《かじ》りかねないって感じですぜ。そうだなあ、前菜には指を塩茹《ゆ》でにしたのを一本ずつ。メインディッシュは……」

「よしてよ」

蘭が目を上げ、掠れた声で云った。

「いやぁ。榊クン、いちばん美味《うま》そうだからねえ。ふふん。さては奴ら、謀ったな。最初からそのつもりで」

「やめてって云ってるでしょ！」

名望が大袈裟《おおげさ》に肩を竦めて口を噤《つぐ》むと、蘭は片手でテーブルをどんと叩き、

「あんたが殺したくせに」

と吐きつけた。

「おやぁ。まだそんなことを云うのかい」

「あんたの他にいないでしょ」

「よっぽどオレ、嫌われてるんだなあ」

名望はぽりぽりと頭を掻きながら、

「でもさ、これでもオレ、榊クンのことはそんなに悪く思っちゃいなかったんだぜ。口じゃあいろいろ云ってたけどね、あれはまあ、性分ってやつで」

「今さら云い訳したって駄目よ」

「信じてほしいなあ」

「あんたじゃないんなら、じゃあ誰だって云うの」

ベージュ色のテーブルクロスを指で握り込むようにしながら、蘭は色のない乾いた唇を噛み締めた。歯軋《はぎし》りの音が聞こえてきそうな、切羽詰まった表情である。

「——分かった。あんたね」

と、彼女が次に標的にしたのは甲斐であった。珈琲を啜ろうとしていた甲斐は、ぎょっとカップを置いて、

「どうして、僕が」

「甲斐君、由高からお金、借りてたんでしょ。何十万かの額よね。それが返せなくて、だから」

「そんな、まさか」

甲斐は蒼《あお》ざめた顔で、助けを求めるように他の者たちを見る。

「おいおい。そうそう当てずっぽうで仲間を人殺し扱いするんじゃないよ」

名望奈志が、にやにやと口の端を曲げた。

「じゃあさ、オレも云わせてもらおうかな。蘭ちゃん、オレが見たところじゃあ、いちばん怪しいのはオタク自身なんだよな」

「あたしが？」

「だってねえ、男と女の仲だろ、感情の縺《もつ》れってやつで、何処でどう殺意が生まれたって不思議じゃねえよ。それにさ、一昨日《おととい》のことを思い出すと——」

名望は薄い唇を舌で湿らせた。

「バスが止まって歩きはじめて、雪が降りだして道に迷うまで、先頭を歩いてたのはずっと榊クンだったろう」

「だからどうだって云うの」

「つまりさぁ、彼のせいだって思ったんじゃないのかい。道に迷って東京に帰れなくなったのは、あいつのせいだってさ」

「そんなの、思っちゃいないわ」

「どうだかね。せっかくのオーディションに出られなくなったんだろ、そのせいで。オジサマ相手に淫売《いんばい》の真似までやったってのにさ」

「やめてよ！」

叫んだかと思うと、蘭はいきなり自分の靴を片方脱いで、名望奈志めがけて投げつけた。安っぽい赤いハイヒールが、仰天した名望の顳顬《こめかみ》を掠めて飛び、背後の壁に当たった。勢い良く斜めに跳ね返り、そのまま絨毯《じゅうたん》の上をころころと転がる。

――と、その転がった先に、ちょうどドアを開けて部屋に入ってきた的場女史が立っていた。目を丸くして、私たちの様子を見渡す。

「あ、これは」

槍中が慌てて駆け寄り、ハイヒールを拾った。

「済みません。殺された男は彼女の恋人だったもので」

靴がぶつかった壁には、はっきりと傷が付いてしまっていた。槍中は申し訳なさそうにそれを見遣《みや》り、

「あの、このことは大目に見てやってくださいませんか。とにかく彼女、気が昂《たかぶ》ってい

るんです」

「分かっております」

女医は柔らかな声で云った。

「それよりも、彼女は少し休ませた方が宜しいのではありませんか」

穏やかなその反応に、槍中は些《いささ》か驚いたようだった。相手の口からは当然、冷ややかなお叱りの言葉が返ってくると予想していたのだろう。

「ちょっと行って薬を取ってきましょう」

忍冬医師が立ち上がって云うと、女医は小さく首を振り、

「トランキライザーなら、ご入用の方があるのではと思って持ってまいりました」

と云った。槍中は恐縮したふうに、

「どうも済みません」

「お礼には及びませんわ」

的場女史はそして、戸惑いを隠せないでいる槍中に向かって微笑《ほほえ》んだ。私たちが初めて見る彼女の笑顔だったように思う。

「それから旦那《だんな》様が、礼拝堂を開けておくのでお使いになるようならばどうぞ、とのことです」

「えっ……いや、有難うございます」

礼を述べると、槍中はテーブルの一同を振り返った。

「何はともあれ、仲間が逝ってしまったんだ。みんなで冥福《めいふく》を祈ってやろうじゃないか」

六

忍冬医師の付き添いで蘭を二階の部屋に帰すと、私たちは的場女史に案内されて礼拝堂へ向かった。

礼拝堂は一階ホールの湖側にあった。中二階を巡る回廊の下に当たる位置に数段の広い階段があり、これを降りたところにその入口がある。半地下の構造になっているというわけだ。

青い両開きの扉の向こうには、ホールよりもさらに薄暗く静謐《せいひつ》な空間が待っていた。ひんやりと澱《よど》んだ空気に、吐く息が微かに凍りつく。

半球形のドーム状になった、白い漆喰《しっくい》の天井。そのごく高い位置に、小振りなステンドグラスが幾つも並んでいる。右手前方の壁にもステンドグラスがあり、これは大きな長方形に何か聖書から取ったと覚しき風景が描かれた物だった。

正面の祭壇に向かって、三人掛けの席が前後二列、中央の通路を挟んだ両側に固定されている。私たちが黙って席に着くと、

「何か弾きましょう」

と云って、的場女史が祭壇脇に置かれたピアノに向かった。細やかな装飾が、くすんだ濃い赤茶色をした紫檀《したん》の側板に彫り込まれている。グランドピアノの形をしているけれど、ちょっと小さすぎるようにも思えた。

「皆さん、黙禱《もくとう》を」

間もなく堂内に響きはじめた音。それはピアノではなく、チェンバロの音だった。

静かに奏でられるアルペジオ、そこに絡んでくる仄《ほの》暗く透明な旋律……ベートーヴェン「月光」の第一楽章である。本来ピアノソナタであるこの曲に、チェンバロの硬質で物哀しい音色は妙によく似合った。

前列のいちばん右端に坐った私は、薄暗いドームに反響するその調べに耳を傾けながら、横に並んだ皆の様子をそっと窺った。

美しい顔を硬張《こわば》らせた深月。両手を握り合わせて、神妙に頭《こうべ》を垂れた彩夏。肩を落として、強く目を閉じている甲斐。古い楽器を巧みに演奏する女医の姿を、じっと見詰める名望——。

「探偵役」を引き受けさせられた槍中は眉根を寄せ、右手のステンドグラスを見上げている。やがて遅れてやって来た忍冬医師が、そっと私の後ろの席に着いた。

いったい本当にこの中に、榊を殺した犯人がいるのだろうか。それとも……。

礼拝堂を出、二階へ戻る途中の廊下で、先を歩いていた私の肩を槍中が小突いた。

「気がついたかい、鈴藤」

訊かれて、私は曖昧《あいまい》に首を傾げた。

「前にあったステンドグラスさ。見ただろう」

「ええ。そりゃあ見ましたけど」

「何が描かれていたか、気づいてないのかい」

「さあ」

槍中の云わんとするところを測りかね、私はさらに首を傾げた。

「あの絵が、何か」

「たぶんあれは、『創世記』の第四章をモティーフにした図だよ」

「『創世記』第四章……と云うと」

「男が二人、跪《ひざまず》いていただろう。片方の男の前には何か穀物のような物が、もう片方の前には羊があった。どちらも供え物だね。差し出す相手はむろん、エホバだ」

「それじゃあ、あの二人はカインとアベル？」

「『カイン土より出《い》づる果《み》を持ち来りてエホバに供え物となせり。アベルもまたその羊の初生《ういご》とその肥えたるものを携え来れり』。——そう。カインとアベルさ」

槍中は少ししゃくれた顎を撫でた。

「カインと甲斐。これで八つ目が揃ったってわけだ」

七

弔意を示してくれているのだろう、濃いグレイのスーツに着替えた的場女史が、テーブルに着いた私たちにグラスを配ってまわる。

女性にしてはやや大柄な方で、しかも非常に姿勢が良い。色白の肌に目鼻立ちもくっきりしていて、分厚い眼鏡さえ外せばあんがい美人の部類に入るのだろうが、いちばん最初に抱いた「男のような」という印象は、どうもまだ拭《ぬぐ》い難かった。

「こいつは何ですか」

グラスに注がれた無色透明な液体を眼前に翳《かざ》しながら、忍冬医師が尋ねた。女医は薄く化粧をした頬を緩め、

「紫蘇《しそ》酒のソーダ割りです。お口に合えばお代わりをどうぞ」

午後零時半。二階の食堂での、昼食の席である。

私たちが食事を摂《と》る間、的場女史はずっとそばに付いていて、何かと世話をしてくれた。相変わらず淡々とはしているが、口調も表情も昨日までより遥《はる》かに柔らかで、時折り穏やかな笑顔すら見せる。考えようによっては薄気味が悪いような態度の変化だったが、それは、仲間の一人をあんな形で喪《うしな》った私たちに対する同情、あるいは気遣いの表われなのだろうと私は理解していた。

　昼食前の小一時間、彼女は図書室で忍冬医師と話をしていた。そのためか、老医師はすっかりこの年下の同業者が気に入ってしまった様子で、屈託のない笑みを満面に浮かべながら、事あるごとに話しかける。

「——にしても的場さん、あれですな。大学はもちろん医学部でしょうに、達者なもんですなあ」

「何のことでしょうか」

「さっきのチェンバロですよ。礼拝堂で弾いてくださった。いや、たいそうお上手でいらっしゃる」

「恐縮です」

「チェンバロっちゅうのはしかし、大変じゃないんですか。つまりその、ちゃんと調律しておくのが相当に厄介だと、何かで読んだ記憶があるんですがな」

「調律は末永がやってくれます」

「あの髭もじゃの青年が、ですか」

「昔、楽器の調律を専門に学んでいたそうで」

「ほう。見かけに拠《よ》らんもんですな。年は幾つなんですか、彼は」

「二十八だったと思いますが」

　答える的場女史の方も、さして迷惑そうな顔を見せるでもない。

「そうそう。ところであなた、下の名前は何と仰るんですかな」

「あゆみ、と申しますが」

「あゆみ、と？　どんな字を書くんですか」

「平仮名で」

「ほっほう。こりゃあ愉快だ」

忍冬医師は禿《は》げ上がった額を掌《てのひら》で打ち、

「いやあね、私の末の娘に何処となく風情が似てると思っとったら、何と名前までおんなじだとは」

名前まで同じ。その言葉に敏感に反応したのは、むろん私だけではなかった。

「名前と云えば、的場さん」

案の定、槍中が口を開いた。

「奇妙なことがあるんですよ。聞いていただけますか」

「はあ。何でしょう」

「それが……」

と、そして槍中は、ここを訪れてから今朝までの間に屋敷の中で発見した〝名前の暗合〟の件を、女医に話して聞かせた。最初は怪訝《けげん》そうに首を傾げていた彼女の顔に、話が進むにつれ、妙に緊張した表情が浮かんでくるのが分かった。

「……というわけなんです。すべては単なる偶然の一致だと片づけるのは簡単なんですけどね、どうもその、あまりにも出来すぎてるような気がして」

槍中は女医の顔を窺った。

「どう思われますか」

「私には、何とも」

と、彼女は言葉を濁らせた。

「あと見つかっていないのは僕の名前だけなんです。槍中秋清。どうです？　何かこの名前を表わすような物が、この家にはありませんか」

問われて、彼女は少しのあいだ考え込んでいたが、やがて一つの答えを示した。

「甲冑《かっちゅう》や鎧《よろい》などの古い武具を収集した部屋が、一階にあります。そこに、それらしき物があると云えばあるのですが」

「何ですか、それは」

「槍《やり》です。槍中の『槍』」

「なるほど」

と頷きながらも、槍中はどちらかと云うと拍子抜けした様子で、

「槍、ですか。確かに僕の名前の一部ではあるけれど、他に比べるとあまりぴったり来ませんね。すると……」

「気になさらない方が宜しいと思います。そのようなことは、受け取り方次第でどうにでも意味を変えるものでしょう」

「ええ。まあ、そうですが」

槍中は腕を組み、考え深げにゆっくりと瞬《まばた》きを繰り返した。

「忍冬先生の姓名判断じゃありませんが、名前というのはしばしば、単にその人物や事物の名称であるという以上の意味を持つとされますね。意味、さらにはそこにある種の力を見ることも古来、世界の至るところにおいて為《な》されてきた」

そのうち槍中は、そんな話を始めた。

「未開社会や古代の社会においては、人の名前は単なる記号としてでなく、一つの実体として、つまり、あたかもその者の身体の一部分であるかのように捉《とら》えられると云いますね。たとえば古代エジプト人は、人間というものは『肉体』を初めとする九つの要素から成ると考えたらしいけれども、その中の一つはまさに『名前』だった。グリーンランド人やエスキモーなんかも、人間は『肉体』『霊魂』『名前』の三つが揃って初めて人間たり得ると考えたそうです。

だから、名前を把握して呪いをかければ、その名の持ち主を自在にコントロールできると信じられていたりするわけで。そのため、彼らは自分の本名を滅多《めった》に他人には明かさない。他人の本名を知っても妄《みだ》りにそれを呼ばないし、呼ばれても返事をしてはいけない。アフリカのある部族では、人は三つの名前を持つと云います。一つは『内なる名』あるいは『存在の名』と呼ばれ、これは秘密にされる。二つ目は通過儀礼の際に付けられる名で、年齢や身分を表わす。三つ目はいわゆる通称で、これはその人間の本質とは関わりがない」

半ば独り言のように、槍中は続ける。

「こういった名前に纏《まつ》わる禁忌習俗は、日本や中国においてもむろん見られます。高貴な人の名前を直接口に出してはいけない、といった慣習が、この国では未《いま》だに残っていますよね」

「イミナですか」

と、的場女史が言葉を挟んだ。

「そうですね。〝諱《いみな》〟というのがある。元の意味は『名を忌む』――『忌み名』です。これは今では、天皇の死後に敬意を込めて贈る称号――〝諡《おくりな》〟の意で使われるけれど、元々は秘密にされるべき貴人の実名を指してそう云った。中国じゃあ、この諱に関する避諱学《ひきがく》という学問まであったと云いますよ。

要は、名前と事物との間に、単に名前が偶然の符号であるという以上の意味が想定される。名前と本質とは一つの、そう、内的必然関係にある、というわけです」

槍中はちょっと息をつき、当惑顔で耳を傾ける女医の方を見た。

「たとえばですね、あなたの名前が『的場あゆみ』であるのは、それに相応しい理由があるからそうなのだ、ということです。単に的場家に生まれ、その名を付けられたというレヴェルを越えたところで、何かもっと、あなたという人間の本質に関わるような、必然的な意味がある、と」

「必然的な、意味」

「そうです。中世のヨーロッパになると、当然ながらそこに唯一絶対の〝神〟の存在が関係してきます。事物も人も言葉も、すべては全能の神の創造物である。従って、物とそれを表わす記号の間の必然の結びつきとは、すなわち神の意思である。そんな世界観が認められるわけですが。

だいぶ脱線しました。ああいや、そうでもないか。——うん。云い方を換えればこれは、名前が運命に関わってくるという思想ですね」

槍中は眼鏡の金縁に指を掛けた。

「名前にはそれ自体に神秘的な力があり、人の運命に影響を与えるものだ、という考え方。あるいは逆に、運命の方に重点を置いて、名前は予《あらかじ》め決められた運命の適用を示す符号である、という考え。——姓名判断というのは、云うまでもなく前者の発想から生まれたものですね。実名ではなく通称を重視している点に大きな齟齬《そご》が見られるけれども、いや、しかしここにいる役者なんていう連中は、云ってみれば本名よりも芸名の方が人格の核心近くにある、そんな人種ですからね、この場においては却《かえ》ってその方が正しいのかもしれない。

とにかく、こういった言葉や文字、名前に対する過剰な拘《こだわ》り——纏《まと》めて云えば、いわゆる言霊《ことだま》信仰ですね、これは世界中何処にでも見られる、かなり普遍的なものだと云えます。社会が、呪術《じゅじゅつ》から宗教へ、そして科学へとパラダイムをシフトさせてきた現代においても、それはやはり、どうしても逃れられないものとして僕らの中に生きつづけていると思う。

だから——と論理的に直結できるような話でもないけれど、どうも僕には気になって仕方がないんですよ。もちろん『この家に僕らの名前がある』こと、その偶然に何らかの必然を見出《みいだ》そうとするなら、それは何と云うか、僕らが普段から思考の拠りどころとしている——そう信じている——還元主義的な科学精神の否定に繋《つな》がってしまうわけですが」

槍中は紫蘇酒のグラスを口に運びながら、

「まあ、それはそれとしてですね、的場さん」

と、女医の名を呼んだ。

「何でしょう」

「一つ、お訊きしようと思っていた問題があるんですが、いいでしょうか」

「このダイニングテーブルの椅子なんですけどね、十人掛けのテーブルに九脚しか椅子がありませんね。残りの一脚は何処にあるんですか」

「ああ」と溜息に似た声が、女医の口から洩れた。

「壊れてしまったので、物置に。脚が一本、折れてしまったのです」

「折れたのは、いつ？」

「一昨日の午前中に」

「なるほど。そういうことですか」

槍中はゆっくりと独り頷いた。

「昨日の話ですが、温室で奇妙な出来事がありましたよね。天井の硝子に突然、亀裂が入ってしまった」

「――はい」

「あの時あなたが仰った、あれはいったいどういう意味だったんですか。この家には変わったところがある、とか」

的場女史はぴくりと眉を動かし、視線を下げた。槍中は続けて、

「来客があると途端に動きだす――と、そんなことも云っておられましたね」

「それは……」

云いかけて、彼女は思い直したように一度、口を噤んだ。

「気になさらなければ何でもないことです。普通の方は気にされません」

「ふうん」

低く唸って、槍中は目を屢叩《しばたた》いた。

「隣の部屋の煙草盆が壊れてしまった件、先ほどお詫《わ》びしましたが、考えてみると、あの盆がテーブルから落ちた時の状況も少々、妙だったんですよ」

「と云いますと？」

「誰が触れたわけでもなかったみたいなんです。つまり、まるで独りでに落ちてしまったような」

昨夜、場が解散になったあと槍中と図書室で話をした際、私は自分が「見た」ことを彼に説明したのだった。その時は、やはり「何かの弾み」で落下したのだろう、その可能性もゼロではない、という解釈を二人とも受け入れざるを得なかったのだが。

「さっき云ったように、あの煙草盆の透かし彫りは源氏模様の『賢木』でした。それがゆうべ壊れ、今朝になって当の榊が死体で発見されたわけです。これは——」

槍中は女医の顔を見詰めた。

「これもまた、この家が動きだした、ということなんですか」

的場女史は、頑強に回答を拒否しているといった様子でもなかった。話したものかどうか、考えあぐねているふうである。が、槍中はすぐに小さく首を振り、

「いや、もういいでしょう」

と云った。

「あなたの言葉の意味は、何となく想像がつきます。確かに、常識のある人間ならば気にしない問題ですね。『受け取り方次第』だとも云える。話されたくないのなら、今は追及しませんよ。いずれ改めて……」

八

「悪いが、みんな注目してくれ」

的場女史が食後に香りの良いハーブティーを出してくれた時、槍中が緊張の窺える声で切り出した。

「いくらか気分も落ち着いただろう。蘭、大丈夫か」

「――ええ」

鎮静剤を与えられ、暫く部屋で休んでいた蘭だが、顔色はますます冴《さ》えない。料理にもほとんど手をつけていない。尤《もっと》も、それは他の者たちについても多かれ少なかれ云えることで、普段と変わりのない食欲を見せていた者と云えば、忍冬医師と、例によってナイフとフォークの代わりに箸《はし》を用意してもらった名望奈志くらいのものであった。

「よし。じゃあ、これからちょっと、昨夜の事件について検討してみたいと思う。本当はこんな刑事の真似事はしたくないんだが、仕方あるまい。みんな、僕の質問に答えてもらいたい。白須賀氏の要望でもあるが、何よりもまず我々にとって、これは必要なことだと思うから」

テーブルの一同を見渡したあと、槍中はワゴンのそばに立っていた女医を振り返り、

「的場さん、あなたにもご協力願いたいのですが」

と云った。彼女は神妙に頷きを返す。

「有難う。どうぞ、何処かにお坐りください」

「まず――」と、そして槍中は、空いていた私の隣席に腰を下ろした的場女史の方を見遣った。

「発見された時の彼、榊の死体の状態に関してもう一度、確認しておきたいのですが。お話し願えますか」

「はい」

歯切れの良い声で、彼女は答えた。

「私が末永に呼ばれて温室へ行きましたのが、午前七時四十分頃でした。一見して、既に息がないと察せられました。もちろん脈を取ったり瞳孔《どうこう》を調べたりと、一通りの確認作業はしております。後頭部の瘤に気づいたのもその時です。取り敢えず水だけは止めて、あとはそのままにしておきましたから、先ほどご覧になった状態と変わりはなかったと云って間違いないと思います」

「そのあとすぐ、僕らを呼び集めたわけですか」

「旦那様と相談いたしました後、鳴瀬と手分けして皆様を呼びに伺いました」

「それが、だいたい八時半頃でしたね」

「はい」

「そして僕らが現場を見せてもらった際、あなたと忍冬先生によって、いわゆる検屍《けんし》が行なわれた。あれが確か、九時過ぎ……十分頃のことでしたか。

お二人の見解では、死因は窒息。方法は絞殺ですね。後頭部を殴られて昏倒《こんとう》させられたあと、ベルト状の凶器で首を絞められたと。死後の経過時間は……ええと、六時間半から九時間半、でしたか。従って単純に逆算すると、昨夜の午後十一時四十分から午前二時四十分、この三時間の間に犯行があったものと考えられる。――そうでしたね、忍冬先生」

「さようですな」

老医師は真顔で頷いた。

「死亡時刻に関してはさっきもう一度、的場さんと検討しておったんですがね、まずその時間帯と見て間違いありますまい。だいぶ幅を取ってありますからな、それ以上の誤差があったとしても、せいぜいプラスマイナス十分程度だろうと。まあ、早めに解剖して詳しく調べれば、もっと時間を絞れるかもしれませんが」

「死体が水を被《かぶ》っていた件は、何か考慮に入れなくてもいいんですか」

「温室の水は湖水を汲《く》み上げて使っておりますから」

的場女史が云った。

「霧越湖という名称の由来はご存じですか」

「いえ。それが何か」

「このあたりは大変に霧が多いのです。あの湖はもともと火山活動で出来た堰止《せきと》め湖で、湖底には何箇所か温泉の湧き出しているところがあって、水温がかなり高いわけで。そのせいで霧が多いのです」

「ははあ。水の温度が高いから、死体に大した影響はないだろうと？」

「はい。水による冷却効果はさほどなかった筈です。水量も知れておりましたし」

「なるほど」

槍中は鼻の頭を撫《な》でながら、

「ところで、温室でうちの名望奈志が見つけたベルトと本についてですが、的場さんはあれをどうお考えですか」

「あの二つの品があそこに落ちていることには、末永に呼ばれて温室へ行った時から気づいておりました」

「そうでしたか。――で？」

「恐らくあのベルトが、首を絞めるのに使われた凶器だろうと思います」

「本については？」

「あれは、あちらの図書室にある筈の物です。ご覧になったとおり、箱入りの分厚い本で、重さもかなりありますから、思いますに、犯人はあの本で被害者の頭を殴打したのだろう、と」

「そう。うん。僕もそう思います」

槍中は幾度か頷きを繰り返した。

「忍冬先生のご意見は？」

「賛成ですな」

と、老医師は答えた。

「本が凶器というのは些か変わっとりますが、背表紙の部分で強く殴れば、相当に大きな打撃効果がある。況《ま》してや、榊さんはあのとおり華奢な体格でしたからな。女性にも充分に可能な犯行でしょう」

深月と彩夏、蘭の女性三人が、テーブル越しにさっと目を交わし合う。程度は異なるけれども、驚きと狼狽《うろた》えを隠せない様子であった。

「それから、あのベルトですがな」

忍冬医師が続ける。

「槍中さん、ありゃあ榊さんの持ち物でしょう。いや、見憶えがあってそう云うわけじゃないんですが、つまり彼が、ズボンにベルトをしておらんかったもんで」

「仰るとおりです。確かにあれは、榊のベルトでしたね」

槍中は深く頷き、腕を組んだ。

「これで、あの二つがどちらも犯行に使われた凶器であろうと確認できたわけですが、となると、何故それらがあの温室の入口近く——死体とはずいぶん離れた場所に落ちていたのか、が問題ですね」

「あの、それは」

的場女史が意見を述べた。

「皆様、お気づきになったかどうか存じませんが、あのベルトと本が落ちていたあたりには、割れた鉢や、その、粗相《そそう》の跡などが残っておりました。ですから、榊さんが殺害された場所は、死体があった中央の広場ではなくてあそこだったと、そう判断していいのではと思うのですが」

「要するに、犯行後に死体を移動させたという話ですね」

「はい」

「ふうん。僕らが見た時、死体はこう、両腕を、腹を抱えるような恰好で胴体に巻きつけていましたが、あれも最初から？」

「末永が見つけた時から、ああだったそうです」

「首を絞められて死んだ人間の姿勢としては、あまりにも不自然ですが」

「ええ。恐らく死後すぐ、硬直が始まるよりも前にあのポーズを取らされたのだろうと思われます」

「あれも犯人の仕業だというわけですか」

槍中は紅茶を一口、ゆっくりと啜った。

「もう一つ、死体の足のそばに妙な物が置いてありましたね。赤い木履《ぽっくり》が一足。もちろんあれも、最初からあそこにあったんですよね」

「そうです」

「ふん。木履と云い、如雨露の水と云い、死体の不自然なポーズと云い……何なんでしょうね」

まったく槍中の云うとおりである。奇妙な――あまりにも奇妙なことが多すぎる。

　これまでに判明している事実から、昨夜の犯人の行動はおおよその想像がついた。

　何か口実を設けて、榊を温室へ連れていく、もしくは呼び出す。隙を狙い、予め図書室から持ち出してきておいた本で頭を殴る。失神した榊のズボンからベルトを抜き、それで首を絞めて殺す。――問題はこのあとである。

　死体を中央の広場に運び、あのポーズを取らせ、ホールから持ってきた木履を足のそばに置く。さらには如雨露を針金に吊り下げ、ホースで水を送り込む。

　いったい何の意図をもって、犯人はそういった一連の奇妙な工作を死体に施したのだろうか。

「――ん？　何か云いたいことがあるのかな、甲斐」

　しんと静まり返った一同の中で、何となく物云いたげに落ち着きのない視線を動かしている甲斐に気づき、槍中が尋ねた。

「いえ、あの……」

　神経質そうな一重瞼《ひとえまぶた》の目を少し伏せ、彼は煙草に火を点《つ》けた。

「何でもいいから、気がついたことがあれば云ってくれ」

「あ、はい」

　目を伏せたまま、甲斐は小さく頷き、

「さっき思いついたんですけど、あの本――あそこに落ちていた本です、あれ、北原白秋の詩集でしたよね」

「ああ、そうだった。それがどうか」

「だからつまり――」

甲斐は不安げな面持ちで云った。

「つまり、あれは『雨』の見立てなんじゃないかと思って」

九

「あめのみたて？」

檜中は鋭く眉を吊り上げた。甲斐はせわしなく煙草を吹かしながら、

「そうです。あの、北原白秋の」

「白秋の『雨』……」

不安定な間があった。

甲斐の言葉に注目する皆の顔には、それぞれ強い当惑の色が隠せない。彼の云ったことの意味が理解できないでいる者も、少なからずいただろう。

「『雨がふります。雨がふる。』」

沈黙を破ったのは忍冬医師であった。掠れた高い声で、眠る子供に聞かせるような調子で歌いはじめたその唄……。

「『遊びにゆきたし、傘はなし、

紅緒《べにお》の木履《かっこ》も緒が切れた。』」

ざわめきが、波紋のようにテーブルに広がっていった。

眉を吊り上げたまま、軽く咳払《せきばら》いをする槍中。落ち窪《くぼ》んだ目を剝き、ひゅっと口笛を吹く名望奈志。蒼ざめた頰を痙攣《けいれん》のように細かく震わせる蘭。なだらかな白い額に手を当てながら、緩く首を振る深月。目を丸くして、きょろきょろとそんな皆の様子を見まわす彩夏。

「雨がふります。雨がふる。」――如雨露から降り注ぐ水。そして「紅緒の木履」――赤い木履《ぽっくり》。

胸ポケットの煙草を探りながら、私が呟いた。それが聞こえてか聞こえずか、

「どうして、そんな」

「見立て、か」

槍中は顳顬に人差指を押しつけ、複雑な顔で長い息をついた。

「確かにな。他には考えられないみたいだな。しかし……」

「ミタテって？」

きょとんと目を見開いて、彩夏が訊く。

「ねえ、何がどうなってんの」

「〝見立て殺人〟さ」

槍中が答えた。

「童謡や小説なんかの歌詞や内容をなぞった殺人。クリスティの『そして誰もいなくなった』とか、読んでないかい」

「読んでない」

彩夏はかぶりを振ったが、すぐに「あ、そっか」と声を上げ、

「あれね。ほら、手毬唄《てまりうた》のとおりに人が殺される映画」

「『悪魔の手毬唄』か。そうだよ。あれも典型的な見立て殺人だ。分かっただろう。いま忍冬先生が歌った『雨』の歌詞をなぞって、犯人は死体を装飾したってことさ。如雨露の水を雨に、赤い木履《ぽっくり》を紅緒の木履《かっこ》に見立てて」

「うーん」

彩夏は神妙に頷いた。

「白秋の『雨』って、あの、あっちの部屋にあった自鳴琴《オルゴール》の曲ね」

「自鳴琴？　ああ、そうか。そうだったな」

サロンへ続くドアの方をちらりと見てから、槍中はカップの縁を軽く爪で弾《はじ》きながら一同に視線を戻した。

「取り敢えず、この件は措《お》いておこうか。それよりも、そう、昨夜の各人の行動についてここで訊いておきたい。アリバイ調べってやつだ。

昨夜みんなが部屋へ引き揚げたのは、確か九時半頃だったたな。そのあとの、特に午後十一時四十分から午前二時四十分の間のアリバイが問題なわけだが――。

まず、僕と鈴藤はあのあと、ずっと図書室にいた。次の芝居について話し合っていたんだ。すっかり長くなってしまってね、そのまま朝の四時半まで一緒にいたから、幸運にも完全なアリバイが成立する。そうだったね、鈴藤」

「ええ」

胸を撫で下ろしたい気分で、私は強く頷いた。

「槍中さんが一度ノートとペンを部屋へ取りに戻って、あとは四時半頃まで、確かに」

「その間、それぞれ一、二回トイレに立ったけれども、せいぜい二分か三分のことだった。そんな短時間でこの犯行を行なうことは、とても不可能だと断言させてもらう。どう少なく見積もっても、二、三十分の時間は必要だろう」

槍中は息をつき、一同を見渡した。

「順に質問していく。いい気分じゃないだろうが、なるべく詳しく、正確なところを答えてくれ。

ななしから行こうか。昨夜のアリバイはあるか」

「あるわけないっすよ」

名望奈志は骸骨《がいこつ》のような顔を顰めた。

「部屋に帰ってすぐ寝ちゃいましたからね。オレ、いつでも何処でも熟睡できる人間だから。朝になってあのオジサンに起こされるまで、ずっと夢の中でさあ。どんな夢を見たのかも云いましょうか。雪がやんで東京に帰って、嫁さんが離婚届を出しにいくの、未練がましく追っかける夢で……」

「もういい」

槍中は苦々しげに手を振り、

「次、彩夏は？」

「あたし、深月さんと一緒だった」

と、彩夏は答えた。

「深月さんの部屋にいたの。噴火のこととか気になって、眠れなくて」

「深月、本当かい」

「ええ」

深月は彩夏の方にちらっと目を流し、

「でも、ずっとだったわけじゃ……」

「と云うと？」

「彩夏ちゃんがわたしの部屋に来たのが、確か十二時頃のことで、それから暫く取り留めのない話をしていたんですけど、もう寝られそうだからって帰っていったのが二時くらい。だから……」

「完全にアリバイがあるわけじゃないのか」

「ええ。そういうことになります」

「次は、じゃあ――」

と、槍中は蘭の顔に目を移す。

「忍冬先生に薬を貰《もら》って、みんなよりも先に部屋に帰ったんだったっけ。あのあとどうしたのかな」

「薬を飲んだわ」

蘭はぼそぼそと答えた。

「ふうん。榊の部屋には行かなかったのか」

「行かないわ。そんな気分じゃなかったもの」

「薬はよく効いた？」

「ええ」

「朝までずっと寝ていたのか」

「そうよ。まさか、槍中さん、あたしを疑ってるわけじゃないわよね」

蘭が頬を引き攣らせた。

「何とも云えないな」

槍中はゆるりと首を振り、溜息をつく。

「引き受けてしまったものの、僕だって困ってるんだ。自分に探偵の才能があるかどうかなんて、これまで考えてみたこともなかったしね。ただやはり、すべてを疑ってかかるのが基本だろうから」

「あたしは由高を殺してなんかいない」

「その言葉は真実かもしれないし、そうじゃないかもしれない」

「そんな……」

「蘭だって、ひとしきりミステリを読んでただろう。犯人はたいがい、最もそれらしくない人間と決まってる」

「小説と一緒にしないで」

「するつもりはないさ。けれどもね、雪に閉ざされた館《やかた》に見立て殺人だ。いったい何処で現実と小説の線引きをしたらいいのか、迷いたくもなってくる」

半ば途方に暮れたようにそう云うと槍中は、唇を噛む蘭の顔から目を外し、質問を再開した。

「そんなわけですので」

と、次は忍冬医師の方を見て、

「失礼ですが先生、昨夜はどうしておられましたか」

「名望さんや希美崎さんと同じですよ」

白い鬚《ひげ》を撫でながら、老医師は答えた。

「部屋に戻って、少ししてから寝ました。朝起こされるまでは誰とも会っとりません」

「そうですか。いや、どうも」

槍中はまた溜息をつく。

「さてと、あとは甲斐だけだが」

云いながら彼は、疲れ切ったように肩を落としてテーブルの真ん中あたりを見詰めている甲斐の方へ視線を遣り、続いて私の顔を窺った。

「甲斐にはアリバイがあるな。僕と鈴藤が証人だ」

私は黙って頷いた。

そうだ。私や槍中と同様、甲斐には確かなアリバイがある。昨夜の問題の時間帯、彼は私たちと一緒に図書室にいたのである。

「いちおう本人の口から聞いておこうか。いいかな、甲斐」

「はい」

甲斐は充血した目を上げ、答えた。

「九時半にいったん部屋へ戻ったものの、何だかすんなり眠れそうになくて、だから図書室へ行ったんです。本を読もうと思って。そしたら、槍中さんと鈴藤さんが先に来ていて」

「午後十時半頃だったかな」

「ええ。そのくらいの時間でしたね。で、僕はそのまま図書室に……」

部屋に持ち帰って読むのは気が引けるからと云って、甲斐は暖炉の前の揺り椅子でずっと本を読んでいた。槍中と私の話し合いを耳に挟んでは時々そこに加わりながら、彼が部屋へ引き揚げていったのは結局、午前三時過ぎだっただろうか。

サンルームで鳴ったロングケースクロックの時鐘のおかげで、これは記憶に残っている。「もうそんな時間ですか」と云って自分の腕時計で時刻を確かめたことも、はっきりと憶えていた。

「さて――」

甲斐のアリバイの確認が終わると、槍中は腕組みをしながら云った。

「ちゃんとしたアリバイがあるのは三人だけ、か。深月と彩夏のアリバイは完全なものとは云えない。名望と蘭、忍冬先生にはまったくなし。単純に考えるとこれで、犯人候補者は五人に絞られたわけだが」

槍中はそして、黙って「アリバイ調べ」の進行を傍観していた女医の方を見遣った。

「僕は一応、あなたにも同じ質問をしたいと思うんですけどね。いかがでしょうか、的場さん」

「私のアリバイ、ですか」

彼女はちょっと面喰らったように目を屢叩かせたが、すぐに平静な顔に戻り、淡々とこう答えた。

「私は普段、遅くとも午後十時には休むようにしております。朝が早いものですから。睡眠時間はなるべくたっぷり取るよう、心がけているのです。昨夜もそうでした。十時には床に就き、そのまま眠りました」

「他の方はどうなんでしょう」

「私どもの中に犯人がいると仰るのですか」

的場女史は僅かに眦《まなじり》を吊り上げ、そう問い返した。

「白須賀さんはああ云っておられましたが、僕としてはやはり、その可能性を無条件に見逃すわけにはいかない。分かっていただけませんか」

檜中の訴えに、女医は小考の後、ゆっくりと頷いた。

「使用人は皆、午前七時にはそれぞれの仕事を始めます。夜更かしをする者は一人もおりません。夜は通常、遅くとも九時半には各自の部屋に戻り、一昨日の夜は、皆さんが突然やって来られたりしたので多少遅くなりましたが、昨夜は普段どおりだったと思います」

「誰にもアリバイらしきものはないんですね」

「ええ、恐らく」

「あなた方の部屋は、屋敷の何処にあるのですか。参考までに教えてください」

「私と井関の部屋は三階の端に、鳴瀬と末永は二階の端にございます」

「白須賀さんの部屋も三階ですか。それとも一階？」

「三階です」

「彼も、早くに床に就かれたのでしょうか」

「旦那様のことは存じません。いつもと同じでしたなら、早くにお休みになられた筈ですが」

「ふん。で、その他は？」

テンポ良く繰り出された槍中の質問に、女医の頬が微かに震えるのが分かった。眼鏡の奥の目に、さっと警戒の色が浮かぶ。

「その他には、この家には誰もおられないのですか」

槍中が重ねて問うと、

「おりません」

彼女は素っ気なく答えた。

「そうですか。いや、分かりました。どうも有難うございます」

槍中はあっさりとそれ以上の質問をやめた。あまりしつこく問い詰めて、彼女の、せっかくの協力的な態度が崩れてしまってはまずいと考えたのだろう。

「じゃあ、そうだな」

一同に目を戻して、槍中は云った。

「昨夜の問題の時間帯、もしくはその前後でもいい、何か不審な物音を聞いたとか云う者はいないかな。他にも何か、何でもいいから気づいたことがあれば……」

答える者はいなかった。互いの視線が合うのを避けるように、誰もが目を伏せる。

その間ずっと、私は向かいの席に坐った深月の様子を窺っていた。彼女も蘭と同様、あまり顔色が優れない。よりによって殺人などというとんでもない事件が発生したのだからそれも当然だけれど、そのために彼女の美しさが損なわれるようなことはまったくなかった。

私はやはり彼女に──芦野深月という女性のすべてに、どうしようもなく心を惹かれている。彼女を愛している、恋をしている、と云ってしまっても、それでも良い。否定できない。

　こんな状況の中で不謹慎かもしれないが……いや、あるいはこんな状況の中でだからこそだろうか、私は自分の内にあるその感情を、今さらのように明確な言葉にして確認してみるのだった。そうして同時に――。

　昨夜――正確には今日未明、図書室で槍中の口から聞いたある言葉を、私は思い出すのである。それは――それが具体的に何を意味するのかは不明なのだけれども――私にしてみれば、榊由高の死よりも遥かに重要な問題なのかもしれなかった。

「もしも皆の前では云いづらいのだが、という話であれば、あとで直接、僕に云いにきてほしい。どんな些細《ささい》なことでも構わないから」

　やがて槍中が云った。

「ところでですね、的場さん、現場にあった例の木履ですが」

　ちょうどそのとき廊下のドアが開かれ、槍中の台詞《せりふ》は途中で切れた。

「的場先生」

　入ってきた執事の、嗄《しわが》れた声が響いた。

「申し訳ございませんが、ちょっと来ていただけますでしょうか」

十

「動機の問題に絞って少し考えてみようか」

的場女史が鳴瀬に呼ばれて席を外すと、槍中は皆に向かって云った。

「犯人が誰であるにしろ、榊を殺したのには当然それ相応の理由があった筈だ。世間じゃあ狂気による動機なき殺人ってやつが大流行《はや》りだが、見たところ、この場にそういった異常者はいないようだしね。

この中で榊を殺す理由のありそうな者は、まずないしか。それから蘭、甲斐」

「おやぁ。ヤリさんまでそんな、オレが榊クンを怨《うら》んでたなんて云うつもりなんっすか」

名望奈志が不服そうに口を尖《とが》らせる。

「傍目《はため》には、あまり愛しているようには見えなかったたな」

「もう。榊クンに限らずねえ、オレ、男を愛する趣味はないんだけど」

「今朝お前自身も云ってたが、確かに一昨日《おととい》、我々が道に迷ってしまったのはずっと先頭を歩いていた榊のせいだったとも取れる。それが原因でここに閉じ込められてしまったために、何とか離婚を回避しようっていう目論見《もくろみ》をぶち壊されたわけだろう。怨んで然《しか》るべき理由だと云える」

名望はふてくされた顔で両手を挙げた。

「どうせワタクシは今日から鬼怒川ですよ。これでまた、本名を云うたびに笑われるんだから」

「蘭については、さっき下でなないしが指摘したとおりだ。恋愛感情の縺《もつ》れ。加えて、東京へ帰れなくなって例のオーディションをふいにしてしまった、そのことへの怨みも考えられる」

云われても蘭は、もう何も反論しようとはしなかった。低く顔を伏せたまま、溜息を繰り返している。

「甲斐は榊に借金があった。それは事実なんだな」

槍中が目を向けると、甲斐は肩幅のあるごつい身体を縮めるようにして頷いた。

「いくら借りてたんだ」

「そんなに大きな金額じゃなかったんですよ。五十万ほど」

「ふうん。普通その程度の額で人を殺したりはしないだろうが、まあ、何とも云えないな。金を貸した当人の口はもう封じられてるんだ。本当はもっとたくさん借りていたのかもしれない。帰ったらすぐに返せとか云われていたが、当てはあったのかい」

「何とかすれば」

「――ふん」

「はいはい」

甲斐から視線を外すと、槍中は空になったカップの端をまた爪で弾いた。

「他の者には取り敢えず、動機はなさそうだが」

「そんなことないわ」

蘭が暗い顔を上げ、嗄《か》れた声で云った。

「あたしを疑うんだったら、彩夏だって同じじゃない。深月さんだって」

「ほう。そりゃあまた、どうして」

「彩夏はね、由高が好きだったのよ。由高はあの調子で、来る者は拒まずって人だったから、適当に遊んでたみたいだわ。だからね」

「やめてよ」

彩夏の甲高い声が、蘭の台詞を断ち切った。

「あんたにここで、そんなこと云われる筋合いなんてないんだから」

普段の子供っぽい表情や口調とは、まるで別人のように思えた。憎々しげに目を光らせ、蘭を睨みつける。

「遊ばれたって、そいつは本当なのか」

と、槍中が訊いた。彩夏は頬を赤らめ、曖昧に首を振る。

「そりゃね、榊さんはハンサムでカッコ良かったから好きだったよ。けど、別に本気でアイしていたわけじゃないもん。遊ばれたから怒ったなんて、そんなことない」

「口じゃあ何とでも云えるわよ」

蘭が気色ばんだ目で睨み返す。彩夏は負けじと、

「何さ。あんたの方がシットしてるんじゃないの」

「あたしが？　この……」

「分かった。もういい」

苦り切った顔で、槍中は二人を制した。

「『深月さんだって』と云ったな、蘭。どういう意味なんだ」

「それは……」

蘭は少し口籠《くちごも》り、

「由高が最近、ちょっかいをかけてたみたいだから」

「本当か、その話は」

と、槍中は深月の方を見た。彼女は静かに、けれども何かしら気懸かりがあるような表情で、緩くかぶりを振った。

「そんな、大したことじゃなかったんです。何回か誘われたのは確かだけれど、わたしはあまり興味がなかったし」

「強引な真似をされたとか」

「まさか」

「ひやひや。しかしねえ、そうなってくるとだ、ヤリさんも非常に面白くないってぇわけですな」

名望奈志が云った。

「何せ、深月ちゃんは秘蔵っ子だからね。あんな野郎に手ぇ出されちゃ、けっこうマジで怒るんじゃないんすか」

「逆襲に出たな」

槍中は肩を竦め、

「むきになって否定する気もないが。まあそう、そんなふうに云いだせば何だって動機になるさ」

と云って、私の方へ意味ありげな視線を投げる。深月がちょっかいをかけられていたとなれば、君だってね——と、その目は語っていた。

「結局のところ、まったく動機らしきものがないのは忍冬先生だけか」

「いやあ、それだって分かりませんよ、ヤリさん」

名望が云うのを聞いて、忍冬医師は「はあぁ」と目を丸くし、

「私にも動機があると？」

「考えられなくはないっすよ。たとえば、末の娘さんが東京の大学に行ってて、実は何処かで榊と知り合いになってて」

「誘惑されてひどい目に遭った、などと云われるんですかな」

「そういうことっすね」

「もしも本当にそうだとしたら、そりゃあ凄《すさ》まじい偶然ですな」

老医師は丸い身体を揺すって笑った。

「いやはや、凄まじい」

「失礼なことを……申し訳ありません」

と云って、槍中が名望をねめつける。

「いやいや、別に気にしませんよ。まあ、この家にはどうも、その凄まじい偶然が満ち溢れとるようですからなあ」

「疑いはじめれば切りがない、か」

独りごつように云って、槍中は大きく息をついた。

「この家の連中にしても……」

そう続けかけた時、的場女史が戻ってきた。

鳴瀬に呼ばれて出ていってから、二十分ほどになるだろうか。時刻は午後二時を少し回ったところだった。

「お伝えしなければならないことがあるのですが」

部屋に入ってくるなり、女医はやや緊張した面持ちで私たちに云った。

「その前に一つ、確認させていただきます。亡くなった榊さんの本名は、李家充さんと仰るのですか」

槍中がそうだと答えると、彼女は重ねて、

「李家産業の社長の息子さん、だとか」

「確かにそのとおりですが、それがどうか」

彼女が何を告げようとしているのか、私にはまるで想像がつかなかった。ただ、その口振りから、何か非常に重要な情報を仕入れてきたのだろうとは察せられる。

「実はテレビのニュースで、その李家充さんの顔写真が流れていたそうなのです」

元いた椅子に掛けながら、的場女史はそう云った。

「ニュースで、榊の顔が」

槍中が驚いて訊く。

「いったい、どういう？」

「警察が探しているそうなのです」

「警察？」

槍中はいよいよ驚いた顔で、椅子から半ば腰を浮かせた。

「どういう意味ですか。何か彼がやったとでも」

「ええ」

女医は頷き、それを告げた。

「この八月に東京で起こった強盗殺人の重要な容疑者、ということで……」

十一

八月二十八日木曜日の深夜、東京都目黒区にある李家産業会長・李家享助《きょうすけ》氏宅で、その事件は発生した。何者かが邸内に忍び込み、同氏宅に勤務中の警備員一名を殺害して逃走したのである。

現場の状況から、金品を物色しようとしているところを警備員に見つかり、殺害に及んだものと推定された。何かに頭をぶつけての脳内出血が死因だったことから、格闘の挙句《あげく》に起こった事故であった可能性も低くないと云う。そういった事態に動揺したためか、犯人は金品には手をつけずにすぐさま逃げたものと見られた。

広大な邸宅であるため、犯行時の物音が寝ていた家人たちを目覚めさせることはなかった。結果、事件の発覚は翌朝になってしまったのだが、以来二箇月余り、これと云った手がかりも摑めぬまま警察の捜査は難航している模様だった。それがここに来て、漸く有力な目撃者が現われたと云うのである。

事件当夜の犯行があったと思われる時間、李家氏宅付近の路上に不審な乗用車が停まっていたこと、とつぜん家から飛び出してきた人影がその車に乗り込み、急発進をして走り去っていったことを、その目撃者は証言した。そして要は、目撃者の記憶に残っていた車の車種とナンバーが、榊由高すなわち李家充の所有する車のそれらと一致した、というわけである。

当局がそこから榊を容疑者として手配するに至るまではむろん、もっと細かい捜査の手順があったのだろうが、霧越邸に滞在していた期間を通して私たちが知り得たのは、結果としてニュースで伝えられたごく大まかな事実だけであった。

「あの事件の犯人が榊だった？」

的場女史の説明を聞いて、槍中はさすがに強い動揺を隠せなかった。

「しかし彼は、李家会長の実の孫ですよ。そんな……ああ、失礼。あなたに云ってみても始まりませんね。ですが」

「いや、ヤリさん。そいつぁ有り得ますぜ」

名望奈志が口を挟んだ。

「死んだ奴のことをこう云うのは何だけど、榊クン、李家一族の中でも一番のはぐれ者だったんでしょうが。加えてあの、あんまり物事を深く考えない性格だ。小遣いに困って、勝手を知ったジイサンの家に金を盗みに入った。ほんの軽いお遊びのつもりでさ。いかにもありそうな話じゃないっすかね」

「お遊びで、泥棒の真似をか」

「酒に酔った弾みだったのかもしれない。それとも、はん、そう云やあ彼、クスリをやってたような節もあったな」

「薬？」

槍中は憮然《ぶぜん》と眉をひそめた。

「覚醒剤《かくせいざい》でもやってたって云うのか」

「いやいや、そんな不健康なのじゃなくって、もっと健全なやつ。大麻とか、せいぜいLSDとか」

「LSDが健全なドラッグかね」

「中毒性はそんなにないらしいっすから」

「お前もやってるとか」

「とんでもない。オレはさ、クスリに頼らなくても自力でハイになれる体質なんで」

「ふん。そう云えば、ゆうべ榊の奴、何かと物要りで、とか云ってたな。――蘭。君は何か知らないのか」

槍中に問われて、蘭はびくりと肩を震わせた。

「――知らないわ」

蒼い顔で、殊更《ことさら》のように強くかぶりを振る。その反応に槍中は厳しく目を細めたが、すぐに的場女史の方へ向き直り、

「そのニュースはいつ放送されていたんでしょうか」

と尋ねた。

「最初の報道があったのは、十五日の夜だったそうです」

「一昨日ですか」

昨夜、私が聞き留めた例のニュース――「今年八月、東京都目黒区の、りの」で途切れたあのニュースは、やはりあの事件の報道だったのか。もしもあの時、彩夏がラジオをテーブルから落としていなければ、私たちはその時点で、警察が事件の容疑者として榊を探しているという事実を知ることになっていたわけである。

警察は恐らく、劇団の関係者に当たるなりして、十三日から私たちが信州に来ている事実を既に突き止めているだろう。もしかすると一昨日、私たちが発《た》ったあとにでも、御馬原のホテルに問い合わせが入ったかもしれない。ところが、その夜には帰京している筈の榊が依然として姿を見せない。彼の容疑はそれでいっそう深まっているに違いないが、まさか私たちがまだ信州にいて、このような状況に置かれているとは思ってもいないだろう。

――にしても。

その榊由高が昨夜、何者かの手によって殺されてしまったとは。

この二つの事実の間には果たして、何か有意味な繋がりがあるのだろうか。あるいは単なる偶然にすぎないのか。

「気になることがあるんですが」

甲斐が、そろりと云いだした。

「あの事件――八月の事件で死んだ、その警備員の名前なんですけど」

「名前……」

呟いてから槍中は、はっと目を光らせた。

「そいつは確か、鳴瀬っていう名だったんじゃあ」

「そう。やっぱりそうでしたよね」

私たちは何とも云えない気分で顔を見合わせた。

「鳴瀬」というその苗字《みょうじ》に、この霧越邸の、あの初老の執事の顔が重なる。最初の夜、深月から「なるせ」という名を聞いた時、咄嗟《とっさ》に「鳴瀬」という漢字が思い浮かんだのは――あれは、八月の事件の新聞報道を見て記憶に残っていたその文字面が、無意識のうちに呼び出されたということだろうか。

「的場さん」

槍中が真顔で云った。

「彼――この家の鳴瀬さんの、下の名前は何と仰るのでしょう」

「孝《たかし》と云いますが。親孝行の孝という字を書いて」

「殺された警備員は確か、稔《みのる》という名前だった。年は四十代の後半……」

「まさか」

的場女史は声を詰まらせた。

「その人が鳴瀬の弟か何かだと、まさかそんなことを考えておられるのでは」

「有り得ない話でしょうか」

「そのような話は、私は聞いておりません」

「しかし、そんなに有り触れた苗字でもありませんよね。弟とは行かぬまでも、もしかしたら血縁者かもしれない。だとしたら、榊を殺す強力な動機になる。そうは思われませんか」

女医は何とも答えず、戸惑いに満ちた顔でゆるゆると首を振った。肯定とも否定ともつかぬ動きであった。

崩れかけた廃屋の梁《ほり》から宙吊りにされたような、居心地の悪い沈黙が、暫くのあいだ続いた。誰もが複雑な表情で、時折りちらちらと廊下や天井の方へ目を遣る。不信と疑惑、混乱、不安、苛立《いらだ》ち、怯《おび》え……さまざまな感情が広い部屋いっぱいに漂い、互いを牽制《けんせい》し合っている。そんな感じだった。

「槍中さん」

やがて的場女史が口を開いた。

「もう一つ、お話ししておいた方が良いかもしれないことがあるのですけれど」

「何でしょうか」

「例の木履の件です。死体の足許に置かれていた」

「ああ、はい」

「これは末永が云っていたのですが――」

心持ち伏せ気味にしていた目を上げ、彼女は云った。

「ご承知のとおり、あの木履はホールのマントルピースに、硝子ケースに入れて飾ってあった物でした。ケースの中には水の入った小さなグラスが一緒に収めてありまして、このグラスの水は毎日、末永が補給します」

「漆の乾燥を避けるためですね」

「はい。で、末永が昨日、いつものように水を補給しようとした時、ケースの戸が少し開いたままになっていた、と云うのです」

「その時は、木履はちゃんと中にあったんですか」

「ええ。ですが、置いてある位置が若干、元とずれていたような気がする、とか」

「ふうん。要するに、誰かがそれ以前にケースを開いて木履を手に取ったと、そういうわけですね」

「家の者は、誰もあのケースに触れてはいないとのことです」

「我々の中の誰かが触ったのだ、という話ですか」

槍中はゆっくりと顎の先を撫でまわした。

「末永さんがそれに気づいたのは、昨日のいつ頃だったんでしょうか」

「夕方の六時頃だそうです」

「なるほど」

頷くと槍中は、テーブルの一同を鋭い眼差しで見渡した。

「昨日の午後六時以前、木履の硝子ケースに触った者は云ってくれないかな。だからと云って、その人間が榊を殺した犯人であると決定されるわけではない。疚《やま》しいところがないのなら、別にここで名乗り出ても構わない筈だろう」

その要請に応じる者は、しかし誰もいなかった。

「ふん。分かった」

槍中は眼鏡のフレームを摘《つま》みながら、厳しく目を細めて云った。

「名乗り出られない事情があるってことか。つまり、昨日ケースに触れた人物がすなわち犯人である——と、ここでそう判断してしまってもいいわけだな」

十二

その日の午後も、雪は降りつづいた。

外界から孤立した〝吹雪の山荘〟。古今東西の探偵小説において幾度となく用いられてきた、その異常な状況の中で、霧越邸を舞台とした殺人劇の幕が切って落とされた。しかも〝見立て殺人〟という、これもまた探偵小説ではお馴染みの、けれども現実においてはおよそ常軌を逸したモティーフをもって演出された劇が。

昼食後の〝尋問会〟がお開きになると、私は独り階下の礼拝堂へ足を向けた。

まるで空気の粒子そのものが静止し沈黙し、その中を疎《まば》らな光の粒がゆっくりとたゆたっているような……あの空間のそんな静けさと薄暗さが、私の心を惹きつけるのだった。「懐かしい」という気持ちがその中に含まれているのは、幼いころ近所の教会に通っていた時期があった、そのためだろうか。とにかくそこで、一人きりで考え事をしてみたい気分になったのである。

礼拝堂の扉は開放されたままであった。

前列右側の椅子に腰を下ろす。ドーム天井のステンドグラスから落ちる弱い光の下、その光の色に微妙に彩られた祭壇の十字架から、磔《はりつけ》にされたイエスの虚《うつ》ろな眼差しが私を見下ろす。

睡眠不足の筈だった。何しろ三時間余りしか寝ていないのだ。目が腫《は》れぼったく、全身が少し熱を持ったように怠《だる》い。けれども、不思議と——相当に気が昂っているのだろう——眠気は襲ってこなかった。

いったいどうして、こんな事件が起こったのだろうか。

頭の多くの部分を占めるのは、やはり〝事件〟に関する数々の疑問である。

どうして榊由高は殺されたのか。誰が殺したのか。

少なくとも今この霧越邸の中にいる人間のうちの誰かが、その犯人であることに間違いはない筈だけれど、それは白須賀氏が断言したように、忍冬医師を含めた私たち八人の来客の中にいるのだろうか。あるいは槍中が「可能性」として指摘したように、この屋敷の住人たちの中にいるのか。たとえば、鳴瀬というあの執事が八月の事件で殺された（榊によって？）警備員の縁者で、というような偶然が、本当にあるのだろうか。

如雨露の水。赤い木履。——死体を取り巻く異様なあれこれは、いったい何を意味しているのか。どうやら北原白秋の「雨」の〝見立て〟であるらしい、とは分かった。しかし……。

凶器の一つとして使われた例の本が暗示するように、確かにあの状況は、白秋の「雨」の詩を意識して犯人が拵《こしら》えたものだと考えられる。しかし、では、どうして犯人はそんな見立てを行なったのだろう。

加えて、これもまた犯人の仕業だと思われる、死体のあの不自然な姿勢も、疑問と云えば疑問である。両腕を胴体に巻きつけるようにした、あのポーズ。「雨」の内容とはまるで繋がりがないように見えるこの奇妙な工作は、これはこれで、また何か違う意味を持つものなのだろうか。

いろいろと考えを巡らせてみるが、一向に答えらしきものは見えてこない。混沌《こんとん》としたまま、延々と空回りを続けるばかりである。外で吹きすさぶ風雪の音に急《せ》かされるように、時間だけが気怠い身体を擦り抜けていく。

事件の問題とは別に、私の心の中にはもう一つ、黒い雲が蟠《わだかま》っている。それは、そう、今朝部屋に帰って眠る前、槍中が図書室で口にしたあの言葉……。

昨夜の九時四十分頃からずっと、私たちは次回の公演内容をどうするかについて話し合いを続けた。途中からやって来て本を読んでいた甲斐もときどき引き込みながら槍中は、近頃の彼にしては珍しいほどの熱っぽさで、新しい芝居のアイディアやコンセプトを語った。そうこうして日が替わり、午前三時を回って甲斐が引き揚げていったあとのことを――。

「深月の件だがね」

ふと槍中は云いだしたのだった。

「ねえ鈴藤、君は彼女についてどれだけ知っている？」

それは昨日の夕方、同じ図書室で彼が繰り出したのと同じ問いかけだった。私は、その時もまた虚を衝《つ》かれた思いで、まるで初めての恋の中にいる中学生さながらに、どぎまぎと返答に詰まった。

「どうして君は深月が好きなんだろうか。――ごく単純に結論づけてしまうとね、それは彼女が美しいからだ。彼女は美しい、だから君は彼女に心を惹かれている。実に明快な図式だ。いや、もちろん単にそれだけだと云うわけじゃないさ。だけど、それだけだって別に構わないとも思う。その方がずっと純粋な想いであるとすら思うね。

この僕にしたってそうさ。僕は総じて、この世で僕の目が『美しい』と捉えるものたちを愛している。人も物も観念も、どれも同じようにだ。しかし、中でも深月という女性は別格なんだな。彼女は本当に素晴らしい。ほとんど芸術的な美しさを備えた存在だとさえ、僕は感じている。

ああ、何もそう心配そうな顔をしなくてもいいさ。一人の男として深月を自分のものにしたいとか何とか、そんな考えはこれっぽっちもない。むしろ彼女に関しては、それは冒瀆《ぼうとく》であるような気がするくらいでね。いやいや、だからと云って、君の想いを否定しようと思ってるわけでもない」

槍中は決して嫌味を云っているのではない、とは分かった。私の気持ちを茶化していたわけでもない。

「じゃあね、鈴藤、彼女があんなに美しいのはいったい何故なんだと思う」

と、そして彼は問うたのだ。

「——君は知らない。知らなくてもいいのかもしれないが、思うにそれは、彼女の中にある諦《あきら》めの感情ゆえのことなのさ。静かな諦めの、ね」

「諦め？」

私はわけが分からず、その言葉を繰り返した。

「諦めとは……」

「分からないかい」

槍中は小さく溜息を落とした。

「静かな諦念《ていねん》、諦観。それが彼女の心の形なんだよ。そう。彼女は諦めている。絶望とか、年寄りじみた悟りとかいった意味じゃなく。どうすることもできない未来を諦め、今だけを、あんなにも静かに生きている。奇跡みたいなものさ、まったく。だからね、だからこそ彼女は……」

「何故ですか」

耐え切れない気持ちになり、私は槍中の言葉を遮《さえぎ》って訊いた。

だった。

彼はしかし、答えてはくれなかった。いずれ分かる時が来る、とでも云うように黙って首を横に振り動かすと、そのままやおら椅子から立ち上がり、背を向けてしまったのだった。

あれは――「諦め」というあの言葉はどういう意味なのか。彼女は何故、「諦める」必要があるのだろう。彼女には――深月にはいったい、私の知らない何があると云うのだろうか。

――と、突然。

背後で微かな音がした。ことん、という何か硬い物音である。

私はぎくりとし、椅子から腰を上げて振り向いた。

入口は開けたままにしてある。その青い扉の陰に、すっと消えていく何者かの影を見たように思った。

「誰？」

投げた声が、ひんやりとした薄暗い堂内に、小さな渦を巻くようにして反響する。

「誰ですか」

答えはなかった。

不審に思いつつ、私は入口へ足を向けた。「誰ですか」ともう一声かけて、扉の外を覗いてみる。だが、そこには何者の姿もなかった。

今の音は？　何かの聞き違いだったのか。

今の影は？　何かの見間違いだったのか。――いや、そんな筈はない。いくら睡眠不足で疲れていると云っても。

誰かが、確かにいたのだ。礼拝堂に入ってこようとして私の姿に気がつき、踵《きびす》を返した。声をかけられても返事もせず、そのままこの場を立ち去ってしまったのだ。

いったい何者だったのだろう。

どうして、まるで逃げるように去っていったのだろう。

頭の中に雑然と散らばった多くの疑問の中に新たな一つを付け加えながら、私は礼拝堂をあとにした。

十三

礼拝堂を出た横手の壁際には、大きな飾り棚が据えられている。中に収められているのは古い日本人形のコレクションで、種々の能面を並べた一角もある。

御所《ごしょ》人形に加茂《かも》人形、嵯峨《さが》人形、衣裳《いしょう》人形……中でも多いのは御所人形である。真っ白に磨かれた艶《つや》やかな肌、丸く太った肢体、三等身の頭に無心な目鼻立ちがちょこんと描かれている。元々は「婢子《ほうこ》」と呼ばれる、嬰児《えいじ》の姿をした魔除《まよ》け人形から発展した物だと云われるが、そのヴァリエーションは実に多彩だ。這い子に立ち子、能の衣裳を着せた見立て人形から面被りなどの絡繰《からくり》仕掛けが組み込まれた物、足が三つの部分で折れ曲がる、いわゆる〝三つ折れ〟の細工が施された物まである。

さまざまなポーズ、衣裳、表情で並ぶ人形たちを一通り眺めながら、私は今さらのように感嘆の息を落とす。

骨董《こっとう》的な価値はよく分からないが、分からないなりに不思議な美しさを感じ取ることはできる。じっと見詰めていると、その息遣いや声が耳許《みみもと》に聞こえてきそうな、鳥肌が立つほどに妖《あや》しい気配すら伝わってくる。石造りの壁で囲まれたこの薄暗いホールの雰囲気に、それがまた妙によく似合っているのだった。

純然たる洋館の各所に溢れた日本趣味。混沌と調和。綱渡りのようなバランス感覚。……槍中がこの家を評するのに用いた幾つかの言葉を思い出す。確かにそうなのかもしれないな、と思う。

しかし――。

何よりも今、私が強く感じているのは、霧越邸というこの建物全体に漂うある情念のようなものだった。極めて漠然とした、単に私が個人的に直感しているというだけのものであって、明快な分析はとうていできそうにないのだけれど、敢えて言葉を与えるとすれば、それは〝祈り〟だろうか。

この家は祈っている。

建物の一つ一つの部分、膨大な数の収集品たちの一つ一つがそれぞれに、同時に渾然《こんぜん》一体となって、祈りを捧《ささ》げている。静かに。ひたむきに。何かに向けて（何、に向けて、なのだろう）……。

人形の棚の前を離れると、私はゆっくりとホールを横切り、暖炉の前に立った。

マントルピースの上には、あの木履が収められていたと云う硝子ケースがそのまま残されていた。中にはなるほど、濃い藍色《あいいろ》の台の一隅に、乾燥防止用の水が入った小さなグラスが置かれている。高さ三十センチ、幅と奥行きがともに五十センチほどの大きさのケースで、前面が引き違い式の戸になっている。この戸が昨日の夕刻、少し開いたままになっていたわけか。

目を上げると、金縁の額に収められた例の肖像画がある。

「みづき」という名前の故・白須賀夫人。その寂しげな微笑の上に、私の知っている芦野深月の顔を重ねてみる。そしてさらに、槍中が云った「諦め」という言葉を……。

「鈴藤さん」

とつぜん声をかけられ、私は跳び上がって驚いた。目の前の絵が口を利いたのかと一瞬、本気で思ったほどに。

「ちょっといいですか」

声の主は、他ならぬ深月本人であった。おろおろと振り向くと、彼女は正面の階段をこちらへ向かって降りてくるところだった。

「何でしょう」

頬が熱くなってくるのが自分で分かった。普段は、別に彼女に話しかけられたからと云って、こんな……赤面してしまうようなことはないのだ。私とて、この年までまったく恋をした経験がないわけではない。これはつまり、タイミングの問題である。

肖像画を見ながら彼女について考えていた、ちょうどそこへ当の彼女がやって来たものだから……ああ、いや、そんな云い訳はよそう。深月はやはり、私にとって、かつて愛した幾人かの女性たちとはまるで別格の存在なのだ。彼女と知り合ってもう三年ほどになるのに、未だに私は、知り合った当初から抱いている己の気持ちの欠片《かけら》すら伝えられずにいるのである。

「あの……実は」

深月は最初から少し口籠った。云おうか云うまいか、相当に迷っているふうである。

「八月のことなんですけど」

「八月の？　と云うと、例の李家会長宅の事件ですか」

「ええ」

「何か気がついたことでも」

「ええ。実は、あの事件があった夜、十二時前だったかしら、私の部屋に電話がかかってきたんです。榊さんから」

「榊君から……本当に？　いったい何の用で」

「彼のマンションでパーティをやってるんだけど、来ないかって」

「いきなり、夜のそんな時間にですか」

「そう。――で、思い出してみると、どうも彼、普通じゃないみたいだったんです」

「と云うと？」

「呂律《ろれつ》が怪しくて、言葉が凄くちゃらんぽらんで。お酒に酔っているのかなって思ったんですけど、それとも何だか違うような」

「じゃあ……」

「さっき名望奈志さんが云ってたでしょう」

深月は哀しげに、切れの長い目を細めた。

「榊さん、麻薬をやってたみたいだとか。だから、もしかするとその時も」

「なるほど。それであなたは、その誘いを断わった？」

「ええ」

「つまり――」

私は、深月の話から容易に浮かんでくる想像を述べてみた。

「つまり、こういうことですか。その夜、榊君は自分の部屋で、マリファナかLSDか知らないが、その種のパーティをやっていた。問題の事件が起こったのは深夜の二時とか三時とかの時間らしいから、もしも彼が犯人だとすれば、彼はあなたに電話をかけて誘いを断わられたあと、恐らく薬に酔った勢いで犯行に及んだ、と考えられますが……ああ、そうか。パーティをやってると云ったんだったら、少なくともあなたに電話がかかってきた時、彼は一人じゃなかった筈ですよね。他にも誰かがいた、と?」

「そうなんです」

深月は頷いた。

「電話じゃあ、笑ってる蘭ちゃんの声が聞こえていたから……」

「彼女も一緒に麻薬をやっていたかもしれない、というわけですか」

とすると、そのあとに起こった事件について、蘭はやはり何かを知っている可能性が高い。先ほど槍中に質問された時の、彼女の反応——それまで以上に蒼い顔で、必要以上にむきになってかぶりを振っていた——が思い出される。

「電話の向こうにいたのは、希美崎さんだけみたいでしたか」

「それが——」

深月はまた哀しげに目を細め、

「確かにそうだとは云い切れないんですけど、何となくわたし、もう一人いたような感じがして」

「彼女の他に?」

「ええ。はっきりした声は聞こえなかったし、榊さんの口から名前が出ることもなかったんです。でも、何となくその、口振りや気配から」

「誰なんですか、そのもう一人は」

答えようと口を開きかけたものの、深月はかなり長い時間、先を云い澱んだ。

その沈黙の中で私は一瞬、妙な感覚に囚《とら》われた。

この薄暗いホールの何処かに今、自分と深月以外の誰かがいるような感覚、である。その誰かが今、じっと息を殺して私たちの会話に聞き耳を立てているような。

思わず、私は周囲に視線を巡らせた。何者の姿も見当たらない。——が、廊下へ出る両開きの扉の合わせ目に、僅かな隙間が出来ているのに気づいた。

あの扉の向こうに誰かが？ と、そう考えた時、

「やっぱり、よく分からない」

長い黒髪にすうっと指を通し、囁《ささや》くような声で深月が云った。視線を私の足許あたりに下げながら、

「全然はっきりした話じゃないし。こんなこと、確信も持てないのに云うべきじゃないのかも」

「いやしかし、もしかしたら事件に重要な関わりが……」

「だから、よけいに」

深月はゆるりと首を振る。

「もしも違っていたら、大変だから」

「しかしですね」

云いかけて、私は声を止めた。彼女が話したくないと云うのを無理に聞き出すなど、自分にはできない——してはいけない、と思った。たとえそれが、どんな種類の事柄で

あろうと。

「槍中さんには？　今の話はもうしたんですか」

ちょっと考えてから、私はそう訊いた。

「いいえ、まだ」

「彼にはやはり、話しておいた方がいいでしょうね」

「ええ」

深月は素直に頷いた。ということは、問題の「もう一人」として彼女が心に描いている人物は、少なくとも槍中ではないわけだ。

けれども、それならば——と私は思う。

どうして深月は今の話を、槍中よりも先に私に話したのだろう。たまたまここへ降りてきて私を見つけたから？　あるいは……いや、あまり深くは考えまい。彼女が私を、多少なりとも信頼して話してくれたのだと、そう思えるだけで良い。

心持ち顔を俯けたまま、私は上目遣いに深月の様子を窺った。

黒い細身のスカートに、ブラウスの白い襟を覗かせた同色のセーターを着ている。彼女もまたやや俯きがちで、何か次に話すべき台詞を探しているように見えた。

その彼女の顔がふと、今朝の夢の記憶に入り込んできて、私はどきっとした。

今朝、鳴瀬に起こされる直前に見ていた例の夢である。厚い硝子の壁の向こうで、拳を固めてそれを叩いていた人物。何者なのかどうしても分からなかったあの人物。——

その顔に、彼女の顔が重なり合う。

あれは深月だったと云うのか。

そうだとしたら、あの夢は何を象徴していたのだろう。

考えてみても仕方なかった。何か意味が見つかるとしても、畢竟《ひっきょう》それは、この私自身の心中にある何らかの感情を探り当てることでしかないのだから。——しかし。

大きな不安、そして胸騒ぎ。あの夢の底にあった感情はそれだ。

時間をかけて考えるまでもなくそう直感し、次の瞬間、私は彼女に問うてみようと決心した。今日未明、槍中が図書室で口にした「諦め」という言葉の、その意味を。

ところが——。

「嫌よおっ！」

甲高い女の声がこの時、吹き抜けのホールいっぱいに響き渡ったのである。

上方からだった。私も深月も驚いて、声が降ってきた方向——石造りの壁を巡る回廊の方——を振り仰いだ。

「嫌よ。嫌あぁ！」

鮮やかな黄色いワンピースが見えた。まるで透明な何者かの手に弄《もてあそ》ばれるように、珈琲色の手摺《てす》りの向こうで、ひらひらと回転している。そうしながら、およそ秩序というものの欠落した不規則かつ不安定な動きで、回廊を移動してくる。

「蘭ちゃん」

深月が小さく叫んだ。

「どうしたの」

「嫌あっ。云わないで。こっちへ来ないで」

深月の呼びかけを無視して蘭は、他の誰かに向かって引き攣った声を投げつけている。取り乱した口調で。怯え切った声音で。

尋常ならぬ事態を察知し、私と深月は急いで階段を駆け昇った。

「やめてよ。お願いだから、もう……」

蘭は両手を耳に押し当てて、ぶるぶると首を振っていた。彼女の他に人の姿はなかった。逆立つほどに振り乱されたソバージュヘア。瘧《おこり》がついたようにわななく肩。片方の靴が脱げてしまった足をよろりと縺れさせ、壁に強く背を打ちつけたかと思うと、弾き飛ばされたように今度は手摺りの方へ身を泳がせる。

「希美崎さん」

私は慌てて彼女のそばに駆け寄り、勢い余って手摺りから半身を乗り出しそうになるのを押さえつけた。

「危ない。しっかりして。どうしたって云うんですか」

「――聞こえるの」

譫言《うわごと》のように呟いて、私の方を見る。その目は虚ろで焦点が定まっておらず、散大した瞳孔には激しい恐怖の色が溢れていた。

「聞こえる。聞こえるのよ」

「何が。何が聞こえるんですか」

「聞こえるわ。あああ……」

蘭は両手でまた耳を塞《ふさ》ぎ、首を振る。

「あちこちで囁いてる。壁が喋《しゃべ》るの。天井も、窓も、絨毯もよ。絵も人形もみんな生きてるわ」

彼女は真剣だった。冗談にも演技にも見えない。もしもこれが演技だとすれば、私は役者としての彼女の才能を根本的に認識し直さざるを得まい。

「ほら、聞こえるでしょ。ほら。ほら」

「気のせいですよ」

私は途方に暮れる思いで云った。

「落ち着いて。壁や天井が喋るわけがないでしょう」

「嫌あっ！」

金切り声を上げて、蘭は私の手を振り解《ほど》いた。

「喋るわ。喋るわ。声がいっぱい。消えないの。襲ってくる。わ、うわっ……」

「希美崎さん」

「蘭ちゃん」

私の背後から深月が声をかける。

「しっかりなさい。ね、いったいどうしたの」

「次はお前だって云ってる。みんなそう云ってるわ」

どうやら彼女の耳には、本当に壁や天井の囁き声が聞こえているらしい。——幻聴？

しかし何故、こんな……。

「殺される。殺されるわ。あたし殺されるわ」

耳から手を離し、自分で自分の身体を必死でまさぐりはじめる。トランス状態で出鱈《でたら》
目《め》な踊りを踊る未開人のような動きだった。

「あああ……ほら、ぐにゃぐにゃだわ、あたしの身体」

調子の狂った声で、彼女は訴える。

「骨がぐにゃぐにゃなの。うわあっ、溶けてる。どんどん溶けてくる。もう殺されかけてるんだ。もうじき死ぬのよ、あたし。あたし、もう……」

「気を確かに持って。ね、希美崎さん」

強く云ってみても、一向に思わしい反応はない。

「あたし、何もしてない」

身体をまさぐっていた手を今度は頰に押し当て、蘭はいきなり私に目を向けた。

「何もしてないわ。車で待ってただけ。やめてって云ったのよ。なのに……」

喰いかかるように顔を近づけてくる。赤い口紅が斑状《まだらじょう》に剝げた唇の端に、白い泡が溜《たま》っている。

「芦野さん」

また手摺りから身を乗り出したりしないよう、とにかく彼女の肩を強く押さえておいて、私は深月の方を振り向いた。

「早く槍中さんを呼んできてください。忍冬先生もです。お願いします」

十四

蘭の錯乱症状は激しく、間もなく駆けつけた槍中と忍冬医師、そして私の三人がかりでやっと部屋へ連れ戻すことができた。それでもなお、彼女はわけの分からぬ譫言《うわごと》を繰り返しては暴れだそうとしたので、医師はまた鎮静剤を与えなくてはならなかった。

漸く騒ぎが収まって暫く経った頃、よく云われる「現場百遍」なる探偵法の基本を実践するため、槍中と私は温室へ向かった。——午後五時過ぎ。もう陽が落ちてからのことである。

「どうやら彼女、薬をやってたようだな」

壁に明りが灯《とも》ったホールの回廊を進みながら、槍中は低く厳しい声で云った。

「忍冬先生もそう云っていた。何か強い幻覚剤を服用したんじゃないか、と」

「そうでしょうね。さもなきゃあ、あれは本当に気が狂ってしまったとしか思えませんでしたよ」

「蘭の部屋のテーブルに、それらしき物が放り出してあっただろう」

「ピルケースがありましたね」

「そう。中に薬が入っていた。ほんの小さな物だがね。一辺二ミリほどのピラミッド形の白い粒が幾つか」

「LSD、ですか」

「たぶん」

槍中は苦々しげに溜息をつき、

「リゼルギン酸ディエチルアミド。マリファナなんかよりもずっと幻覚作用が強い。尤も、覚醒剤やコカインなどとは違って身体的依存性は出ないらしいから、その点じゃあ、名望が云ってたように『健全な』薬なんだろうが」

「やはり榊君は、その種の薬に手を出していたんですね」

「ああ。蘭と二人してね。この旅先でもあいつら、僕らの目を盗んであんな物で遊んでいたわけだ。まあ、そのこと自体に目くじらを立てるつもりはないが」

そう云えば、昨日の午《ひる》過ぎ、揃って食堂に入ってきた榊と蘭の足取りが妙に——酒に酔ってでもいるように——ふらついていたのは、あれもその前夜に薬を服用した名残りだったのかもしれない。

「蘭の奴、榊が殺されたのがショックで、その現実から逃避しようとしたんだろうが、逃げるどころか、逆に恐ろしい幻覚や幻聴に襲われてしまったんだな」

槍中は顔を顰め、舌を打つ。いずれ警察が介入してきた時の事態を考えて、頭を痛めているのだろう。

「実はですね、槍中さん」

と、私はそこで、先ほど深月の口から聞いた八月二十八日の夜の話を彼に伝えた。

「はん。最悪だな、そりゃあ」

回廊の曲がり角――例の霧越邸の絵が掛けてあるあたり――で足を止め、槍中は額に右手の掌を押し当てた。

「榊だけじゃなくて蘭も、八月のあの事件に関わっていた可能性が高いわけか」

「さっき彼女、譫言でずっと繰り返していましたね。あたしは何もしてない、とか、車で待っていただけだ、とか」

「なるほど。あれはそういう意味か。ふん。ということは――」

額に掌を当てたまま、槍中は強く一度、目を閉じた。

「榊が殺された理由は八月の警備員殺しの復讐《ふくしゅう》で、犯人はあの鳴瀬という男なのかもしれない。そう知って、彼女は居ても立ってもいられなくなった。八月の事件に関係していた自分も同じように命を狙われるんじゃないか、とね」

「ちょっと疑問に思うんですけど」

「何かな」

「マリファナだのＬＳＤだのを服用して、その勢いであんな犯罪を起こすなんて、有り得ることなんでしょうか」

「何でまた、そう？」

「あの手の幻覚剤は、無気力や無関心、意欲の喪失といった方向に作用する物なんじゃないかと」

「一般にそう云われてるね。君は？　試した経験はあるのかい」

「一度だけ」

「その口振りからすると、あまりハイな状態にはなれなかったようだね」

「分かりますか」

大学を卒業したあとに一度、そういう機会があった。具体的な経緯についてはここで述べる必要もあるまい。ただ、そのとき吸ったのはハッシシだったのだけれど、槍中が云うように、それは私にとって決して心地好い経験ではなかった。

「ああいったドラッグは、一種の精神拡張剤なんだな。どんな効果が現われるかは、服用者の精神状態や場の状況に大きく左右される。音楽に関心がある者は聴覚が異様に研ぎ澄まされて、普段は聞こえない微妙な音の波を感知できたり、『音を見る』『音に触る』というふうな感覚を得たりするって云うね。絵が好きな者は同様の効果が色彩について生じるし、セクシャルな雰囲気の中で用いればその感覚が増幅されることになる。君の場合は――」

と、槍中は私の顔を見て、

「おおかた、そうだな、感覚や認識がやたら内側へ内側へと喰い込んでくるとか、あるいは自分の思考をどんどん対象化していくとか。そんな状態に嵌《は》まり込んでしまったんじゃないかな」

そのとおりだった。「私」はいま何を感じているか、何を考えているか。それを一つ外側の「私」が感じ、考え、さらにそれをもう一つ外側の「私」が感じ、考え……というような無限連鎖に陥ってしまった記憶がある。

「君みたいなタイプの人間にはありがちなケースだね。僕も若い頃、初めてやった時には同じような目に遭った。なかなか疲れるものね、あれは」

檜中は唇を歪め、微かに笑った。

「だからつまり、あの手の薬の服用が犯罪や暴力の衝動に結びついてしまうことも充分に有り得るって話だよ。不安が解消されて必要以上に楽観的になったりしてね。尤も、さっきの蘭みたいに、頭を支配した恐怖心が逆に増幅されて、途轍《とてつ》もない悪夢に引き込まれてしまうこともある」

先ほどの、この同じ場所での彼女の狂態を思い出しながら、私は黙って頷いた。

「しかしちょっと気になるのは、深月が云うその『もう一人』だね。うちの劇団の誰かなのかな」

「どうもそんな感じでしたね。でも、確信が持てないから云いたくないと」

「彼女らしいな」

歩きだしながら、槍中は呟いた。

「あとで僕から訊いてみようか」

ホールから一階の中央廊下へ出る。袖《そで》廊下を折れ、突き当たりの、例の渡り廊下に続く青い扉を開いた。

硝子の壁の外――テラスの外灯に照らされた夜闇の中では、相変わらず激しく雪が乱れ舞っている。吐く息が凍り、同時にシャツの襟元から素速く冷気が滑り込む。全館に行き渡った暖房もこの渡り廊下にまでは及んでおらず、思わず身を震わせるほどの寒さを感じた。

温室は明りが点いていた。中に入ると、再び気温が跳ね上がる。部屋を埋めた緑。濃密な芳香。鳥籠《とりかご》で囀《さえず》る小鳥たちの声。それらに重なるように、今朝ここで目の当たりにした榊由高の死体が生々しく脳裡に浮かんできて、私は思わずまた身を震わせた。

入って左手の通路へ、私たちはまず足を進めた。

凶器に使われたベルトと本が落ちていた場所。その茶色いタイル張りの床には、なるほど、失禁で汚れた跡が今も認められる。警察が来た時のことを考え、掃除はせずに置いてあるのだろう。ベルトと本はもうない。ビニール袋に密封して、死体と一緒に地下室へ運んでおいたから――と、的場女史が昼間に云っていた。

「ここで犯人は榊を殺した」

両手をズボンのポケットに突っ込みながら槍中は、みずからに云い聞かせるように呟く。

「そして、使った凶器は二つともこの場に残したまま、死体だけを中央の広場まで移動させた」

「女性にも可能な作業だと忍冬先生が云ってましたけれど、どう思いますか」

「先生に賛成だね。抱え上げるのは難しいかもしれないが、引き摺《ず》っていくなら簡単だろう」

「引き摺ったのなら、その跡が残っていないでしょうか」

「床はこのとおりタイル張りだから、跡は残るまい」

槍中は少し腰を曲げて足許に目を凝らし、緩く頭を振った。踵を返し、入口から中央へ延びる通路へと向かう。

「——ん？」

円形の広場の手前で、彼はふと足を止めて私を振り返った。

「鈴藤、これを」

と、右手前方の一角を手で示す。

「どういうことだろう。花が……」

「ひどい」

私は目を見張った。

「すっかり萎《しお》れてしまってる」

そこは、カトレヤの鉢が並んだ一角だった。昨日この温室を訪れた時、槍中が「蘭にそっくりだ」と評した黄色い大輪のカトレヤである。それが——昨日はあんなに見事に咲いていたその花のほとんどが今、見る影もなく萎《しな》びてしまっているのだ。

「今朝はどうだったっけ」

槍中の問いかけに、私は曖昧に首を振り、

「憶えてませんね。それどころじゃなかったから、あの時は。デリケイトな花だと云いますけど、一日でこんなになってしまうものなんですか」

「さて」

槍中は顎を撫でながら、

「何か原因があったとすれば、恐らく水、だろうな」

「水？」

「ああ。死体に降り注いでいたって云う如雨露の『雨』さ。その水が花を過度に濡らしてしまったせいで。——考えられないことじゃない」

「しかし、それにしても……」

萎びた花々から上げた目を、私は何となくさらに上方へと向けた。

幾何学模様を描いて交差する黒い鉄骨と、その間に嵌め込まれた硝子の群れ。視線は中央広場の真上へと移動し、やがてその部分の硝子に走った例の亀裂を捉える。

十字形に交わった二本の罅《ひび》割《わ》れ。昨日あの罅割れが生まれた直後、的場女史の口から洩れたあの謎めいた言葉。家の随所に発見された私たちの名前。壊れた「賢木」の煙草盆。そして……。

「誰だ」

とつぜん響いた槍中の声が、ある方向を目指してゆるゆると伸びていく私の思考を断ち切った。

「どうしたんですか」

「誰かいるみたいなんだ。向こうの柱の陰に」

槍中は、広場に置かれた円卓の傍らまで足を進めていた。

「誰かいるのか」

鋭い声が、温室の奥に向かって投げられる。だが、返事はない。物音もしない。

「本当に？」

そろそろと彼の横まで行き、私は問うた。

「人影を見たんですか」

「見た、ような気がしたんだが」

眉を寄せ首を傾げながら、槍中は一歩、奥へ進み出た。

「黒い服を着た人影が」

私は礼拝堂の一件を思い出した。あの時——背後で物音を聞いて振り返った時、扉の向こうに消えたあの何者かも、そう云えば黒い服を着ていた気がする。

「誰かいるのなら、出てこ……」

「どうなさいましたか」

槍中の言葉を叩き切るようにしてその時、背後から声が飛んできた。振り向くと、入口から真っ直ぐこちらへ向かってくる的場女史の姿があった。

十五

「どうかなさいましたか」

つかつかと私たちの許まで歩いてくると、的場女史は重ねて訊いた。昨夜までと同じ、無表情で冷ややかな声だった。

「いや、向こうに――」

と、槍中は緑で埋まった部屋の奥の方を指さし、

「誰かがいたように見えたんですよ。それで」

「気のせいでしょう」

示された方向をちらりと見遣りながら、女医はすげなく云った。

「誰もおりませんよ」

「しかし……」

「現場検証はもうお済みですか」

的場女史は、部屋の奥を見詰める槍中の前へ身を進めた。まるで、「そこにいる」と彼が訴える何者かを庇《かば》うかのように、片手を腰に当てて立ちはだかる。

「何か手がかりは掴めまして？」

「いえ」

槍中は小さく肩を竦め、諦めたように身体の向きを変えた。円卓の上に両手を突きながら、

「鳴瀬さんには先ほどの件、尋ねていただけましたか。八月の事件のことです」

「はい」

同じ場所に立ったまま、女医は答えた。

「ですが、自分には関係ないと申しております。殺された警備員はまったくの他人だ、と」

「そうですか」

槍中は頷いたが、むろんそれで完全に疑いを解いたわけはあるまい。たとえ本当は関係があったのだとしても、彼——鳴瀬が犯人であるのならば、当然そんなものは否定するに決まっているのだから。

「そこのカトレヤが萎れていますが、いつからそんな？」

槍中が女医に訊いた。彼女はすると、「まあ」と低く声を洩らし、黒縁眼鏡の奥の目を丸くした。

「いつの間に……」

彼女もまた、今朝は死体に気を取られていて花の状態には気づいていなかったのか。

「昨日《きのう》は見事に咲いてましたよね。なのに、こんな。そろそろ盛りを過ぎた時期だったんでしょうか」

「さあ。花の栽培については、私はあまり詳しく存じませんので」

「如雨露の水に濡れたせいでは、という可能性も考えてみたんですが。あるいは――」

槍中はカトレヤから目を離し、ゆっくりと温室の中を見まわした。

「あるいはこれも、『この家が動きだす』と昨日あなたが仰った、その『動き』の一環なんでしょうかね」

「私には、何とも」

言葉を濁す女医の顔に、槍中は涼やかな視線を注ぐ。二人の間の心理的な力関係が、ついさっきまでとは逆転したかに見えた。

「昼間の続きを、ここでお訊きしても構いませんか。つまり、この霧越邸という家が持っていると思われる特別な性質について」

「それは……」

「受け取り方次第だ、とあなたは仰った。気に懸けなければ何でもないことだ、とも」

考え深げに顎を撫で、槍中は云った。

「何となく想像がつく、と僕は云いましたっけね。受け取り方次第……ある受け取り方を選択すれば、それはおのずから見えてくる。この家の特質……この家が持つ不思議な力、と云い換えてみてもいいかもしれませんね。的場さん、あなたは、いや、この家に住んでいる皆さんは、それをどう思っておられるのですか」

的場女史は何も答えない。微かに唇を震わせたが、言葉にはならなかった。

「そもそも僕が引っ掛かったのは、二階の食堂の椅子の数でした」

槍中は敢然《かんぜん》とした調子で続けた。

「十人掛けのダイニングテーブルに椅子が九脚しかない。まるで、僕ら九人の来客の数に合わせたかのように一脚、足りない。そして問題の一脚は、一昨日《おととい》の午前中に脚が折れてしまったのだ、とあなたは仰いました。

もちろん、これは偶然の出来事でしょう。見方を変えればしかし、一つの暗示でもある。客用の食堂の椅子が九つに減り、その同じ日の夕方になって、まさに九人の人間がこの家を訪れた。九という数によって、極端な云い方をするならば、一つの未来が予言されていたわけです。いかがですか」

女医は目を伏せ、何も答えない。

「僕ら九人の人間を迎えたこの家には、まるで僕らの来訪が初めから定められていたかのように、各人の名前がいろいろな形で示されていた。そして昨夜、そのうちの『賢木』が壊れ、今朝になって当の榊由高が死体となって見つかった。これもまた、一つの暗示――もっと積極的に解釈すれば一つの予言、と受け取ることができます」

槍中は言葉を切り、じっと女医の顔を見据えた。短い、けれども異様に緊迫した沈黙があったあと、やがて――。

「この家は鏡です」

くい、と目を上げ、的場女史は低い声で云うのだった。

「この家自身は何もしません。ただ、入ってきた人間を映すのです、鏡のように」

その時の彼女の声は、まるで何処か遠い彼方《かなた》から響いてくるように聞こえた。その静かな眼差しは、まるで宇宙の果てを見詰めてでもいるように見えた。

「外からここを訪れた人たちは皆さん、自分たちの未来にいちばん関心がおありです。未来に向かって生きている。皆さんにとって、〝今〟という時間は常に、未来に続くべき一瞬なのです。ですから、この家はそれを映します。皆さんの心の在り方に共鳴するように、未来を見はじめます」

何か巨大な者の腕に抱き上げられ、果てしもなく身体が浮き上がっていくような不思議な心地で私は、槍中と的場女史、対峙《たいじ》した二人の姿を見ていた。

温室のそこかしこで囀る小鳥たちの声が不意に、静かな波紋のように広がってくる。それは徐々に大きな渦の形になり、そうして部屋の中央に佇《たたず》む私を緩やかに、何処か見知らぬ場所へ引き摺り込もうとするのだった。

「鏡、ですか」

槍中が呟いた。女医は目を屢叩き、ゆるりと首を振りながら、

「いま申しましたのは、ただ私がそう感じているというだけの話ですので、くれぐれも誤解なさらないでください。何一つ根拠があるわけではありません。まったく非科学的な、莫迦《ばか》げたこと。すべてはやはり、単なる偶然なのかもしれない」

「あなた自身は？　どちらだと信じておられるのですか」

　槍中の問いには答えず、的場女史は淡々と言葉を続ける。

「別に超自然的な現象が起こるとか、そういうわけではないのです。個々の出来事自体は、飽くまでも自然の現象でしょう。あの椅子は壊れるべくして壊れたのでしょうし、煙草盆は何かの振動が原因で滑り落ちたのでしょう。この花にしても……」

　例のカトレヤを見遣り、彼女はまたゆるりと首を振った。

「どのように受け止めるかは受け止める側の意識次第だと、やはりそれだけが私に云えることでしょうか」

　暗示。予言。――未来を映す鏡。

　何処まで真に受けて良いものか、浮遊感めいた不思議な心地に包まれながらも、私には判断がつかなかった。

　確かにおよそ非科学的なこと、莫迦げたことだ。霊魂やUFOの話に目を輝かせる女子学生のように、無批判にそんなものを信じようとは思わない。すべては単なる偶然の重なりにすぎないと解釈する方が、よほど現実的だし説得力もある。――が。

　その一方で、どうしても否定し切れない心の傾きがあるのも事実なのであった。

では、仮にそれが——この家は「鏡」であるという女医の言葉が真実なのだとすれば……。

私は慄然《りつぜん》として、萎れた黄色い蘭の花に目を遣った。

十六

午後七時。

昨日とほぼ同じ時間に出された夕食に、積極的に手をつける者は少なかった。昼食時にも増して皆は食欲を失っている。場には実に重苦しい、気まずい空気が澱んでいた。昼間の〝尋問会〟の時あたりまでは、誰もがまだ、起こった事件を現実として受け入れることが完全にはできないでいたのかもしれない。衝撃はむろん、あった。かつて経験のないような当惑と緊張を覚えながらも、そのくせ何処かしら作り事めいた、いやに現実味の希薄な時間を過ごしていたような気もする。

それが今は、明らかに変化している。

衝撃は不安へ。当惑は恐怖へ。緊張は疑心へ。——はっきりと形を変えつつ、それらが黒い雷雲のように膨れ上がってくるのが目に見えるようだった。先刻の蘭の狂乱も少なからず影響していたに違いない。また一日が過ぎようとしているにも拘《かかわ》らず、外の雪は一向にやむ気配を見せない、そのことも。

食事の間中、槍中は押し黙って考えに沈んでいた。深月や甲斐も同様である。蘭は部屋から出てこない。一昨日から積み重なった疲労と、医師に与えられた鎮静剤の効果で眠ったままなのだろう。

「立ち直りが早い」と豪語していた彩夏も普段の元気はまったくなく、名望奈志ですらめっきり口数が少なくなっていた。例によって箸を用意してもらったものの、料理にはあまり手をつけようとしない。時折り取って付けたような冗談を飛ばすが、笑う者はほとんどいない。

ただ一人、さして変わるところのないのは忍冬医師だけである。自分の分の料理はちゃんと平らげつつ、娘と同じ名前だと云うこの家の主治医に、気安い調子であれやこれやと話しかける。神経が図太いのか、それとも敢えてそのように振る舞っているのか。いずれにせよ、そんな医師の様子が、多少なりともその場の息苦しさを和らげてくれていたようには思う。

「おお、そうだ。乃本さん」

珈琲にたっぷりと砂糖を入れながら、忍冬医師が彩夏に話しかけた。

「新しい名前の件、ゆうべちょっと考えてみたんですがな」

彩夏は「ああ」と気のない声を出して、目を上げた。憎からず思っていた榊が殺されて、その犯人がこの家の中にいるのだ。彼女にしても、とても姓名判断どころではない気分であるに違いない。

「こう云っちゃあ何ですが、こんな事態になった以上ですな、悪い名前は早いとこ変えてしまった方が宜しい」

冗談というふうでもなく、老医師は云う。

「ゆうべも云いましたでしょう。あなたの名前はですな、外格——人間関係を表わす格に十二という数字を持っとる。これはですな、遭難とか短命とかを意味する数でして」

「そんなぁ」

彩夏は目をまん丸に見開き、

「榊さんが死んじゃったのも、あたしの名前のせいみたいになっちゃう」

「ああ、いや」

忍冬医師は慌てて手を振った。

「もちろん、そういうわけじゃない。ただ何と云うか、気の持ちようの問題ですな。こういう状況に置かれとると皆さん、どんどんと不安になってくる。心が暗い方へ暗い方へ傾いていきおる。それはまあ致し方ないでしょうが、だからこそですな、不安の材料はちょっとしたことでも取り除いてやった方が精神衛生上、宜しいわけで」

「——気を遣ってくれてるんだ、あたしたちに」

肘《ひじ》を突いて組み合わせた両手の上に顎を載せながら、彩夏は表情を緩め、不意にしみじみと吐息する。

「アリガト、先生」

「いやいや」

　忍冬医師は白い顎鬚を撫で下ろし、照れ臭そうに一つ咳払いをした。

「それでですな、『矢本《やもと》彩夏』っちゅうのを考えたんですが」

「やもと？」

「乃本の『乃』を弓矢の『矢』に変えるだけです。そうすれば、下の名前は彩夏のままでも問題ない」

「そんなに簡単なことでいいの？」

「さよう。外格というのはあなたの場合、乃本の『乃』と彩夏の『夏』の画数を足した数なんです。彩夏というのはなかなか素敵な名前ですからな、これはそのままにしようと思うと、『乃』の方を変えるしかない。そこでざっと考えてみたわけですが、二画の『乃』を五画の『矢』に変えてやると、外格は十五となって、この数はけっこう良い。加えて、総格――姓名全体の字画ですな、これも三十一、でしたか、非常に良い数字になります。いかがですかな」

「ほとんど前とおんなじだから、あんまり実感が湧かないなぁ」

「まるで違う名前の方が良かったですか」

「ううん。そんなことない。彩夏っていう名前はお気に入りだから」

　彩夏はにっこりと邪気のない笑みを見せ、医師に向かってぺこりと頭を下げた。

「じゃあこの名前、今日から使わせてもらいます。――いいでしょ、槍中さん」

「ああ。そりゃあ君の好きにしたらいいさ」

 槍中は薄く笑って、珈琲をブラックのまま啜った。それから忍冬医師の方を見遣り、

「蘭は大丈夫でしょうかね、先生」

「希美崎さんですか。──ふむ。何とも云えませんが。取り敢えずは鎮静剤が効いとるから、さっきみたいな騒ぎにはならんでしょう。しかし、やばい薬の方は取り上げておくべきですな。あのピルケースの中身がそうでしょうが」

「ええ、たぶん」

槍中は難しい顔で頷いた。

「先生に預かっていただくのが、いちばん良いかもしれませんね」

「そりゃあ構いませんが。ま、あとでもう一度、様子を見にいっておきましょう」

「お願いします。で、もしもそのとき意識がちゃんとしているようなら、ドアの掛金を下ろすように云っておいてくださいますか」

私たちが与えられた部屋のドアには、外から開閉できる錠は付いていなかった。内側に簡単な掛金が取り付けられているだけだ。従って部屋の戸締まりは、室内にいる人間がこの掛金を下ろすことによってしか為《な》され得ないわけである。

「それはつまり、彼女の身が危ない、と思って？」

忍冬医師が訊くのに、槍中は小さくかぶりを振って、

「何が起こるか分かりませんからね、用心するに越したことはないでしょう。それだけ

の話ですよ」

それだけの話。——殊更のように槍中は、そんな言葉を付け加えた。しかし……。

夕刻の温室での一件を思い出しながら、私はちらと的場女史の顔を窺い、そうして強く目を閉じる。

暗示。予言。未来を映す鏡。……決して積極的に信じようとは思わないが、それでもやはり気に懸かる。槍中とて、私と同じ気持ちであるに違いない。

何も考えず、今夜はぐっすり眠ってしまいたいと思った。充血した目にシャンデリアの光が滲《し》みる。身体の芯《しん》から、疲労感がどっと湧き出てくる。頭の中だけは相変わらず興奮状態にあるようで、このまま部屋に帰ってベッドに潜り込んだところで、とうてい安らかな眠りには就けそうにない気がした。

「あの、忍冬先生」

美味そうに珈琲を啜る老医師に向かって、私はおずおずと云った。

「今夜は僕も、その、睡眠薬を戴《いただ》けないでしょうか。寝不足なんです」

「はあ、そりゃまあ」

忍冬医師は、隣の席に坐っている私の顔を覗き込んだ。

「——ふむ。疲れておられますな。寝不足なのに寝られそうもない、と?」

「ええ」

「まあ、無理もないでしょう。宜しいですよ。アレルギーはありませんか」

私が「大丈夫です」と答えると、

「他に欲しい方はおられませんか」

医師はテーブルの一同を見渡した。

「んじゃ、あたしも」

と、彩夏が手を挙げた。

「他には？　おられませんかな。医師は頷いて、それじゃあ、ちょっと部屋へ行って鞄《かばん》を取ってきましょう」

暫くして、出ていった忍冬医師が黒い鞄を抱えて戻ってくる。入れ違いに甲斐と名望が、二人してトイレに立った。

テーブルの上に鞄を載せると、医師は大きな蝦蟇口《がまぐち》のような蓋《ふた》を開いて、ごそごそと中を探りはじめた。隣席からその手許《てもと》を覗き込んでみると、どうもこの先生、あまり几《き》帳面《ちょうめん》な性格ではないらしい、鞄の中にはいろいろな薬剤が、聴診器だの血圧計だのといった器具に交じって非常に雑然と、まるで子供の玩具箱《おもちゃばこ》のように詰め込まれている。よくこの状態で、どれがどれだか区別がつくものだな、と不安に思ったくらいだった。

やがて「これこれ」と云って、忍冬医師は目当ての薬を取り出した。銀色の薄いプレートに、淡い紫色をした小さな楕円《だえん》形の錠剤がたくさん並んでいる。

「新しい薬でしてな、一錠でたいそうよく効きます。部屋へ帰ってから飲むように。ここで飲んだりすると、帰る途中の廊下で眠り込んでしまうかもしれませんぞ」

ゆうべ蘭に対して云ったのと同じ注意を述べて、医師は薬を一錠分ずつちぎり取り、私と彩夏に手渡した。

十七

井関悦子がやって来て食事の後片づけを済ませ、的場女史が席を外したのを機会に、私たちは隣のサロンへと場を移した。

「今日はもうニュース、いいのかい。ラジオは借りたままなんだろ」

テーブル越しに彩夏の顔を見ながら、名望奈志が云った。

「いいの、もうそれは」

彩夏はソファの背に凭《もた》れ込み、百メートルを全力疾走してきたような息をつく。

「だってさ、ここで噴火の心配までしてたら、アタマがどうかなっちゃうもん」

「意外と神経、細いんだねえ、彩夏ちゃん。もっと動じないタイプの子かと思ってたけど」

「動じないって、そんなの単なるバカじゃない」

「やっぱり榊クンのこと、想ってたのかな」

「もう。ナモナシさんまで。やめてよ、そんなふうに云うの」

「三原山の様子でしたら、的場さんが夕方のニュースを見たと云っとりましたな」

忍冬医師が、膨れっ面をした彩夏を慰めるように口を挟む。

「噴火は長期化しそうだが、目立った被害は出とらんっちゅうことですよ。まあ、当面はそう心配する必要もありますまい」

私はそんなソファでの会話を聞きながら、暖炉の前のストゥールに腰掛ける。腕組みをして、檻《おり》の中の痩《や》せた北極熊さながらにうろうろと室内を歩きまわっていた槍中が、やがてこちらへ近づいてきて云った。

「相当に参ってるみたいだね。さすがに三時間睡眠は応えるか」

「槍中さんも、ひどい顔してますよ」

と、私は答えた。もともと痩せている頬がいっそう痩《こ》けて見え、目の周りにはすっかり隈《くま》が出来ている。

「お互い長生きはしないだろうね」

肩を竦めて云うと、槍中はつっと暖炉のそばへ歩を進める。

「あとで僕の部屋に来てくれないか。眠る前にもう一度、事件について検討してみたい」

「何か分かってきたんですか」

「いいや」

槍中は乾いた唇を尖らせた。

「いろいろと無責任な想像はしてみるんだがね。どうも僕には、あまり名探偵の才能はないようだ」

　そして彼は、ふと思いついたように、マントルピースの上に置かれた例の自鳴琴《オルゴール》に手を伸ばした。種々の貝殻や玳瑁《たいまい》、瑪瑙《めのう》などを贅沢《ぜいたく》に使って、ペルシャ風の花模様が描かれた螺鈿《らでん》の小箱。その蓋を、両手でそっと開ける。

　流れ出した調べに、部屋中の視線が集まった。

　口を開く者はいない。複雑な表情で、自鳴琴が奏でる物哀しい旋律に耳を傾ける。

　雨がふります。雨がふる。
　遊びにゆきたし、傘はなし、
　紅緒《べにお》の木履《かっこ》も緒が切れた。

　無意識のうちに私は、その調べに乗せる歌詞を口の中で呟いていた。一つ一つの言葉にまた、今朝温室で見た殺人現場の光景が重なって浮かぶ。

　一番が終わると、曲はまた最初に戻る。そうして三回目が繰り返されたあたりからだんだんとテンポが遅くなってきて、間もなく音は途切れてしまった。

「撥条《ぜんまい》が切れた、か」

　槍中は箱の蓋を閉めた。小さく息を落とし、暖炉の前を離れる。

「どうして白秋なのか、ですね」

私が云った。槍中は「ふん」と軽く鼻を鳴らし、壁際に置いてあったストゥールを私のそばまで運んできて腰を下ろした。

「僕らはみんな、一昨夜ここでその自鳴琴《オルゴール》の音を聞いている。あれは確か、忍冬先生が開けたんだったっけな。だからまあ、何の脈絡もなく、いきなりこの唄《うた》が出現したわけでもないってことだ。当然この家の人間も、その自鳴琴に白秋の『雨』が入っているのは知ってるだろうし」

「何か白秋に拘《こだわ》りがあるんでしょうか、犯人は。それとも『雨』という唄そのものに、何か……」

「さてねえ」

「白秋については、最初の夜もちょっと話題になってましたよね」

「ああ。そこの棚に本があったから」

と、槍中は斜め背後の壁を埋めた飾り棚を見遣り、

「彩夏を相手に、いろいろと白秋の詩の題名を挙げてみてたんだったな。あの時はみんな、この部屋にいた。忍冬先生が自鳴琴の蓋を開いた時もだ。ちょうどそこへ、あの執事がやって来た」

「そうでしたね」

「詩人北原白秋については、君の方が僕よりも詳しいだろう。何か思い当たることはないかい」

「白秋ですか」

私は胸ポケットの煙草を探った。何箱か持ってきていたストックも、そろそろ残りが心細くなってきている。

「白秋と云えば、まず柳川《やながわ》ですね。福岡の、今の柳川市が彼の故郷で、実家は古い造り酒屋だった。白秋はそこの長男で、本名は確か石井隆吉《いしいりゅうきち》」

「柳川、石井隆吉……か」

槍中はぼそぼそと復唱する。ここでもやはり、〝名前〟が気になってしまうらしい。

「二十歳前に中学を中退、上京して早稲田《わせだ》の英文科予科に入学しています。これも間もなく中退して『新詩社』に入り、雑誌『明星』に作品を発表しはじめた」

「早稲田ね。『明星』……ふん。例の『パンの会』にも、白秋は関係してたっけ」

「ええ。『新詩社』を脱退したあと、木下杢太郎《きのしたもくたろう》なんかと一緒に『パンの会』を起こしますね。確か一九〇八年のことです」

ギリシャ神話の牧羊神の名を冠したこの会は、『方寸《ほうすん》』や『スバル』『三田文学』『新思潮』などで活躍した若手の美術家や文学者の交歓の場となった。白秋、杢太郎の他にも吉井勇《よしいいさむ》や高村光太郎《たかむらこうたろう》、谷崎潤一郎《たにざきじゅんいちろう》ら錚々《そうそう》たる顔触れが集まり、文壇にいわゆる耽美《たんび》派の興隆をもたらす原動力になったと云う。

「そして一九〇九年、二十四歳の時、処女詩集『邪宗門』を自費出版。『パンの会』の機関誌『屋上庭園』が創刊されたのも、この年でしたか」

思い浮かぶままに、私は言葉を続けた。だが、そういった文学史上の事実が〝「雨」の見立て〟の謎を解く鍵《かぎ》になるとは、あまり思えない。

「細かい知識が必要なんだったら、図書室で調べた方がいいんじゃないですか」

私が云うと、槍中は苦々しげに肩を窄《すぼ》めて「そうだな」と呟いた。

「じゃあ取り敢えず、君の白秋観みたいなところを聞いてみたいな」

「白秋観だなんて、そんなたいそうなものはありませんよ。専門の研究家でもないし」

「しかし、好きな詩人だろう」

「それは、まあ」

私は火の点いていない煙草を指の間で弄びながら、

「いろいろ云われますけど、そうですね、彼が日本の近代文学史上最大の総合詩人であったのは確かでしょう。明治、大正、昭和に跨《また》がって、近代詩から創作童謡、創作民謡、短歌に至るまでの多ジャンルで、それぞれ画期的な功績を残している。これは凄《すご》いことだと、やっぱり思います」

「一般の人間が白秋と聞けば、どうしてもまず童謡のイメージが浮かんでくるんだろうな。『まざあ・ぐうす』の訳でも有名だし」

「そうでしょうね。彩夏ちゃんじゃないけど、まったく詩や文学に関心のない人でも、必ず幾つかは彼の作った童謡を知ってるものですから。童謡の中にこそ、白秋の資質と才能の優れた部分が最も豊かに発揮されている、と云う評論家もいますよ」

「ふうん。君はどう思うんだい」

「僕が好きな白秋は、いちばん初期の頃ですね。二十歳代前半――『パンの会』をやっていた頃の」

「『邪宗門』とか『思ひ出』とか？」

「それに『東京景物詩及其他』、歌集だと『桐の花』。――何と云うか、鮮烈なんですよね、凄く。いま読んでも全然、古くない。ぞくっとして、思わず息を止めてしまうほど鮮烈なんです。もしかしたら今の時代に読むからこそ、なのかもしれない。艶《なま》めかしくて、悪魔的――猟奇的とさえ云える美しさがあって、そのくせ物哀しくて滑稽《こっけい》で」

『邪宗門』や『思ひ出』もそうだけれども、続く『東京景物詩及其他』が恐らく、そんな初期の白秋の詩風が最高潮に達した詩集だと云えるだろう。初版は一九一三年だが、制作年代はその三年前にまで遡《さかのぼ》り、『思ひ出』と重なり合いながら『邪宗門』の直後を受ける関係になる。

そもそも彼の初期の創作自体、ボードレールやヴェルレーヌらフランス世紀末詩人の影響下において為されたのであるから、そういった傾向も当然なのだろうが、にしても濃密な異国情緒、神秘と夢幻、毒々しいまでに頽唐的《たいとうてき》な雰囲気の中で綴《つづ》られた感覚詩、官能詩には、一種異様なまでの迫力が漲《みなぎ》っている。

初めてこれらの作品に接した時――中学時代だったろうか――、当時は私も「白秋＝童謡」という頭があったから、そのあまりの印象の落差に愕然としたものだった。

「なるほどね。僕もその頃の白秋は好きだよ」
槍中は満足げに微笑んだ。
『人形つくり』っていう詩があったろう、『思ひ出』の中に。あれを、何を間違ったかまだ小学生の頃に読んでね、あんまり強烈だったから、その夜は眠れなかったのを憶えてるな。怖くて……いや、怖いというのともまた違うか」
そうして彼はふっと目を細め、その詩の冒頭を暗誦《あんしょう》してみせるのだった。
「『長崎の、長崎の
人形つくりはおもしろや。
色硝子《いろがらす》……青い光線《ひすぢ》の射《さ》すなかで
白い埴《ねばつち》こねまはし、糊で溶して、砥《と》の粉《こ》を交ぜて、
ついとろりと轆轤《ろくろ》にかけて、
伏せてかへせば頭《あたま》が出来る。』」
私が続きを受けて、
「『その頭は空虚《うつろ》の頭、
白いお面がころころと、ころころと……』でしたっけね」
槍中はにやりと笑い、「どうだい」と私の顔を見直す。
「『雨』なんかよりも、こっちの方が、見立て殺人の題材にはよほど相応しいな」
「確かに」

私は頷き、指に挟んでいた煙草を吸わないままポケットに戻した。

「で、そういった作風が、ある事件をきっかけにしてがらりと変わるんですね。それまでの毒々しいほどの頽唐趣味が影を潜めて、人間唱名的と云うか、慎《つつ》ましい祈りのようなものが込められた詩風に」

「例の姦通事件か」

「ええ」

一九一二年——明治四十五年の事件である。

白秋はかねがね思慕を寄せていたある人妻と結ばれたが、相手の夫に告訴され、市谷《いちがや》未決監に二週間勾留《こうりゅう》されてしまう。間もなく無罪放免となったものの、この事件を契機に彼の詩風土は一変することとなった。

「何て名前だったっけ、その相手の女性」

「俊子《としこ》。——松下《まつした》俊子」

「ふん。別に関係ないか」

槍中は飽くまでも、何か意味のある〝名前〟を話の中に見つけようとしているようだった。

私は云った。

「ねえ、槍中さん」

「白秋の中でも、ここはやっぱり、焦点を彼の童謡に絞った方がいいんじゃないでしょうか。とにもかくにも、事件で示されているのは『雨』なんですから。徒《いたずら》に考える範囲を広げるのもどうかと」

「正論だね」

槍中は渋い顔で頷いた。

「白秋の童謡と云えば、すぐに出てくるのは『赤い鳥』運動か」

鈴木三重吉《すずきみえきち》によって雑誌『赤い鳥』が創刊されたのは、一九一八年の七月である。それに先立って配布されたパンフレットにあるように、これは日本において「童話と童謡を創作する最初の文学的運動」で、「芸術としての真価ある純麗な童話と童謡を創作する」ことが目的とされた。

「当時の文壇人がこぞって参加していますね。鷗外《おうがい》に藤村、龍之介《りゅうのすけ》、泉鏡花《いずみきょうか》、坪田譲治《つぼたじょうじ》、高浜虚子《たかはまきょし》、徳田秋声《とくだしゅうせい》、西條八十、小川未明《おがわみめい》……挙げていけば切りがない」

「童謡じゃあ、中でも白秋と八十あたりが代表選手ってとこか」

「この二人はよく比較されますね。白秋の童謡は田園的で、八十の童謡は都市的であるとか。創作の動機の違いとか」

たとえば白秋は、一九一九年の第一童謡集『トンボの眼玉』の「はしがき」においてこのように述べている。

本当の童謡は、分かり易い子供の言葉で子供の心を歌うと同時に、大人にとっても意味の深いものでなければならない。が、なまじっか子供の心を思想的に養おうとすると、却って悪い結果をもたらすことが多い。感覚そのものから子供になりきる必要がある。――すなわち、「童謡は童心童語の歌謡である」という認識だ。事実、当時の白秋は九歳以下くらいの子供たちを主な対象として想定し、飽くまでも「童歌《わらべうた》」を基準にして新しい童謡の創造を志したと云う。

一方で八十は、子供たちに良質の唄を与えるという動機以外に、最初から大人の読者を意識した。大人たちの中の幼少時の情緒を呼び覚ましたい、というのが彼の当初からの希望だったわけである。

尤も、白秋はその後、少しずつ意識を変化させていく。年代を下るに従って、彼が対象にしたいと考える年齢は上がっていき、一九二九年刊の『月と胡桃《くるみ》』になると、「わたくし自身が童謡を作るについても、別に今更《いまさら》児童の心に立ち還る必要も無いのだと思っている。詩を作り歌を成すのと同じ心で、同じ態度であってよい」とまで述べるようになる。

「問題の『雨』は、いつ頃の作品なんだろうか」

槍中が云った。私はちょっと考えてから、

「たぶん、童謡を創りはじめた最初の頃のものでしょう。『赤い鳥』の創刊直後くらいかな。確か、この『雨』と八十の『かなりや』が、『赤い鳥』最初の作曲童謡だった筈ですから」

「ふうん」

「そう云えば、『雨』の作曲者は何ていう人なんでしょう。知ってますか」

「午後に調べたよ、それは」

云って、槍中は図書室へ続くドアに目を遣った。

「弘田《ひろた》竜太郎《りゅうたろう》っていう作曲家だ。もっと意味のある名前が出てきてくれるんじゃないかと、少しは期待したんだがね」

十八

「ちょっといいですか」

それまでほとんど口を開かずにソファで項垂れていた甲斐が、不意に云いだした。

「気に懸かって仕方ないことがあって」

「何かな」

槍中はストゥールから立ち上がり、ソファの方へ向かった。

「何でもいい。気になることは全部、吐き出してしまってくれ」

「あ、はい」

片方の目をぴりぴりと震わせるように屡叩きながら、甲斐は云った。

「ええとですね、つまりその、この屋敷に住んでいる人間は本当にあの人たちだけなのかな、と思って」

「ほう」

「白須賀氏に的場さん、執事の鳴瀬さん、末永っていう髭面の男、それから井関という名前でしたか、あの台所の女の人……全部で五人ですよね。昼間に槍中さんが尋ねた時、的場さんはこの五人以外にはいないと云ってましたけど、どうも僕には、少なくともあと一人、誰かが住んでいるような感じがして仕様がないんです」

自信のなさそうな声だった。しかしその場にいた誰もが、彼のその指摘に一瞬、息を呑んだように思う。

「どうしてそう思うんだ」

と、槍中が訊いた。甲斐は落ち着きなく視線を動かしながら、

「はっきりした根拠があるわけでもないんですけど、たとえばそう、彩夏ちゃん？　あっちの階段のところで人影を見たとか云ってただろう。昨日《きのう》、温室で出会う前に」

「うん。槍中さんたちとタンケンに行った時ね。あの時もだし、その前の夜も、変な音を聞いたの」

彩夏が真顔でそう答えた。槍中はいちおう頷いてみせながらも、

「と云っても、はっきりとどんな人間だったのかは見てないわけだ。たとえば、あれは白須賀氏だったのかもしれない」

「そうですね。だから単に、そんな感じがするっていうだけなんですけど」

甲斐は指を顳顬に当て、ちょっと首を傾けた。

「他にも妙に思うことはあるんです。温室で昨日、的場さんと会いましたよね。あのとき彼女が持っていたお盆には、ティーポットと、カップが確か二個あった」

「そうだったかな。だが、それだけでは何とも云えまい」

「ええ。だけど、温室でお茶を飲むなんて、使用人同士では普通しないでしょう。少なくとも、二つのカップのうちの一つは白須賀氏のための物だろうと思う。だとしたら、もう一つは？」

「的場女史がお相手を務めたとも考えられる。彼女は普通の使用人というふうでもないからな。白須賀氏も『先生』付けで呼んでいた」

そう云いつつも檜中自身、甲斐の訴える「もう一人の住人」の存在を疑っていることは確かだろう。現に彼も、今日の夕方、温室で何者かの人影を見ているのだから。その前に私が礼拝堂で見た人影の件も、既に彼には話してあった。

「わたしも、同じような感じがするわ」

長い髪をゆっくりと撫で下ろしながら、深月が口を開いた。

「今朝、妙な音を聞いたんです」

「そいつは初耳だな」

眉をひそめ、檜中は深月の方を向いた。

「いつ、何処で」

「今朝わたしたちは的場さんに起こされて、一階《した》へ来るように云われたんです。あっち

──前の廊下の、わたしたちの部屋がある方の突き当たりに扉があるでしょ。ホールに出る方と同じ造りの、両開きで磨《す》り硝子が入ってる」

最初の夜、私たちが鳴瀬に案内されて昇ってきた階段に通じる扉である。

「あのドア、今朝は鍵が掛かっていて、わたしたちはホールの方から回って下へ降りたんですけど、ちょうどその前を通りかかった時、向こうで足音が聞こえたんです」

「足音ね」

槍中はさらに眉をひそめた。

「それが？」

「その足音、何だか足の悪い人が歩くみたいな音で。つまり、杖《つえ》か何かを突いていたみたいなんです。硬い音が、コツッ、コツッ……って」

彩夏が一昨夜、ホールの踊り場で耳にしたと訴えたのも、そう云えば「何か硬い音」だった。私が今日、礼拝堂で聞いた物音もそうである。

「階段を歩いていたんだと思うんです。あっちの階段には絨毯が敷かれていなかったでしょ、だから。で、これは漠然とした感覚で云うんですけど、たぶんその足音、階段を上へ──三階へ昇っていったような」

深月は心なしか蒼ざめた顔で、切れ長の目をちらりと天井に向けた。

「わたしたちが下の食堂に着いた時、あそこには井関さん以外の全員が集まっていたでしょう。とすると、わたしが聞いたのは井関さんの足音だったことになるけれど、あの時は彼女、あとで出してくれたサンドウィッチを用意している最中だった筈だと思うんです。第一、彼女は杖なんて突いていなかったし」

「なるほど。なかなか論理的だね」

　槍中は感心したように目を細めた。

「反論するとすれば、そうだな、彼女は階段を昇り降りする時にだけ、杖が必要なのかもしれない。それで、何かの用事があって三階へ向かった時の足音を君が聞いた。どうかな」

「食事の準備とか後片づけの時、あの人がそんな、足が悪そうに見えましたか」

「ふん。見えなかったね」

「それから、もう一つ」

　と、深月は続ける。

「今朝、男の人たちが的場さんと一緒に温室へ行った時、わたしと彩夏ちゃん、蘭ちゃんの三人が食堂に残ったでしょう。あの時、わたし——」

「また足音を聞いたのかい」

「そうじゃなくって」

　深月は緩く首を振り、

「ピアノの音を。ほんの微かな音だったから、何の曲なのかは分からないんですけど」

「何処から聞こえてきたんだ」

「よく分からないけれど、たぶん上の方からだったと」

「レコードが鳴っていたとは考えられないかな」

「それはないと思います。途中で止まったりしていたもの。レコードを掛けっ放しにしてあったんだったら、途切れたりしない筈でしょう。だから、誰かが何処かの部屋で弾いていたとしか」

「聞き違いの可能性は？」

槍中は飽くまでも慎重である。すると、深月の隣に坐っていた彩夏が、

「あたしも聞いた、それ」

と声を上げた。

「何の曲か分かんないけど、何処かでピアノが鳴ってるのはほんとに聞こえたよ」

「こいつぁ、いよいよ本物ですなぁ」

尖った鼻の下を指で擦りながら名望奈志が、三日月のように唇を吊り上げて笑った。

「深月ちゃんの観察眼はなかなか鋭いからねえ。気に留めておいた方がいいっすよ、探偵さん」

槍中は指先で眼鏡のブリッジを押し上げて、「ああ」と低く応えた。名望は凄《すご》むような声色を作り、

「ほら、よくあるじゃないっすか。〝座敷牢《ろう》の狂人〟っつうの」

まったくの冗談を云うつもりでもないらしい。口許はにやにやしているが、目つきは

頗る真剣である。

「考えてみりゃ、こんな田舎の山ん中にこそこそ住んでるなんて、何かわけありとしか思えない。麓《ふもと》の町でも良からぬ噂が立ってたって云うんでしょう」

「家族の中に足の不自由な狂人がいて、それを世間から隠すためにこんなところに住んでいるんだ、と?」

「そういうこと。ひょっとしたら、そいつが榊クンを殺した犯人なのかもしれませんぜ。見立て殺人だなんて、いかにも気の変な奴がやりそうなこった。たとえばさ、過去に一度、人を殺したことがあって、その時たまたま鳴っていた唄が『雨』だった、とか」

「ふん。流行りの異常心理物でありそうな話だな」

軽く往《い》なすような台詞だが、槍中もまた大真面目な顔つきであった。

「もう一度、的場女史に探りを入れてみるしかないか」

結局、その話はそこで打ち切りとなった。

この霧越邸には六番目の住人がいる。

その可能性を示す材料が一通り検討されたわけだが、ではそれは何者なのかという問題について、名望が提出した以外の意見を述べる者はいなかった。「座敷牢の狂人」という言葉は、絵空事めいてはいるけれど、この状況の中ではやはり強烈な響きを持っていた。恐ろしい想像に心を搦《から》め捕《と》られ、ちらちらと天井に目を遣っては思わず身を竦ませていたのは、きっと私だけではなかっただろう。

場が解散となり、皆が部屋へ引き揚げていったのは、昨夜と同じ午後九時半頃のことである。眠る時には必ずドアの掛金を下ろすように、という槍中の注意に、誰もが大きく頷いていた。

十九

「こんな表を作ってみたんだがね」

午後十時前。

約束どおり槍中の部屋を訪れると、彼はレポート用紙を四枚使って作成したその表を私に見せた。この家にいる（と分かっている）人間全員について、榊由高殺しのアリバイや動機などを纏めた物である。（「アリバイ・動機一覧表」三三二〜三三五頁　参照）

「こうして眺めてみると、アリバイの方は一目瞭然《りょうぜん》なんだがね、しっくり来ないのは動機だな。いろいろと論《あげつら》ってみているが、どれもこれも人一人を殺す動機としては弱すぎるように思える」

私に書き物机の前の椅子を譲り、自分はベッドの端に腰を下ろしながら、槍中は呟くように声で云う。

「何か見落としているものがあるのかな。何か、隠された動機が……」

榊　由高		男　二十三歳　本名・李家充　被害者
	死亡推定時刻	十六日午後十一時四十分から十七日午前二時四十分の間
	備　考	八月に起こった李家享助氏宅の事件の犯人と思われる
名望奈志		男　二十九歳　本名・松尾茂樹
	アリバイ	なし
	動　機	劇団における榊の立場を面白く思っていなかった（?） 十五日、榊が先頭を歩いていて道に迷ったことへの怒り
	備　考	十七日に妻と離婚、本名が鬼怒川姓に戻る
甲斐倖比古		男　二十六歳　本名・英田照夫
	アリバイ	十六日午後十時半から十七日午前三時までの間、槍中・鈴藤とともに図書室にいた
	動　機	榊に対して借金が五十万円（金額は本人の弁）あり、返済を急がされていた
芦野深月		女　二十五歳　本名・香取深月

アリバイ・動機一覧表

	アリバイ	十七日午前零時頃から午前二時頃まで、自分の部屋で彩夏と話をしていた
	動機	榊が口説こうとしていた、そのことへの腹立ち(?)
希美崎蘭		女　二十四歳　本名・永納公子
	アリバイ	なし。睡眠薬を服用(?)
	動機	恋愛関係の縺れ 十六日のオーディションを棒に振ったのを、榊のせいだと思って怨んだ(?)
	備考	八月の事件に榊とともに関わっていた模様
乃本彩夏		女　十九歳　本名・山根夏美
	アリバイ	十七日午前零時頃から午前二時頃まで、深月の部屋にいた
	動機	恋愛感情の歪み(?)
	備考	十七日、忍冬の姓名判断により、芸名を矢本彩夏と改名
鈴藤稜一		男　三十歳　本名・佐々木直史
	アリバイ	十六日午後九時四十分頃から十七日午前四時半までの間、槍

アリバイ・動機一覧表

		中とともに図書室にいた
	動　機	？
槍中秋清		男　三十三歳
	アリバイ	十六日午後九時四十分頃から十七日午前四時半までの間、鈴藤とともに図書室にいた
	動　機	？
忍冬準之介		男　五十九歳　相野の開業医
	アリバイ	なし
	動　機	？
	備　考	かつて警察の手伝いをしていたことがあり、死体所見には信頼性あり
白須賀秀一郎		男　霧越邸の主人
	アリバイ	なし
	動　機	？

アリバイ・動機一覧表

鳴瀬　孝	 アリバイ 動　　機	男　執事 なし 八月の事件で殺された鳴瀬稔が縁者であった場合、犯人の榊への復讐
的場あゆみ	 アリバイ 動　　機	女　医師 なし ？
末永耕治	 アリバイ 動　　機	男　使用人 なし ？
井関悦子	 アリバイ 動　　機	女　使用人 なし ？

アリバイ・動機一覧表

いったい殺人の動機などというものを、他人がそうそう容易に理解できるのか。この動機は強いとか弱いとか、一概に判定できるものなのだろうか。槍中の言葉を聞きながら、私は漠然とそんな考えに浸っていた。

動機動機と簡単に云うが、畢竟《ひっきょう》それは、見、触れることの可能な物体ではなく、人の心のありようなわけだ。そんなものを、その当人以外の人間が正しく窺い知ることなどできる筈がない、という思い込みを、どうしても私は抱いてしまうのである。

「ところで」

私は一覧表を槍中に返すと、頭の中に散らばった数々の疑問から一つを取り出し、そろりと差し出した。

「〝名前〟の件は、やっぱり気になりますか。さっき白秋の話をしていた時も、盛んに気に懸けていたようですね」

「ああ、うん」

受け取った自作の表をぱさりとベッドの上に放り出しながら、槍中は低く答えた。

「まあそう、どうしてもね」

「この屋敷のあちこちで見つけた僕たちの名前や、それによる暗示が、何らかの形で事件そのものに関係しているかもしれない、という意味で？」

「難しい質問だね。正直、僕にもよく分からない。分からないが、無性に気になるんだな」

「この家は訪れた人間の未来を映す鏡だ、という的場さんの言葉を、槍中さんはどの程度、本気で受け取っていますか」

「それも難しい質問だねえ」

疲れているのだろう、槍中は両方の瞼の上に指を押し当てながら、

「自分は近代科学精神の下僕であることから逃れられない人間だと、基本的にはそう思ってるんだよ、僕は。つまり、超科学的な現象や神秘主義的な思想には否定的な立場にいる筈なんだ。ところが一方で、そんな自分の拠りどころに対して、頗る懐疑的になってしまう時もあるわけでね」

そして彼は、私の顔を見据えた。

「パラダイムっていう言葉は知ってるよね」

「ええ。それは一応」

「『科学者たちが共通に活用する概念図式やモデル、理論、用具、応用の総体』――そもそもは、科学史家トーマス・クーンが『科学革命の構造』という著書の中で提唱した概念だ。自然科学だけでなく、社会科学においても人文科学においても、研究者は皆、その時代の支配的なパラダイムから自由ではいられない。けれども、たとえば天動説が地動説に取って代わられたように、あるいはニュートン力学から相対性理論、そして量子力学へといった具合に、この枠組自体が大きく転換されることもある。パラダイムシフトっていうやつだね。

さらにこの用語《ターム》は、科学の分野に留《とど》まらず、それらをすべて包含したレヴェル——僕らの世界観や意識、日常生活の在り方といったところにまで敷衍《ふえん》して用いられる。この場合、メタパラダイムという云い方がされたりするが」

槍中は言葉を切り、瞼の上にまた指を押しつける。

「要するに、僕らは常に、その時代や社会を支配する何らかのパラダイムに乗っかって物事を見、考えている——いや、考えさせられている、ということだ。当たり前な話だけどね。で、近代以降、現在に至るまでのそれは何かと云えば、いわゆる近代科学精神——機械論的世界観であり、要素還元主義であるってことさ。〝科学性〟〝客観性〟〝論理性〟〝合理性〟……僕らはこういった諸々の言葉や概念に〝正しい〟という価値を前提して、物事を把握し、思考する。

オーギュスト・デュパンを初めとして、シャーロック・ホームズにしろエラリイ・クイーンにしろ、古典的なミステリで活躍する名探偵なんていうのは、その権化みたいな存在だろう。この中でも、たとえば〝客観性〟などという概念は、理論物理学じゃあとうの昔に否定されているらしいが、だからと云ってそれが一般人の世界観、価値観を揺るがすには至っちゃいない」

「〝客観性〟が否定されているわけですか」

「そう。ハイゼンベルクの不確定性原理から始まって有名なソルベー会議の……ああ、そんな細かい話はどうでもいいか。要は、観測には必ず観測主体としての〝私〟が存在するっていうことさ。従って、肝要な問題は客体としての実存そのものじゃなくて、主体と客体との相互作用である。もうちょっと砕いて云えば、僕らが見ている世界は取りも直さず、僕ら自身の認識の構造である、と。これはむろん、粒子という極小の世界に関しての話なんだけれども、こういった考え方のあとを追うようにして、他の学問分野でも同じ方向へとパラダイムが動いていくんだな。相互作用論とか解釈主義だとか、そっちの方向へね」

じれったい気持ちになってきて私は、先ほどサロンで吸いかけてやめた煙草を取り出して口に運んだ。

「結局のところ、槍中さんはどう考えるんですか。つまりその、最初の質問に戻るわけですけれど」

「そうだな」

呟いて、槍中は少しのあいだ口を噤んだ。前歯で軽く下唇を嚙み、眉間《みけん》に深く縦皺を刻む。

「正直云って、ひどく迷っている」

と、やがて彼は答えた。

「自分が何をリアルと感じるべきか。詰まるところ、すべてはそこから始まってそこで終わるわけだからね」

「煮え切らない云い方ですね」

「迷ってるんだよ、だから」

槍中は両手をベッドに突き、凝りを解《ほぐ》すように首を回した。

「しかし……ふん、たとえば極端な話、こんな考え方もできるな。幸島《こうしま》の猿の逸話は知ってるかい」

「猿？」

私は些か意表を衝かれ、

「何ですか、それは」

「有名な話なんだがね」

痩せた頬にふっと自嘲《じちょう》のような笑みを浮かべながら、槍中は説明した。

「宮崎県の幸島に棲息《せいそく》している日本猿に、砂で汚れた薩摩芋《さつまいも》を与えたところ、猿たちは最初、それを食べようとはしなかった。ところが、一匹の若い雌猿が、汚れた芋を水で洗って食べることを思いついたんだ。云ってみればそこで、猿たちの社会に〝芋洗い〟という新しい文化が生まれたわけだね。やがて、この文化は同じ島の猿たちに広がっていく。そうして何年か経って、芋を洗う猿がある頭数に達した時、一つの異変が起こったって云うのさ」

「異変？」

「うん。まさに異変だ。便宜上、この『ある頭数』を百匹とする。百匹目の猿が芋洗いを修得した、まさにその日のうちに、島に棲《す》む猿のすべてが芋を洗いはじめたんだ」

「突然、ですか」

「ああ。まるで、その百匹目の猿の出現によって何かが臨界点を越えてしまったかのようにね。ロールプレイング・ゲームで云う、『レヴェルが上がった』ってやつさ。そればかりじゃない。この異変を境に、この〝猿の芋洗い〟は、海を隔てた全国の他の場所でも自然発生するようになったって云うんだな」

「本当に？」

「ライアル・ワトソンの『生命潮流』で紹介された事例だよ。どの程度信頼できるデータがあるのか、疑問を投げかける声は多いらしいが」

その著者と書名くらいは、科学音痴の私も知るところだった。最近注目されている、いわゆるニューサイエンスの火点け役となった本である。

「ある事柄を真実だと思う人数が一定の数に達すると、それは万人にとっても真実となる。思想や流行なんかの社会現象においては明らかなことだけれども、これが自然界においても広く存在するというわけだ。ワトソンは〝コンティンジェント・システム〟という知られざるシステムを想定して、この現象を理論的に説明しようとする」

椅子に掛けた私の膝頭あたりに目を遣りながら、槍中は何やら、呪文《じゅもん》を唱えるような口調で話しつづける。

「よく似たもので、『形態形成場の理論』というのもあるね。イギリスのルパート・シェルドレイクっていう学者の説だ。同じ種の間には時空を超えたある繋がりが存在し、

〝形態形成場〟という場を通して、種同士の共鳴現象として反復的に現われる――と、彼はこれによって種の進化を説明しようとする。ある種から進化して発生した新しい種は、自分たちの〝形態形成場〟を持つ。そしてその新しい種の数が一定量に達した時、離れた場所に棲む、未だ進化せざる同種に対して同様の進化を促す、というわけさ。分かるかな」

「――ええ」

「面白いのは、これが生物だけじゃなく、物質についても起こるというところでね。ワトソンも触れているが、グリセリンの結晶化に纏《まつ》わる有名なエピソードがある。グリセリンという物質は、二十世紀に入るまでは、固体としては存在し得ないものだと信じられていたらしい。結晶化に成功した化学者がいなかったんだ。それがある時、たまたまいろいろな条件が重なって自然に結晶化したグリセリンが見つかってね、こいつをサンプルにして、あちこちの化学者が結晶化に成功しはじめた。そんな中で異変が起こった。ある実験室である化学者が結晶化を成功させた、その途端、同じ部屋にあったグリセリンのすべてが自然に結晶化してしまったって云うのさ。しかも、この現象はいつの間にか世界の各地に広まっていたと云う。

シェルドレイクは説明する。『グリセリンは結晶化する』という命題が、その時点で、グリセリンという物質の〝形態形成場〟において成立したのだ、とね」

返す言葉もなく講義を拝聴する私の顔に目を上げて槍中は、彼自身も途方に暮れたような表情を浮かべて深い息をついた。

「そこでだね、一つこんな仮説を立ててみるわけだよ。『ある種の古い家は〝予言力〟を有する』、あるいは的場女史が云うように『訪れた者の心を映す』――そんな命題が、まさに今、この閉ざされた場所以外の世界各地で成立しはじめているのかもしれない、と。

どうだい、鈴藤」

二十

唇の端に銜《くわ》えていた煙草に火を点け、ゆっくりと根元まで灰にするまでの間、私は黙って窓の方を見ていた。

外の鎧戸《よろいど》は開いているようだった。硝子を塗り潰《つぶ》した漆黒の中、断続的に白い物が見え隠れする。それが、まるで外から部屋の様子を覗き込む何者かの影のように思えて、私は何度も強く瞬きを繰り返した。

槍中はベッドの端に腰掛けたまま、先ほどのアリバイや動機の一覧表を再び取り上げて、片手で眼鏡のフレームを押さえながらじっと目を落としていた。ときどき溜息が聞こえたり、低く唸るような声が洩れたりしたが、私に対しては何も云わない。私の方も何も話しかけなかった。

頭が痺《しび》れるように重かった。そのせいもあってだろうか、最前の槍中の話をもう一度吟味してみようとするのだけれど……駄目だ。何をどう考えれば良いのか、彼がさっきの話でけっきょく何を云おうとしたのか、思考は空転するばかりで、さっぱり何も見えてはこない。

不意に外の風が強さを増し、窓硝子を長々と震わせた。その音に驚き、はっと微睡《まどろ》みから覚めたような気分で私は、槍中の顔に視線を戻した。

「芦野さんには例の件、尋ねてみたんですか」

私が訊くと、槍中は難渋の面持ちで頷き、

「『もう一人』が誰だと思うかについては、云ってくれなかったよ。しかし、確かにあの様子を見ると、彼女は劇団の人間、それも今ここに来ている者のうちの誰かを想像しているようだな」

「やっぱり」

「とするとだ、差し当たり僕と君は除外するとして、その某《なにがし》は残り三人のうちの一人だということになる。名望か甲斐か、もしくは彩夏か」

「誰だと思いますか、槍中さんは」

「さあて。全員がらしくないような気もするし、誰でも有り得るような気もする。たとえば――」

と、槍中はまた手許の表に目を落とし、

「名望は榊や蘭とは不仲だったように見えるし、特に蘭に対する態度なんか辛辣《しんらつ》そのものだがね、もともと何処まで本気なのか分からない奴だ、あれがぜんぶ芝居だとも考えられる。甲斐はいっけん真面目で、薬に手を出したりするタイプではないと思えるけれども、案外どうだか分からない。榊みたいな押しの強い奴に誘われたら断われない、とかね。彩夏にしても同じさ。蘭とはいい関係じゃないが、榊が間に立ってとなると話は別だろう。

どう思う、君は」

「——何とも云えませんね」

「あるいは、そう、疑いだせばもう一つ可能性が考えられるな」

「と云うと？」

「深月さ。実は彼女自身が関わっていて、あたかも自分は関係ないというような嘘をついている可能性」

「まさか、そんな」

「ない、と確言できるかい」

答えに詰まり、私はそこで、自分にはとことんこういった行為——「探偵」という言葉に象徴される——に対する適性がないのだと痛感するのだった。槍中の云うとおりである。彼女は——深月は、私個人にとっては非常に特別な人間だけれど、事件との関係という点においては決して特別扱いできる存在ではないのだから。

知らぬ間に、大きな溜息が零《こぼ》れていた。

槍中の様子を上目遣いに窺う。例の表を膝に置いて顎に手を当てながら、彼はかつてなく険しい表情で黙考を始めていた。

それから暫くの間、私はまた暗い窓をぼんやりと見ていた。

「ね、槍中さん」

やがて私は、この部屋を訪れてから三度目の同じ質問を投げかけた。

「この家のこと、さっきいろいろ云ってましたけれど、結局のところはどう考えているんですか」

もちろんそれは、他ならぬ私自身への問いかけでもあった。槍中は黙って、何処かしらうわの空という感じで、顎に手を当てたままゆるりと首を振った。分からない、という意味だろうか。

「仮にですね、温室で見たあのカトレヤの有様が正しく未来を暗示するものなのだとしたら、榊君と同じように、今度は希美崎さんが死ぬという話になるでしょう」

「まあね」

ぼそりとそう答えて、槍中はベッドから立ち上がった。背を向け、ゆっくりとフランス窓の方へ歩み寄っていく。

「もしもそういう事態になったら、やっぱり僕らは信じるしかないのかな」

「あの罅割れについてはどう考えますか」

ふと思い浮かんだ疑問を、私は訊いた。槍中はちらりとこちらを振り返り、

「罅割れ？」

と首を傾げた。

「温室の天井の、ですよ。昨日、僕たちの目の前で出来たあの、十字形の亀裂です」

「ああ」

「もしもあの亀裂も、この家が『動いた』結果なのだとしたら、いったい何を意味するんでしょう」

「ふん。確かにね。今のところ、あれだけが意味不明なんだな」

窓の方に向き直りながら、槍中はぼそぼそと呟く。

「十字形の亀裂、か。何なんだろうな……」

私が自分の部屋に戻ったのは、それから間もなくのことである。時刻は午前零時を少し回っていた。槍中の部屋を出る際、自分の腕時計で確認した記憶がある。

いつ終わるとも知れぬ――このまま永遠に、この世界の終わりの日まで続くのではないかとすら思える――吹雪に包まれ、霧越邸の夜は更けていった。

幕間 一

＊　＊　＊　＊　＊

遠く風の音が聞こえる。

相野の駅の待合室。冷たいベンチに独り腰掛け、私は過去を振り返る。密度を増してきた窓の外の暗闇では冬の到来を告げる雪が白く舞い、耳の奥ではあの唄《うた》の調べが鳴りつづける。

……あの夜。

四年前の十一月十七日のあの夜、あの屋敷のあの部屋で、槍中秋清と差し向かいで話をした——その言葉の一つ一つがまざまざと心に蘇《よみがえ》る。そうしてまた、あのとき槍中が見せてくれたアリバイや動機の一覧表のことを思い出すにつけ、私は深い、遣《や》り切れない溜息《ためいき》を抑えられないのである。

いま思えば、あの表の中には実に重大な意味が隠されていたのだ。それは一つの暗合であり、暗号であった。あるいは一つの暗示であり、予言であったのかもしれない。しかし——。

しかしあの時の私に、いったいどうやってその意味を読み取ることが可能だっただろう。……

誰が榊由高を殺した犯人なのか。

とにかく私たちは、それを知る必要があった。探偵の役まわりを演じる羽目になった檜中にしてみれば、その思いは他の誰よりも切実だったに違いない。

檜中が、極めて明快かつ論理的な推理によって、皆の前であの事件の真犯人を指摘するのに成功したのは、その翌々日のことであった。だが、いま振り返ればあの夜、私が彼の部屋を去った時点で既に、彼はその真相へ到達するための糸口を摑《つか》んでいたということになる。

私はと云えば、彼と話をしたあとも、無能なジョン・H・ワトソン博士宜《よろ》しく、整理のつかぬ数々の疑問にますます頭を混乱させるばかりであった。自分の部屋へ戻るとすぐに、忍冬医師から貰《もら》った睡眠薬を飲んでベッドに入った。

医師の云ったとおり、あの薬は非常によく効いた。ものの十分も経たないうちに私は、ずるずると深い眠りの沼へと引き込まれていき、あとはひたすら不足していた睡眠を貪《むさぼ》った。

ただ、そう——。

眠りに落ち込む直前の朦朧《もうろう》とした意識の中で一瞬、明確な形を備えた不吉な予感が猛烈な勢いで膨れ上がり、弾《はじ》けたのを憶《おぼ》えている。戦《おのの》きながら、それでも引き返せぬ眠りへの傾斜を滑り落ちながら、私は病人の譫言《うわごと》のように、その唄を――二番の歌詞を乗せた北原白秋の「雨」を――呟《つぶや》いていたのだった。

＊＊＊＊＊

（下巻へ続く）

初刊　一九九〇年、新潮社
本書は一九九五年二月刊行の新潮文庫版を全面的に改訂した〈完全改訂版〉です。

霧《きり》越《ごえ》邸《てい》殺《さつ》人《じん》事《じ》件《けん》(上)

〈完全改訂版《かんぜんかいていばん》〉

綾《あや》辻《つじ》行《ゆき》人《と》

平成26年 3月25日　初版発行
令和6年 4月15日　26版発行

発行者●山下直久

発行●株式会社KADOKAWA
〒102-8177　東京都千代田区富士見2-13-3
電話　0570-002-301(ナビダイヤル)

角川文庫 18449

印刷所●株式会社KADOKAWA
製本所●株式会社KADOKAWA

表紙画●和田三造

●お問い合わせ
https://www.kadokawa.co.jp/（「お問い合わせ」へお進みください）
※内容によっては、お答えできない場合があります。
※サポートは日本国内のみとさせていただきます。
※Japanese text only

ISBN978-4-04-100847-8　C0193

◆◇◇

角川文庫発刊に際して

角川源義

第二次世界大戦の敗北は、軍事力の敗北であった以上に、私たちの若い文化力の敗退であった。私たちの文化が戦争に対して如何に無力であり、単なるあだ花に過ぎなかったかを、私たちは身を以て体験し痛感した。西洋近代文化の摂取にとって、明治以後八十年の歳月は決して短かすぎたとは言えない。にもかかわらず、近代文化の伝統を確立し、自由な批判と柔軟な良識に富む文化層として自らを形成することに私たちは失敗して来た。そしてこれは、各層への文化の普及滲透を任務とする出版人の責任でもあった。

一九四五年以来、私たちは再び振出しに戻り、第一歩から踏み出すことを余儀なくされた。これは大きな不幸ではあるが、反面、これまでの混沌・未熟・歪曲の中にあった我が国の文化に秩序と確たる基礎を齎らすためには絶好の機会でもある。角川書店は、このような祖国の文化的危機にあたり、微力をも顧みず再建の礎石たるべき抱負と決意とをもって出発したが、ここに創立以来の念願を果すべく角川文庫を発刊する。これまで刊行されたあらゆる全集叢書文庫類の長所と短所とを検討し、古今東西の不朽の典籍を、良心的編集のもとに、廉価に、そして書架にふさわしい美本として、多くのひとびとに提供しようとする。しかし私たちは徒らに百科全書的な知識のジレッタントを作ることを目的とせず、あくまで祖国の文化に秩序と再建への道を示し、この文庫を角川書店の栄ある事業として、今後永久に継続発展せしめ、学芸と教養との殿堂として大成せんことを期したい。多くの読書子の愛情ある忠言と支持とによって、この希望と抱負とを完遂せしめられんことを願う。

一九四九年五月三日

角川文庫ベストセラー

Another（上）（下） 綾辻行人

1998年春、夜見山北中学に転校してきた榊原恒一は、何かに怯えているようなクラスの空気に違和感を覚える。そして起こり始める、恐るべき死の連鎖！名手・綾辻行人の新たな代表作となった本格ホラー。

金田一耕助に捧ぐ九つの狂想曲 赤川次郎・有栖川有栖・小川勝己・北森鴻・京極夏彦・栗本薫・柴田よしき・菅浩江・服部まゆみ

もじゃもじゃ頭に風采のあがらない格好。しかし誰よりも鋭く、心優しく犯人の心に潜む哀しみを解き明かす——。横溝正史が生んだ名探偵が9人の現代作家の手で蘇る！　豪華パスティーシュ・アンソロジー！

ダリの繭《まゆ》 有栖川有栖

サルバドール・ダリの心酔者の宝石チェーン社長が殺された。現代の繭とも言うべきフロートカプセルに隠された難解なダイイング・メッセージに挑むは推理作家・有栖川有栖と臨床犯罪学者・火村英生！

ジュリエットの悲鳴 有栖川有栖

人気絶頂のロックシンガーの一曲に、女性の悲鳴が混じっているという不気味な噂。その悲鳴には切ない恋の物語が隠されていた。表題作のほか、日常の周辺に潜む暗闇、人間の危うさを描く名作を所収。

ドミノ 恩田陸

一億の契約書を待つ生保会社のオフィス。下剤を盛られた子役の麻里花。推理力を競い合う大学生。別れを画策する青年実業家。昼下がりの東京駅、見知らぬ者同士がすれ違うその一瞬、運命のドミノが倒れてゆく！

角川文庫ベストセラー